우진 현대 판타지 장편소설

WISHBOOKS MODERN FANTASY STORY

다시 태어난 베토벤

 앙코르 1

우진 현대 판타지 장편소설

초판 1쇄 찍은 날 | 2020년 11월 23일
초판 1쇄 펴낸 날 | 2020년 11월 30일

지은이 | 우진
펴낸이 | 예경원

기획 | 위시북스
편집책임 | 이은송
편집 | 위시북스

펴낸곳 | 예원북스
등록번호 | 제396-2012-000132호
등록일자 | 2012. 7. 25
KFN | 제1-575호

주소 | 경기도 고양시 일산동구 호수로 646-24 위너스21Ⅱ빌딩 206A호 (우)10401
전화 | 031-819-9431 팩스 | 031-817-9432
E-mail | yewonbooks@naver.com

ⓒ우진, 2019

ISBN 979-11-365-4514-5 04810
      979-11-6424-234-4 (set)

우진 현대 판타지 장편소설
WISHBOOKS MODERN FANTASY STORY

다시 태어난 베토벤

앙코르

Wish
Books

CONTENTS

· 1악장 ·
비불법 반영구 노예계약

제2회 OOTY 오케스트라 대전이 성황리에 마무리되었다.

전 세계가 하나 되어 즐겼던 음악 축제는 뜨겁게 달아올랐던 클래식 음악계를 폭발적으로 성장시키는 촉진제로서 그 역할을 톡톡히 해냈다.

세계 최고 수준의 오케스트라로 알려진 런던 심포니, 런던 필하모닉 등이 인터플레이의 후원에 의지해야 했던 일은 이미 먼 과거의 일이었다.

2027년 기준 글로벌 클래식 음악 시장 규모는 880억 달러 수준으로.

2016년, 글로벌 음악 시장 규모가 471억 7,300만 달러였음을 감안하면 최근 10년간 클래식 음악 시장이 얼마나 비약적으로 성장했는지 알 수 있었다.

그중에서도 가장 눈에 띄는 곳은 단연 배도빈 악단주의 베를린 필하모닉이었다.

한 해 매출액 170억 달러.

전 세계 클래식 음악 시장의 약 20퍼센트를 단 하나의 오케스트라가 점유하고 있었다.

그러한 현상을 반영하듯 베를린 필하모닉과 배도빈의 브랜드 가치는 하늘 높은 줄 모르고 치솟았다.

베를린 필하모닉이 디지털 콘서트홀을 확장해 출시한 클래식 음악 플랫폼 'DOBEAN'은 출시 당일 1,400만 구독자를 확보, 2028년 2월에 이르러서는 2억 명을 돌파하는 진기록을 수립하는 데 이르렀다.

팬덤 중 일부는 과거 베를린 필하모닉이 전체 시장의 4할을 차지하던 때를 그리워하며 아쉬움을 내비치기도 했지만, 적어도 배도빈과 그 동료들은 그리 생각지 않았다.

많은 음악가의 삶이 나아지고.

또 그들의 음악이 여러 사람에게 사랑받는 환경에 만족했다.

또한 시장의 압도적인 지지를 바탕으로 한 탄탄한 재정과 최고의 오케스트라라는 명예까지.

시장 점유율이 낮아졌다곤 하나 베를린 필하모닉은 분명 스스로 열어젖힌 새로운 시대를 주도하고 있었다.

지난 50여 년간 베를린 필하모닉의 상임 지휘자로 활동했던 빌헬름 푸르트벵글러에게 그보다 기쁜 일은 없었다.

"음."

빌헬름 푸르트벵글러가 고개를 끄덕이며 신문을 덮었다.

눈을 감고 고개를 젖히니 지난 일이 마치 어제의 일처럼 떠올랐다.

생각해 보면 참 오래되었다.

큰 꿈을 안고 베를린 필하모닉에 입단한 그는 당시 지휘자였던 'K'와 매일 언쟁을 벌였다.

그러다 실력을 인정받아 악장직에 올랐지만 'K'와의 다툼은 끊이질 않았다.

각자 추구하는 바가 너무도 달랐기에 지독히도 싸웠다.

그러나 결국 누가 옳은지 끝을 보지 못한 채 'K'가 세상을 뜨고, 베를린 필하모닉은 푸르트벵글러 체제 아래 새롭게 구축되었다.

그로부터 50년.

사라진 얼굴도, 새로운 얼굴도 있지만 푸르트벵글러는 함께 했던 단원을 잊은 적 없었다.

그럴 수 없었다.

모두 베를린 필하모닉을 빛나게 했던 별이었으니 단지 떠났을 뿐, 그들의 유산은 지금도 베를린 필하모닉의 원동력으로 작용하고 있었다.

그들이 없었더라면 지금 이렇게 번성할 수 없었을 터.

잊을 수도, 잊어서도 아니 되었다.

그리고.

제국을 번성케 하고 그 역사를 지켜왔던 빌헬름 푸르트벵글러는 자신 역시 역사의 일부가 될 때가 되었다고 여겼다.

'내려놓을 때도 되었지.'

음악가로서, 지휘자로서 할 수 있는 일을 모두 이뤘다.

자랑스러운 아들딸들은 제국을 더욱 부강하게 할 터였다.

그리 생각하니 이제는 그만 치열한 무대에서 내려와도 될 것 같았다.

부담을 내려놓고 한 사람의 관객으로서 아들딸들을 찾고 싶었다.

"은퇴할까."

푸르트벵글러의 말에 곁에서 잡지를 보고 있던 카밀라 앤더슨이 깜짝 놀랐다.

"갑자기?"

"갑자기는 무슨. 되레 늦은 편이지."

만족스러운 표정과 다소 지친 얼굴.

미묘하게 걸린 미소를 확인한 카밀라 앤더슨은 그가 정말 마음을 굳혔음을 알 수 있었다.

어쩔 수 없이 지휘봉을 내려놓는 것이 아니라 정말 다 이뤘다고.

이제 남은 사람에게 맡겨도 된다고 여기는 듯했다.

카밀라 앤더슨이 푸르트벵글러의 손등에 손을 얹었다.

"수고했어요."

푸르트벵글러도 미소 지으며 카밀라와 손을 포갰다.

"자네가 함께해 줘서 참 다행이었어. 뒷일도 부탁하지."

"혼자만 그만두려고? 나도 이제 벅차요. 글자 보는 것도 힘든데."

두 사람이 크게 웃었다.

웃음을 멈춘 카밀라 앤더슨은 간격을 두고 슬쩍 입을 열었다.

"다들 서운해하겠네."

베를린 필하모닉에게 빌헬름 푸르트벵글러는 단순히 존경하는 지휘자가 아니었다.

아버지이자 스승이었으며 기반이었다.

그것은 배도빈이 악단주가 된 이후에도 마찬가지였다.

푸르트벵글러가 단원들을 자식처럼 여기는 것처럼, 베를린 필하모닉 역시 그를 부모처럼 대했다.

시간이 흐른다고 부모 자식의 관계가 달라지진 않는 법.

베를린 필하모닉은 푸르트벵글러를 영원히 위대한 스승이자 자랑스러운 부모로 기억할 터였다.

"언젠가 거쳐야 할 일이지. 그 녀석들이라면 잘 해낼 거야."

푸르트뱅글러가 아쉬움을 신뢰로 덮었다.

"도빈이한테도 얘기했어요?"

"아니. ……조만간 해야지."

"그렇게 쉽게 놔주지 않을걸요?"

"그 녀석이 뭐, 안 놔주면 어쩌겠어."

푸르트뱅글러의 심통 맞은 대꾸에 카밀라가 벽에 걸린 달력을 슬쩍 보았다.

2028년.

처음 은퇴하기로 마음먹은 2023년으로부터 햇수로 5년이 흘렀다.

"커흠."

푸르트뱅글러가 멋쩍게 헛기침하자 카밀라가 슬며시 웃었다.

"하고 싶은 일, 다 했어요?"

"그럼. 8살 때부터 해왔다고. 이곳에서만 50년을 넘게 지냈어. 차고 넘치도록 했지. 암. 차고 넘치도록."

서류를 결재하던 배도빈이 눈을 가늘게 떴다.

30년 이상 베를린 필하모닉의 한 축을 담당했던 마누엘 노이어 바순 수석이 재계약을 거절했다는 내용이었다.

갑자기 피로가 쏟아지는 것 같았다.

배도빈이 안경을 벗곤 고개를 젖혔다.

"피곤하신 것 같은데 오늘은 이만 쉬시는 게 어떨까요?"

비서 죠엘 웨인이 걱정스레 물었지만 배도빈은 고개를 저을 뿐이었다.

죠엘이 차라도 내오고자 커피포트에 물을 따르던 중 배도빈이 입을 열었다.

"죠엘."

"네."

"앨런 불러주세요."

배도빈이 인사팀장 마스 앨런을 호출했고 곧 그가 악단주를 찾았다.

"노이어가 재계약을 거절했다고요."

"그렇습니다."

"이유는요?"

악단주의 심기가 매우 좋지 않았기에 인사팀장 마스 앨런은 눈치를 보며 입을 열었다.

베를린 필하모닉 인사팀이 그에게 제시한 조건은 5년간 연봉 700,000유로(인센티브 별도).

지휘자인 케르바 슈타인과 헨리 빈프스키에 준하는 악단

내 최고 대우였다.

세계 어느 오케스트라를 뒤져도 바순 수석에게 한화 10억 원에 달하는 거금을 연봉으로 지급하는 경우는 없었다.

인사팀은 기존 단원을 붙잡으려는 배도빈의 의지를 충분히 반영하고 있었다.

배도빈이 숨을 길게 내쉬자 마스 앨런 인사팀장이 입을 열었다.

"조건 조정은 얼마든지 가능하다고 말씀드렸지만 은퇴를 고려하고 계셔서……."

"은퇴?"

배도빈의 목소리가 다소 격앙되었다.

"네. 그 때문에 장기 계약은 하고 싶지 않다고 하셨습니다."

마스 앨런이 설명을 마쳤음에도 배도빈은 한동안 입을 열지 않았다.

은퇴라는 말이 가슴속에 메아리처럼 울렸다.

"알겠습니다. 수고했어요."

마스 앨런이 고개를 숙이고 집무실을 나섰다.

죠엘 웨인은 서류를 두고 고민에 빠진 배도빈을 안타깝게 살폈다.

단원들을 끔찍이 아끼는 배도빈은 특히나 각별했던 마누엘 노이어의 은퇴 예고에 슬퍼하고 있었다.

그 마음을 충분히 이해하기에 조금이나마 위로하고자 그가 좋아하는 코나 커피를 준비했다.

방 안에 커피 향이 그윽해지는 중에도 배도빈은 여전히 다른 일을 하지 못했다.

'충격이 크시겠지.'

A팀의 연령대는 평균 61세.

그중에서도 고령인 단원들은 확실히 체력적으로 부담을 느꼈고 연주력이 전에 미치지 못하는 경우도 있었다.

어쩔 수 없는 일이지만, 배도빈과 단원들의 마음이 편할 리 없었다.

죠엘 역시 받아들여야만 하는 이 상황을 안타까워했다.

그때 배도빈이 중얼거렸다.

"강제로······."

커피를 타던 죠엘이 멈칫했다.

배도빈이 강제라는 말을 꺼낸 것 같으면서도 설마 하는 생각으로 커피를 내렸다.

"아니. 합법적인 방법이 있을 텐데."

배도빈이 또 중얼거렸고 죠엘은 오늘 자신의 귀가 이상하다고 여기며 고개를 저었다.

"죠엘."

"네, 보스."

"루덴도르프 불러주세요."

배도빈의 입에서 법무실장 요하임 루덴도르프가 언급되자 죠엘 웨인은 자신의 귀가 잘못되지 않았음을 확신했다.

과거 빌헬름 푸르트뱅글러를 구속하기 위해 평생종속계약을 알아봤을 때와 같은 상황이었다.

죠엘이 배도빈 앞에 커피를 내려놓으며 말했다.

"셰프 때도 알아보셨잖아요."

"……."

"지금은 노이어 수석님과 직접 이야기해 보시는 게 좋지 않을까요?"

배도빈이 숨을 크게 내쉬며 의자에 등을 파묻었다. 굳이 죠엘이 말하지 않아도 알고 있었지만, 어떻게든 그를 보내고 싶지 않은 탓이었다.

"노이어 지금 어디 있어요?"

죠엘이 시간을 확인했다.

"섹션 연습 중이실 거예요."

"내일 아침에 보자고 전해줘요."

"네, 알겠습니다."

죠엘이 집무실을 나섰고.

배도빈도 퇴근하기 위해 외투를 챙겼다. 주차장으로 향해 자신의 벤츠에 올라타자 얼마 지나지 않아서 나윤희가 다가왔다.

그녀가 문에 손목을 가져다 대자 곧 문이 열렸다.

"기다렸지."

"아뇨. 막 나왔어요."

나윤희가 안전벨트를 매자 배도빈이 입을 열었다.

"메르세데스."

-네, 오너. 어디로 모실까요?

"슈퍼 슈바인."

-목적지 확인. 베를린 미테의 슈퍼 슈바인으로 주행 시작합니다.

차가 움직이기 시작했고 배도빈의 안색을 살핀 나윤희가 물었다.

"무슨 일 있어?"

배도빈이 잠시 간격을 두었다가 고민을 털어놓았다.

나윤희도 마누엘 노이어의 소식에 안타까워했다.

"당장 나가신다는 건 아니지?"

"내일 얘기해 봐야죠. 올해가 될지 내년이 될지."

"좀 더 계시면 좋겠다."

"내 말이요."

배도빈이 팔짱을 풀곤 불평을 늘어놓았다.

"실력이 준 것도 아니고, 나이가 엄청 많은 것도 아니고. 바순을 못 들 정도로 약해진 것도 아닌 데다 대우를 못 받는 것도 아니면서 왜 일찍 은퇴하지 못해 난린지 모르겠어요."

올해 초에만 다섯 명의 단원을 내보낸 탓에 마음이 어수선했던 배도빈은 차마 다른 사람에겐 티를 내지 못하고 찰스 브라움, 최지훈, 나윤희 등 한정적 인원에게만 서운함을 털어놓았다.

그런 일이 반복되니 나윤희도 배도빈이 얼마나 속상해하는지 잘 알고 있었다.

그녀는 안타까운 마음을 더해 위로하고자 그의 손등에 손을 얹었다.

배도빈이 분을 가라앉혔다.

"잘은 모르지만."

나윤희가 조심스레 입을 열었다.

"만족하서서 그러지 않을까?"

"만족?"

"응. 오케스트라 대전도 두 번이나 우승했고. 대교향곡도 연주했고. 연주자로서 할 수 있는 일은 전부 했으니까."

두 사람이 서로를 마주했다.

"노이어 씨나 은퇴하신 분 모두 행복하게 마무리하고 싶으신 게 아닐까 싶어. 악단도 번창했고 우승도 했고 시기적으로 은퇴하기 좋을 때라 생각하실지도."

"……."

"서운한 건 어쩔 수 없지만 그분들도 분명 나쁜 이유로 그러진 않으실 거야. 그러니 웃으며 보내드리는 게 좋지 않을까?"

헤어질 날은 언젠가 오기 마련.

나윤희는 기존 단원들이 악단을 떠나는 이유가 기량 하락이나 고령 혹은 인간 관계가 아니라, 음악가로서의 목표를 이루고 만족했기 때문으로 여겼다.

그러니 도리어 기뻐하고 축하할 일 같았다.

그들이 흡족하게 은퇴할 환경을 조성해 준 배도빈도 그리 생각해 주길 바랐다.

화를 내던 배도빈도 고개를 끄덕였다.

"그렇게 생각해야죠."

그렇게 말하던 배도빈이 문득 눈썹을 좁혔다.

"……만족해서?"

"응. 다들 얼마나 좋아하는데. 다 네 덕분이야."

배도빈이 잠시 고민하더니 나윤희의 손을 덥석 잡았다.

"그러지 못하면 되겠네요."

"……어?"

나윤희가 눈을 깜빡였다. 만족하지 못하면 되겠다는 배도빈의 의도를 이해할 수 없었다.

그녀가 뭐라 묻기도 전에 배도빈이 혼잣말을 시작했다.

"그러고 보니 바순을 메인으로 한 공연은 안 했지."

"으, 응."

"노이어가 독주자로 나선 적도 없네."

"그, 그랬나?"

"곡이 적기도 하니까. 비발디랑 아마데. 또 뭐 있었지?"

"……베버?"

혼잣말하던 배도빈이 나윤희의 답을 듣곤 고개를 끄덕였다.

"한두 곡 줘서는 금방 할 테니까 아예 전집을 내자고 하면……."

배도빈이 마주 잡은 손에 힘을 주었다.

"어때요?"

"어, 어?"

"노이어도 나서고 싶을 테니까. 솔로로 활동해 본 적 없고. 자기 이름을 앞에 두고 앨범 낸 적도 없고."

배도빈의 말대로 악기 연주자라면 누구나 주인공이 되길 바랐다.

오케스트라 단원으로 만족하더라도 그중에 자신의 기량을 마음껏 뽐내고 싶은 마음이 없을 순 없었다.

"그, 그런가?"

나윤희가 힘겹게 고개를 끄덕였다.

그러면서 푸르트벵글러 실각 사태나 사랑과 전쟁 in 베를린처럼 자신이 또 한 번 큰 사고를 조성한 건 아닐까 걱정했다.

그녀는 자신을 뚫어지게 바라보는 배도빈의 시선이 부담스러웠다.

"왜, 왜?"

"좋은 생각이었어요."

"내 생각 아닌데······."

단원들에게 집착하는 배도빈이 마누엘 노이어를 붙잡기 위해 무슨 일을 저지를지 알 수 없었다.

"아뇨. 멋졌어요."

"으."

그러나 이미 마음을 굳힌 배도빈을 말릴 수 없었다.

그의 그런 성격을 잘 알고 있었기에 나윤희는 부디 마누엘 노이어가 무사히 은퇴하길 바랄 뿐이었다.

배도빈에게 잡힌 손을 빼내고 핸드폰을 꺼내 시계를 확인한 그녀는 배도빈이 여전히 자신을 보고 있음을 느꼈다.

마누엘 노이어를 붙잡을 더 좋은 생각이 없냐고 재촉하는 듯했다.

"그, 그렇게 봐도 아무 말 안 할 거야. 난 몰라."

노이어를 붙잡을 확실한 방법이 없는 건 아니었지만, 나윤희는 배도빈 콩쿠르 때 겪은 낭패를 반복하고 싶지 않았다.

배도빈이 아무리 압박을 넣어도 입을 열 생각은 없었다.

그녀가 입을 꾹 다물고 있자 배도빈이 슬며시 웃었다.

"앞머리 잘랐네요."

배도빈의 미소를 멍하니 보던 나윤희가 고개를 돌렸다.

♩

다음 날 늦은 오전.

마누엘 노이어가 크게 웃으며 제2연습실을 찾았다.

"하! 하! 하! 하!"

"뭐예요. 좋은 일 있어요?"

진 마르코의 질문에 마누엘 노이어가 우쭐거리며 악보 뭉치를 보였다.

모차르트 바순 협주곡임을 확인한 마르코와 주변 단원들이 고개를 들었다.

"어?"

"크학항학항!"

"뭔데? 진짜?"

"흐항항학항학."

"웃지만 말고 말 좀 해봐요. 뭔데. 진짜 하는 거예요?"

단원들의 반응이 그가 바랐던 그대로라 마누엘 노이어의 어깨가 더욱 올라갔다.

"아니, 글쎄. 내가 바란 건 아니고."

"응. 응."

"도빈이가 그러더라고. 내 바순을 제대로 기록해 놔야 하지 않겠냐고."

"기록?"

"그래. 어찌나 칭찬하던지 예전에 세프랑 했던 거 틀면서 녹음 상태가 아쉽다나 뭐라나."

"녹음? 앨범 내는 거예요?"

"괜찮다고, 괜찮다고 했는데도 막무가내로 하자니까 어? 별수 있어?"

"와, 대박. 축하해요."

"언제? 언제 하는데?"

단원들이 자기 일처럼 기뻐했다.

"그게 말이지."

노이어가 뜸을 들이자 단원들이 그의 등을 때리며 재촉했다.

"아니이~"

"아니이?"

"한 곡만 넣기 좀 그러니까. 아이, 다 하자고 하더라고. 으흫흫흫."

"뭘요?"

"비발디랑 베버랑. 도빈이도 한 곡 써준다나? 하하하! 하! 아, 이거 참 말하기 쑥스러운데."

"진짜?"

"그러자고 하네? 올해랑 내년은 파우스트랑 저 올림픽 뭐시기로 바쁘다고 좀 기다려 달라는데. 거, 너무 오래 걸리는 거 아닌가 몰라."

"좋아 죽으면서 뭔 소리야, 이 대머리가!"

그 능글맞은 태도와 배도빈에게 곡을 받는단 부러움으로 흥분한 단원들이 노이어를 탓했다.

"그만!"

한참 구박받던 노이어가 고개를 불쑥 들었다.

깜짝 놀란 단원들이 잠시 멈추자 노이어가 싱글벙글 웃으며 물었다.

"부럽냐?"

연습실에 있던 단원 모두 마누엘 노이어에게 다시 달려들었다.

그렇게 한창 시끄럽던 중, 푸르트벵글러가 연습실 문을 열고 단원들을 살폈다.

"도빈이 없나?"

단원들이 깜짝 놀라 돌아봤고, 푸르트벵글러가 자신들을 꾸짖을 거란 생각에 눈치를 보았다.

노이어가 나섰다.

"집무실에 있을 거예요. 방금 다녀왔어요."

"그래? ……너흰?"

"노이어가 앨범 낸다고 해서 축하해 주고 있었습니다."

진 마르코가 냅다 대답했다.

단원 모두 침을 꿀꺽 삼키며 마음의 준비를 하고 있는데, 기다리던 호통이 들리지 않았다.

"그래. 잘 됐구나."

푸르트벵글러가 순순히 복도로 나섰고 단원들은 멍하니 서 있다가 서로를 보았다.

"셰프 왜 저러시지?"

"글쎄."

나이 먹었으면 좀 점잖아지라며 나무라던 그가 아무 말도 하지 않으니 단원들은 의아할 뿐이었다.

푸르트벵글러가 배도빈의 집무실을 찾았다.

"도빈이 안에 있느냐."

"네. 들어와요."

방으로 들어선 푸르트벵글러는 악보 무더기 위로 보이는 제자를 기특하게 바라보았다.

무엇이 그리도 바쁜지.

한순간도 악보를 놓지 않는 모습을 보면 후계자를 정말 잘 들인 것 같았다.

"쉬엄쉬엄해. 또 그러면 어쩌려고."

"신경 쓰고 있어요."

배도빈은 일이 잘 풀리지 않은 탓에 눈썹을 찡그렸다. 고개를 몇 번 젓더니 펜과 안경을 내려놓고 일어섰다.

이제는 정말 장성하여 자신보다 큰 배도빈의 외견 또한 푸르트벵글러로서는 자랑스럽기 이를 데 없었다.

"정말 다 컸구나."

감상에 젖은 푸르트벵글러의 말이 배도빈에게는 이상하게 들렸다.

"뜬금없이 무슨 말이에요?"

"별 뜻 없다."

배도빈이 고개를 갸웃하며 인터폰을 눌렀다. 커피를 요청하고 소파에 기대어 얼굴을 쓸었다.

"파우스트 초안 잡고 있었어요. 올해 안에 발표하고 싶은데 아무래도 길어질 것 같아요."

"급할 거 있나. 천천히 해. 천천히."

푸르트벵글러의 태도가 평소와 달리 온화했다.

배도빈은 푸르트벵글러의 낯선 태도가 아직 자신의 눈을 걱정하는 탓이라고 여겼다.

"어느 정도는 빼야 해요. 따로 생각해 둔 일도 있어서요."

"생각해 둔 일?"

"네. 그러지 않아도 말해야 했는데 잘 왔어요."

대화 중인 두 사람 사이에 커피가 놓였다.

푸르트벵글러가 뜨거운 커피를 머금고 향을 깊이 음미했다.

지휘봉을 내려놓겠단 이야기는 배도빈의 이야기를 들어준 뒤에 해도 늦지 않을 것 같았다.

지금은 이 감상을 조금 더 느긋하게 느끼고 싶었다.

푸르트벵글러의 마음을 모르는 배도빈은 다소 즐거운 듯 이야기를 전했다.

"작년에 오케스트라 대전 하면서 느낀 게 많아요. 시카고라든지 로테르담도 그렇고."

"수상식 때도 말하지 않았느냐."

"네. 사실 첫 대회에서도 마찬가지였고."

푸르트벵글러는 벌써 5년 전 이야기를 떠올렸다.

제1회 오케스트라 대전이 끝날 무렵 배도빈은 자신만의 오케스트라를 꾸리기 위해, 또 자신이 아직 모르는 음악을 공부하기 위해 여행을 떠난다고 했었다.

그때는 어떻게 강제로 자리에 앉혀두었지만, 세계 여러 음악가를 접하니 그 마음이 또 도진 것 같았다.

그러나 지금은 이미 베를린 필하모닉과 관련한 모든 것이 배도빈의 소유였고, 반대로 그 역시 베를린 필하모닉에 묶여 있기에 그때처럼 자유롭게 떠날 수도 없었다.

푸르트벵글러는 싱글싱글 웃었다.

"그래서, 또 여행 다니고 싶다?"

"네. 길게 다닐 순 없지만 그래도 필요한 일이니까."

"흐음. 진심이구나."

"연수 목적으로 한두 달 돌아볼 생각이에요. 단원들도 차례로 보낼 예정이고."

"그래. 나쁘지 않다."

푸르트뱅글러가 고개를 끄덕였다.

물이 흐르지 않으면 썩을 뿐.

배움의 장을 넓히기 위한 단기 연수라면 그 또한 이로운 일이리라.

음악은 혼자 하는 게 아니라는 걸 증명한 배도빈다운, 베를린 필하모닉다운 계획이기에 푸르트뱅글러도 긍정적으로 받아들였다.

"그래서 저부터 다녀오려고요. 푸르트뱅글러 생각은 어때요?"

"그거야 네가 정할 일이지."

푸르트뱅글러가 어깨를 으쓱였다.

베를린 필하모닉이 제자의 빈자리를 잘 채울 수 있는 건 그가 시력을 잃었을 때 증명되었다.

한두 달의 공백으로 흔들릴 일 없으니 조금도 걱정되지 않았다.

무엇보다 이미 상임 지휘자 자리를 내려놓을 생각이기에,

이미 자신을 뛰어넘은 제자에게 간섭하고 싶지 않았다.

그러나 배도빈에게는 푸르트벵글러의 태도가 무척 수상하게 보였다. 평소와 달라도 너무나 다른 태도였기에 눈썹을 모으고 그를 살폈다.

"뭐 묻었어? 왜 그리 빤히 봐?"

"아뇨."

푸르트벵글러가 너무나 태연했기에 배도빈은 굳이 캐묻지 않았다.

"아, 그리고 올해는 이런 것도 해보려고요."

배도빈이 일어나 자신의 책상 서랍을 열었다. 제법 묵직한 악보 뭉치를 꺼내 푸르트벵글러 앞에 놓았다.

초연하게 시선을 옮긴 푸르트벵글러가 눈을 크게 떴다.

"이게 무어냐?"

"실황 앨범으로만 있잖아요. 플랫폼도 궤도에 올랐으니 새로 녹음해서 콘텐츠로 쓰려고요."

지난 세월 빌헬름 푸르트벵글러가 지휘했던 악보 일부였다. 푸르트벵글러 본인도 잊고 있던 것이 상당했다.

"이걸 다 어디서 났어?"

"레몽이 두고 갔어요."

푸르트벵글러는 굳이 창고에 쑤셔 넣어두란 것을 하나하나 챙겼던 제자를 떠올리며 악보를 살폈다.

레몽 도네크가 당시 상황을 세세하게 기록한 총보는 푸르트
벵글러를 그리운 과거로 이끌었다.

까맣게 잊고 있던 추억이 샘솟았고 그렇게 한동안 푸르트벵
글러는 자신이 남긴 악보에서 눈을 떼지 못했다.

"흐음."

추억을 회상하는 푸르트벵글러를 바라보며 배도빈은 천천
히 때를 기다렸다.

그가 지난 연주를 다시금 녹음하고 싶은 마음이 들도록 인
내심을 가졌다.

"그래. 이런 것도 괜찮겠지."

배도빈이 애써 웃음을 참으며 입을 열었다.

"브람스부터 어때요? 작곡가별로 나눠서 1년씩 준비하면 될
것 같은데."

"빠듯하지 않겠느냐?"

푸르트벵글러의 질문에 배도빈이 고민하는 척했다.

"서두를 이유는 없지만, 그렇다고 허술하게 할 순 없으니까.
좀 더 여유롭게 잡는 것도 좋겠죠."

푸르트벵글러가 고개를 끄덕였다.

"그렇지. 그러고 보니 헨리가 하면 일정에 여유가 좀 있겠구나."

배도빈이 눈썹을 좁혔다.

푸르트벵글러에게 새로운 목적의식을 주어서 그를 붙잡겠

단 계획이 엇나가고 있었다.

"헨리는 바빠요. B팀이랑 C팀을 맡아야 하니까."

"흠. 케르바는 어떠냐."

"마찬가지예요. 정규 연주회도 하고 음악교육원 교수로도
활동해야 하니까요."

푸르트뱅글러가 턱을 쓸었다.

"네가 하기엔 너무 바쁘지 않으냐. 그러다 또 잘못되면 어쩌
려고."

푸르트뱅글러의 걱정스러운 말에 배도빈이 탄식했다.

"그러니까요. 마음 같아서는 하고 싶은데, 후유증이 언제 도
질지 모르니까."

"으음."

푸르트뱅글러가 악보를 살피다가 문득 고개를 들었다.

'이 녀석이?'

약한 소리는커녕 주변 사람들이 뜯어말리려 해도 악보와 지휘
봉을 놓지 않았던 배도빈이 안타까워하는 모습이 영 낯설었다.

'……다시 겪고 싶지 않겠지.'

그러나 2년 가까이 앞을 보지 못한 경험이 얼마나 힘들었을
까 싶어, 푸르트뱅글러는 아쉬운 마음과 함께 악보를 접었다.

"그러면 어쩔 수 없겠구나. 천천히 하는 수밖에."

배도빈이 눈썹을 꿈틀거렸다.

"그러면 안 돼요."

"뭐가?"

"구독자 오르는 거 몰라요? 지금 콘텐츠 풀어야지 언제 하게요."

"정기 연주회 올리고 있잖느냐. 밴드도 활동하고 있고. 달래 그 녀석 요즘 아주 신났더구나."

"록 밴드 흉내도 좋지만 이게 더 중요하잖아요."

"할 사람이 없는데 어쩌자고 자꾸 고집을 부려?"

"할 사람이 없긴 왜 없어요. 푸르트벵글러가 있잖아요."

푸르트벵글러의 반응이 예상외로 시원치 않은 탓에 다급해진 배도빈이 본심을 내뱉고 말았다.

푸르트벵글러는 관자놀이를 툭툭 건드리며 고민할 뿐, 아무 말이 없었다.

알 수 없는 긴장이 흐른 뒤.

푸르트벵글러가 호통쳤다.

"이 녀석이! 무슨 속셈인지 모를 줄 아느냐!"

"갑자기 무슨 말이에요?"

"오다가 들었다. 노이어한테 앨범 내자고 했다지?"

"네. 기념 삼아서."

"기념 삼자고 몇 년 뒤에 곡 써주겠다고 해? 그 녀석 잡아두려는 생각 아니냐!"

"……."

"이것들도 마찬가지고."

작전이 모두 들키자 표정 관리를 하던 배도빈이 다시 본래 얼굴로 돌아왔다.

"그냥 모른 척 넘어가면 어디 덧나나."

"이 녀석이 뭘 잘했다고 당당해?"

"자꾸 나가려고 하니까 그렇죠! 돈 잘 주지, 모든 일정 하고 싶은 대로 다 해주지, 도대체 뭐가 부족해요?"

"이젠 나도 늙었어!"

"늙긴 뭘 늙어요! 아침마다 3㎞씩 잘만 뛰면서!"

"연주회 한 번 하고 나면 진이 빠져! 침침한 눈으로 악보 들여다보는 게 얼마나 고된 줄 알아!"

"그게 무슨 상관이에요!"

"뭐, 뭐?"

"난 안 보였어도 했어요!"

배도빈의 반격에 푸르트벵글러가 짐짓 당황했다.

눈이 침침하단 말을 꺼낸 것이 실책이었다.

기회를 잡은 배도빈은 푸르트벵글러를 설득할 때까지 멈출 생각이 없었다.

"앞 못 보고, 귀 안 들리는 사람도 했는데, 뭐가 문젠데요? 뭐가 늙었다고 자꾸 그만둔다는 건데!"

"도빈아."

"죽을 때까지 음악 할 거잖아요!"

"……."

"그럴 거면 여기서 하라고요. 원하는 건 다 해줄 테니까. 더 큰 무대 가지고 싶으면 말만 해요. 얼마든지 지어줄게요. 소소하게 하고 싶으면 따로 챔버 구성하고, 아니, 원하는 사람 명단만 넘겨요. 다 데려올 테니까."

배도빈의 간절함을 느낀 푸르트벵글러가 한숨을 푹 내쉬었다.

다소 격정적이긴 하나 대부분 이성적이었던 평소와 달리 배도빈은 떼를 쓰고 있었다. 억지를 부렸다.

처음 봤을 때부터 정말 아이인가 싶을 정도로 성숙했던 배도빈이 처음으로 보이는 모습이었다.

너무나 고마웠고.

너무나 안타까웠다.

푸르트벵글러가 온화한 목소리로 사랑하는 제자를 불렀다.

"도빈아."

"왜요."

"내가 지휘봉을 내려놓는다고 해서 우리 사이가 변하는 게 아니란다. 사제로서, 동료로서, 친구로서 그 관계는 변하지 않아. 다만 좀 떨어질 뿐이야."

"당연하죠."

푸르트뱅글러가 눈을 껌뻑였다.

어린 배도빈이 자신과의 관계가 변할 것을 두려워한다고 생각했던 그로서는 당황스러울 수밖에 없는 반응이었다.

"당신이 남긴 것을 기록하고 싶을 뿐이에요."

"……."

"당신이 만들었잖아요. 당신의 정신으로 커왔잖아요. 그러니까 나가고 싶으면 마무리는 확실히 지으라고요."

"……."

"그게, 그렇게 어려워요?"

배도빈의 목소리가 살짝 잠겼다.

푸르트뱅글러는 당장에라도 울먹일 것처럼 보이는 제자의 낯선 모습에 당황했다.

"아니, 어렵다는 게 아니라."

"그럼 뭔데요! 그렇게 자기 맘대로, 자긴 만족했으니까 남은 사람은 어떻든 상관없다는 거 아니에요! 레몽이랑 뭐가 다른데!"

레몽 도네크 이야기가 나오자 푸르트뱅글러가 펄쩍 뛰었다.

"그 녀석이랑 다른 게 뭐냐고?"

"그렇잖아요!"

푸르트뱅글러의 말문이 턱 하니 막혔다.

억울함을 토로하고 싶었지만 마땅히 생각나는 말이 없었고, 더욱이 이젠 울먹이기까지 하는 배도빈을 더는 내칠 수 없었다.

푸르트벵글러는 호통을 치는 대신 팔을 벌려 배도빈을 끌어 안았다.

"그래. 그래. 내가 잘못했다."

배도빈이 몸을 들썩였다.

"이 녀석아, 사내놈이 울긴 왜 울어?"

푸르트벵글러는 배도빈이 코를 들이마시는 소리를 들으며 그의 등을 쓸어내렸다.

한동안 그렇게 달랜 뒤 푸르트벵글러는 조만간 은퇴하길 완전히 포기하곤 계약서를 가져오라고 주문했다.

밖에서 대기하고 있던 죠엘 웨인이 기다렸다는 듯이 들어왔다.

계약서를 받아 든 푸르트벵글러가 눈을 좁히고 서류를 든 팔을 쭉 폈다.

"이게 뭐야! 10년?"

"바흐, 아마데. 베트호펜은 당연하고. 브람스랑 브루크너, 말러, 드보르자크에 제 것까지 하려면 그 정도는 걸리잖아요."

"아니, 이 녀석아! 그걸 다 어느 세월에 해?"

"10년이요."

배도빈의 뻔뻔함에 푸르트벵글러가 펄쩍 뛰었다.

"다 빼! 그래! 베트호펜이랑 브람스만 하면 되겠네!"

"어떻게 빼요. 다른 작곡가는 차별하는 거예요?"

"이상하게 몰지 마!"

"솔직히 푸르트벵글러보다 브루크너를 잘 이해하는 사람이 어디 있어요. 바흐도 그렇고. 그리고 다들 아마데는 마리 얀스랑 아리엘 얀스라고 하는데, 모르는 말이지. 푸르트벵글러 아마데가 얼마나 멋진데."

"……그건 그렇지."

"그리고. 제 건 왜 빼요? 하기 싫어요?"

"아니!"

흥분한 푸르트벵글러가 간신히 진정하고 타이르듯 말했다.

"좋다. 3년으로 하자."

"9년이요."

"……3년 6개월."

"8년 6개월."

"배도빈!"

"어쩔 수 없죠. 5년. 더는 양보 못 해요. 해봐요. 해보고 나중에 힘들다고 하면 뺄 테니까."

자식 이기는 부모 없는 것처럼.

푸르트벵글러는 한숨을 내쉬며 펜을 들었다.

2악장
프란츠 페터 넘어지다

[빌헬름 푸르트벵글러, 베를린 필하모닉과 5년 계약 체결!]

[빌헬름 푸르트벵글러를 고용하기 위해 5년간 3,000만 달러를 지출한 베를린 필하모닉!]

[폭군, 역대 최고 연봉 지휘자에 올라]

[배도빈 악단주, "그는 베를린 필하모닉의 상징. 합당한 대우."]

[빌헬름 푸르트벵글러, "마이크 저리 치워!"]

베를린 필하모닉이 푸르트벵글러와의 재계약 사실을 발표하자 음악계가 떠들썩해졌다.

한화 75억 원에 달하는 금액을 연봉으로 지급한다는 내용도 충격이거니와 여든이 넘은 빌헬름 푸르트벵글러가 5년간 현역으로 활동한다는 데에도 놀라움을 감출 수 없었다.

　┖배도빈 통 크네.

　┖3,000만 달럭ㅋㅋㅋㅋ 연봉 미쳤는데?

　┖푸벵옹이면 그 정도 인정이지. 한 악단에서 지휘자로만 반백 년 있었는데.

　┖ㅋㅋㅋㅋㅋㅋ그건 그런데 진짜 5년이나 활동할 수 있나?

　┖적어도 본인이랑 베를린 필하모닉은 그렇게 판단했다고 봐야지. 배도빈이 단원들 건강은 끔찍이 여기잖아. 큰 문제 없다는 거임.

　┖나야 좋은데 푸르트벵글러 왤케 화났엌ㅋㅋㅋㅋㅋㅋㅋ

　┖오, 푸르트벵글러 전집 낸대. 베필 공홈에 소식 뜸.

　┖이런 거 가져오는 건 고마운데 해석도 좀 달아주라.

　┖번역기 돌려.

　┖올해 말부터 'DOBEAN'에 순차적으로 업로드 된대. 실물로도 내고.

　┖아, 구독 해놨는데 이거 앨범 나오면 안 사고 못 버틸 것 같다.

　┖베를린 필하모닉이 장사할 줄 알아. 이중 구매 유도 오지네.

　┖안 사면 그만이짘ㅋㅋㅋㅋㅋ

　┖저걸 어떻게 안 사죠?

　빌헬름 푸르트벵글러가 지금까지 지휘했던 대표곡을 모아, 작곡가별로 전집 앨범을 준비한다는 소식도 적잖은 파장을 일으켰다.

마치 은퇴를 준비하는 듯한 행보였기에 팬들은 아쉬워하는 한편, 살아 있는 전설의 마지막 앨범이 기다려지기도 했다.

특히나 그와 절친한 사카모토 료이치에게는 너무나 기쁜 일이었다.

"껄껄껄껄!"

사카모토가 몹시 언짢은 푸르트벵글러를 보며 크게 웃었다.

"그만 웃어!"

"껄껄껄. 내 그럴 줄 알았네. 은퇴한다더니 아주 단단히 잡혔어."

푸르트벵글러가 있는 대로 인상을 쓰며 커피를 마셨다.

"그래, 도빈 군이 대체 어떻게 자네 고집을 꺾었는지 말해보게."

"……."

"아, 어서."

사카모토의 재촉에 푸르트벵글러가 마지못해 입을 열었다.

"전집 만들자고 아주 살살 꼬드기더만."

"오, 거기에 넘어간 거로군. 명석해. 과연."

"내가 그따위 얄팍한 수작에 넘어갈 줄 알고!"

"넘어갔잖은가. 껄껄껄껄!"

"허파에 바람 찼어? 그만 웃어!"

"하하하하!"

사카모토는 푸르트뱅글러의 호통에도 개의치 않고 웃었다. 무릎을 치며 좋아하는 벗을 못마땅하게 보던 푸르트뱅글러가 중얼거렸다.

"요물이 따로 없어. 얼핏 괜찮은 말을 꺼냈다가, 안 먹히니까 사람 마음 약하게나 하고."

"음? 약하게 하다니."

"울먹이더라고."

"도빈 군이?"

"그럼 누가?"

"정말인가? 믿을 수 없는데."

"내가 거짓말이라도 한단 말이야!"

푸르트뱅글러가 잔을 내려놓았다.

"당장이라도 눈물 뚝뚝 흘릴 것처럼 있는데 거기서 어떻게 매정하게 굴어. 빌어먹을."

사카모토가 푸르트뱅글러를 빤히 바라보다 다시 웃었다.

"하하하하! 내 생각엔 자네가 속은 듯하이. 도빈 군이 어디 우는 거 봤는가."

"……속아?"

"뭐, 그 이야긴 뒤에 하고. 5년씩이나 있을 필요가 있는가?"

"줄인 게 그거야! 그 망할 놈이 10년이나 불렀다니까! 이게 어디 가당키나 한 일이야?"

"음. 10년은 길지."

"아주 바득바득 한 마디도 지지 않아서 결국에 5년으로 하자고 달랬지."

푸르트벵글러가 그나마 자존심을 세웠다.

그러나 사카모토는 울먹이던 배도빈이 당장 태도를 바꿔 5년 계약을 성공시켰다는 점에서 두 사람 사이에 어떤 일이 있었는지 대충 짐작할 수 있었다.

배도빈이 푸르트벵글러를 진심으로 위하여 모든 수단을 다 동원한 점이나, 그 마음을 알고 있는 푸르트벵글러가 배도빈의 억지에 일부러 넘어가 준 것까지 안 봐도 훤했다.

"부럽군. 부러워."

사카모토의 솔직한 감상에 푸르트벵글러가 경을 쳤다.

"놀리려고 왔어? 부럽긴 뭐가 부러워!"

"껄껄껄! 좋으면서 괜히 그러지 말게. 앨범 작업에만 집중할 수 있게 해주지 않았나."

"……끄응."

"솔직해지게. 우리 살날이 얼마나 남았겠나. 살아 있을 때 즐겁게 지내야지."

푸르트벵글러가 소파에 등을 기댔다. 사카모토의 말대로 음악인으로 살아왔던 지난 세월을 돌이켜보기에 더할 나위 없이 좋은 기회였다.

앞만 보고 달렸고.

누구보다도 높은 곳에 이른 그는 자신의 세계관을 정리하고 싶었다.

벗의 말대로 그럴 때가 온 듯했다.

"여기! 여기!"

시네스타 영화관 앞에 있던 페터 형제가 배도진을 발견하자 손을 흔들었다.

배도진도 형제를 발견하곤 집사에게 허리를 꾸벅 숙였다.

"데려다주서서 감사합니다."

"주변에 있을 테니 끝나면 전화하세요."

"네!"

집사와 인사한 배도진이 페터 형제를 향해 후다닥 뛰었다.

"포스터! 포스터는?"

"여기! 팸플릿도 있어."

"시사회 티켓 가지고 가면 장난감도 준대."

"정말?"

세 친구가 발을 구르며 좋아했다.

그들이 신이 난 이유는 배영빈 감독, 나비계곡 원작의 극장

용 애니메이션 〈만 년 만에 귀환한 플레이어〉의 시사회 날이 기 때문.

〈매국노〉로 기반을 쌓고 〈THE DOBEAN〉과 〈지구방위대 가랜드〉를 크게 성공시켜 일약 스타 감독이 된 배영빈의 신작 애니메이션은 아시아를 넘어서 유럽과 북미에서도 큰 기대를 받고 있었다.

"근데 도빈이 형은?"

프란츠 페터가 배도빈을 찾았다.

"형 요즘 안 놀아줘."

배도진이 입을 내밀었다.

"맨날 윤희 이모랑만 놀고. 미워."

"일하시는 거 아냐?"

배도진이 고개를 저었다.

"아니야?"

이번에는 고개를 끄덕였다.

"막 둘이 방에서 피아노 치고 바이올린 켜고 그런단 말이야."

"일하시는 거 맞잖아."

"아니라구우."

"형, 빨리! 늦으면 어떡해."

"아, 응. 가자. 가자."

세 친구가 상영관 입구 앞에 설치된 간이 테이블로 향했다.

이미 많은 사람이 줄을 서서 시사회 당첨 티켓을 보이고 피규어를 받고 있었다.

곧 세 친구 차례가 왔다.

"여기요."

페터 형제와 배도진이 핸드폰을 보여주자 안내원이 명단을 확인한 뒤 미소 지었다.

"어떤 피규어로 드릴까요?"

"이거요!"

"저도요, 저도."

세 사람 모두 고민하지 않고 가장 많은 인기를 끄는 캐릭터인 사탄을 집어 들었다.

그 기괴한 형체의 피규어를 받아 들자 미소가 절로 걸렸다.

"근데~"

"응."

"진짜 음악 형이 만들었어?"

"응."

프란츠 페터가 예전 일을 떠올리며 고개를 끄덕였다.

오케스트라 대전으로 한창 바빴던 탓에 배도빈은 배영빈의 신작 애니메이션 OST를 프란츠 페터에게 맡겼었다.

록 밴드 풍의 곡은 처음이고.

전자기타와 전자베이스 등 모두 처음 활용하는 악기였기에 제법 고생했었다.

"형 멋있네?"

알베르트가 프란츠를 올려다보았고 배도진도 그 행동을 따라 하자 프란츠가 쑥스러운 듯 고개를 돌렸다.

"저기……."

그때 알베르트와 배도진과 비슷한 나이대의 남학생 둘이 말을 걸었다.

"네?"

"베, 베를린 필하모닉의 프란츠 페터 맞죠?"

"아…… 네, 넵!"

"진짜, 진짜 이 만화영화 음악 직접 만드셨어요?"

"그렇긴 한데……."

처음 만든 애니메이션 OST에 자신이 없던 탓에 우물쭈물 하는 프란츠를 대신해 배도진과 알베르트가 나섰다.

"맞아요!"

"우리 형이 만들었어요!"

"와!"

두 학생이 눈을 크게 떴다. 잔뜩 달아오른 듯 몸을 들썩였다.

"알! 도진아!"

당황한 프란츠 앞에 영화 포스터가 들이밀어졌다.

"저, 저, 혹시 사인 부탁드려도 될까요."

"저도요!"

생전 처음 받아보는 관심에 프란츠의 얼굴이 빨갛게 되었다. 동생 알베르트가 옆구리를 찔러 일단 펜과 포스터를 받긴 했지만 뭘 적어줘야 할지 몰랐다.

"이, 이름이라도 괜찮으시면."

두 학생이 고개를 격하게 끄덕였다.

프란츠는 어쩔 수 없이 자신의 이름을 적었고 망설이다가 그 아래 오늘 날짜를 적었다.

"아, 제 이름은 벤이에요."

"네?"

"벤에게, 라고 적어주시면 안 돼요?"

"아, 네, 네. 그럴게요."

"전 루카스요."

두 사람은 프란츠에게 사인을 받고 포스터를 펼쳐 보았다. 벤이란 소년은 그것을 끌어안았고 루카스는 함박웃음을 지었다.

"감사합니다!"

"감사합니다."

두 소년이 손을 흔들며 상영관으로 달려갔다.

마찬가지로 손을 흔들어 인사한 프란츠는 긴장이 풀린 탓에 한숨을 길게 내쉬었다.

"형 완전 멋지다!"

"도빈이 형 같아!"

알베르트와 배도진이 눈을 빛내며 프란츠를 올려다보았다.

동생들의 동경 어린 시선에 부끄러워진 프란츠는 어쩔 줄 몰라 했다.

"나, 나도 처음이란 말이야. 그렇게 보지 마."

"아니야! 얼마나 대단한데!"

"아니라니까. 우연이야. 우연."

"그래도 기쁘지?"

"뭐……. 아이, 빨리 들어가자. 알, 화장실 안 다녀와도 돼?"

프란츠가 화제를 돌리기 위해 화장실 이야기를 꺼냈을 때, 이번에는 한 남성이 아이들과 함께 다가왔다.

"실례해요. 프란츠 페터 씨 맞으시죠?"

"네? 마, 맞는데요."

"저기서 보고 있었는데 사인해 주시더라고요. 혹시 우리도 받을 수 있을까 싶어서요."

남성의 양옆에 남매가 간절한 눈빛을 보내고 있었다.

"해주세요."

"사인받고 싶어요."

어린 남매의 부탁에 프란츠가 난감해하자 아버지가 한 번 더 부탁했다.

"갑자기 부탁해서 미안해요. 그래도 아이들이 웃고 떠드는 밴드를 워낙 좋아해서. 저번 달에는 공연 다녀왔거든요."

"아!"

웃고 떠드는 밴드의 팬이라는 말에 프란츠가 연방 고개를 숙이며 인사했다. 그리고는 쑥스럽게 손을 내밀어 남매에게 사인해 주었다.

"이, 이름이 뭐야?"

"릴리요!"

"막스입니다!"

두 아이가 '감사합니다'라고 행복하게 인사했고 프란츠는 뿌듯함과 쑥스러움을 동시에 느꼈다.

지독한 유년 시절을 겪었던 프란츠는 누군가에게 동경 어린 시선을 받는 일이 부담스러우면서도 기쁘기도 했다.

'하길 잘했나 봐.'

다루지 못한 장르와 악기로 곡을 써야 한다는 제안에 겁이 나기도 했었다.

실명한 상태로 오케스트라 대전을 준비하던 배도빈을 조금이라도 돕고 싶었기에 무리했을 뿐이었다.

그러나 막상 팬들의 인사를 받으니 마냥 꺼릴 일이 아니었다는 생각이 들었다.

'좋아해 줬으면 좋겠다.'

잠시 후.

세 사람이 상영관 안에 들어섰다.

지루하고 긴 광고 영상 끝에.

프란츠 페터가 쓴 오프닝 테마곡이 흘러나왔다.

♪

2028년 3월에 개봉한 배영빈 감독의 신작 애니메이션은 크나큰 성과를 거두었다.

각 나라 커뮤니티에서 원작 특유의 유머를 잘 살렸다는 평이 속속들이 올라오고 있었다.

특히 액션 신은 제작사 크레용 위즈가 제작진을 갈아 넣었단 농담마저 나돌 정도로 훌륭했다.

또한 프란츠 페터가 처음으로 만든 애니메이션 오프닝 곡도 긍정적인 반응을 얻었다.

평론가 차채은은 프란츠 페터가 과감한 도전을 시도했다며, 베를린 필하모닉의 실내악 팀, '웃고 떠드는 밴드'가 앞으로 어떤 음악관을 보일지 기대된다고 평했다.

배도빈 콩쿠르 이후 이렇다 할 활동이 없었던 프란츠 페터에 대한 관심에 다시금 불이 붙고 있었다.

"히."

배도빈이 고개를 돌렸다.

악보 교정을 맡겨둔 프란츠 페터가 펜을 든 채 멍청히 웃고 있었다.

초점 없는 눈으로 무심코 웃음을 흘리는 동생을 보며 배도빈도 피식 웃고 말았다.

스승으로서 다양한 일을 경험시켜 주고자 했는데, 프란츠가 예상외로 잘 해내니 기특할 뿐이었다.

"프란츠."

"……히."

"프란츠."

"……네? 부르셨어요?"

"뭐 하고 있어? 그거 오늘까지 할 수 있어?"

"아, 넵!"

프란츠가 퍼뜩 정신을 차렸다. 고개를 젓고 악보를 보기 시작하자 배도빈이 다시 한번 피식 웃었다.

그간 열심히 한 만큼 상을 준비해 두었지만 정말 줘도 괜찮을까 한 번 더 고민하게 되었다.

'괜찮겠지.'

엄하게만 대해서는 좋은 선생이 될 수 없다고 생각한 배도빈은 프란츠에게 다가가 괜히 헛기침했다.

프란츠가 입을 벌린 채 고개를 들자 시선을 피하고 봉투를 던져주었다.

책상 위에 놓인 봉투와 배도빈을 번갈아 보던 프란츠가 조심스레 손을 뻗었다.

"이게 뭐예요?"

"상."

"네?"

"뭘 놀래."

"아, 아니에요. 이런 거 안 주셔도 돼요."

"받아. 앞으로 더 열심히 하라고 주는 거니까."

"……형."

프란츠는 감격했다.

그간 아무리 노력해도 항상 부족한 점을 지적받았는데, 생각지도 못하게 상을 받으니 감동하고 말았다.

또 평소 배도빈을 잘 알고 있었기에 지금 그의 태도가 너무나 다정하게 느껴졌다.

"감사합니다!"

프란츠의 가슴이 두근거렸다.

무엇이든 상관없었지만 배도빈이 어떤 걸 상으로 주었을지 너무나 기대되었다.

'상품권? 현금?'

봉투에 담긴 것으로 보아 둘 중 하나가 아닐까 생각했다.

'알 신발 사 줄 수 있겠다. 저번에 보니까 다 떨어졌던데. 아니, 빨리 집 사야 하는데……'

봉투를 열어보기도 전에 상상의 나래를 펼쳤다.

'아니야. 그래도 신발 하나 정도는 괜찮을 거야. 나도 이제 돈 버니까. 이번 달에는 크레용 위즈에서도 돈 들어오고. ……도진이랑 도빈이 형 신발도 살까. 아, 산타랑 스칼라 형도.'

"히."

프란츠는 동생 알베르트와 친구 산타 웨인, 스칼라 그리고 배도빈, 배도진 형제에게 선물할 생각을 할 수 있는 것만으로도 행복했다.

솔잎을 따다 먹고 딱딱한 빵을 나눠 먹어야 했던 예전과는 비교할 수 없이 여유로운 지금이 꿈만 같았다.

그렇게 두근거리며 봉투를 열자 서류 한 장이 담겨 있었다.

프란츠가 눈을 깜빡거렸다.

"저…… 이게 뭐예요?"

"읽어 봐."

"……영어 몰라요."

"핸드폰 뒀다 뭐 하게."

"아."

프란츠가 핸드폰을 꺼내 사진을 찍자 곧 독일어로 번역되어 알아볼 수 있었다.

계약서

"월드 디자인 스튜디오"는 작곡가 _____에게 다음과 같은 안건을 의뢰하고, 작곡가 _____는 이를 수행함에 아래와 같이 합의하여 본 계약을 체결한다.

'어?'

프란츠 페터의 동공이 흔들렸다.

제1조에 정의된 계약상의 단어들을 어휘력이 저조한 프란츠가 이해할 순 없었다.

프란츠가 눈을 끔뻑이며 고개를 들자 배도빈이 할 수 없다는 듯 한숨을 내쉬곤 설명하기 시작했다.

"노먼이 급하게 사람을 찾고 있어."

"네……."

프란츠 페터의 떨떠름한 반응에 배도빈이 눈썹을 좁혔다.

"몰라?"

"우리 악단 분은 아니시고……."

배도빈은 프란츠가 영화를 즐길 만한 환경에서 자라지 못했음을 상기했다.

"영화감독이야. 유명해. 나랑도 같이 몇 번 일했고. 블랙 나이트 인크리즈랑 덩케르크 철수 작전. 폴 투 윈도."

"아!"

영화는 몰라도 배도빈의 곡은 전부 기억하고 있던 프란츠가 그제야 반갑게 반응했다.

"이번에 만들 영화 도와달라 하더라고. 너도 알다시피 난 바 쁘고."

"네."

"그래서 널 추천했지. 노먼도 긍정적으로 생각하더라."

"아."

"영화는 내년 말에 개봉이지만 1차 예고편에 맞춰 작업해 주면 좋겠대."

프란츠가 계약서를 다시 보기 시작했다. 계약서에는 3월 마 지막 주 금요일까지로 명시되어 있었다.

"2주밖에 안 남았잖아요!"

"3분짜리 한 곡이면 돼. 그렇게 무리한 일정은 아니야."

"저는 이거 해본 적 없는데."

아무리 3분짜리 짧은 곡이라고 해도 영화사에서 바라는 건 웅장한 분위기의 관현악곡이었다.

배도빈처럼 뚝딱 만들어낼 자신이 없었다.

"좋은 기회야. 나도 그런 식으로 활동 폭을 넓혔으니 배운다 고 생각하고 해."

"……네."

조금 당황스럽긴 했지만 프란츠 페터는 곧 마음을 다잡았다.

이렇게 좋은 환경에서 다양한 경험을 할 수 있다는 게 얼마나 축복받은 일인지 베토벤 기념 콩쿠르를 통해 충분히 느꼈다.

유명 영화감독과 함께하다니.

수많은 음악가가 평생을 바쳐도 잡지 못할 기회를 유약한 마음으로 날리고 싶지 않았다.

"저, 할게요."

"그래."

프란츠가 주먹을 쥐며 의지를 태웠고 배도빈도 만족한 듯 영화 대본과 크리스틴 노먼이 바라는 가이드라인을 넘겨주었다.

"충분히 읽어 둬. 모레 미팅 가질 거니까."

"네!"

꼭 멋진 곡을 만들어야지 다짐한 프란츠가 영화 대본을 읽기 시작했다.

시간이 얼마나 흘렀을까.

프란츠는 뭔가 잊은 듯한 기분에 사로잡혔다.

'선물은?'

그 순간 프란츠 페터가 고개를 세차게 저었다.

배도빈이 이렇게 큰 기회를 선물로 주었는데, 돈이나 상품권을 바랐던 자신이 너무나 부끄러워졌다.

'무슨 생각 하는 거야. 이게 얼마나 대단한 일인데.'

프란츠는 이번 달 말에 받을 보수에서 일부를 떼 동생과 배도빈, 배도진, 산타 웨인과 스칼라에게 좋은 신발을 사 주자고 마음먹었다.

두 뺨을 때리고 다시 집중해 악보를 보았다.

배도빈은 작은 성공과 칭찬 일색의 반응에 잠시 취했던 프란츠가 마음을 다잡는 것을 확인하고 다시금 〈파우스트〉를 작업하기 시작했다.

창을 통해 들어오는 햇빛이 점점 길어지고 퇴근 시간이 다가올 즈음.

죠엘 웨인이 문을 두드렸다.

"들어와요."

배도빈이 깃펜을 내려놓았다.

곧 문이 열리고 죠엘 웨인이 작은 박스 두 개를 가지고 안으로 들어섰다.

"주문하신 물건 도착했습니다."

"수고했어요."

배도빈이 죠엘에게 눈짓을 주자 그녀가 프란츠 페터에게 다가갔다.

프란츠는 의문 가득한 눈빛으로 죠엘과 배도빈을 보았다.

"보스께서 주시는 선물이에요. 부러운데요?"

얼떨떨하게 상자를 받은 프란츠는 그것을 열어보고 눈과 입을 크게 벌렸다.

새 신발이었다.

하나는 프란츠에게 딱 맞는 크기의 유명 브랜드의 운동화였고 다른 하나는 그보다 조금 작았다.

프란츠가 고개를 돌려 배도빈을 보았다.

"저번에 보니 알베르트 신발이 떨어져 있더라. 돈 벌어서 어디다 쓰는 거야."

"형……."

"사는 김에 네 것도 샀으니까 갈아 신어. 누가 보면 돈도 안 주고 일 시키는지 알겠어."

"허어엉."

프란츠가 배도빈에게 다가가 그를 끌어안으려 했다.

배도빈이 질색하고 몸을 뺐지만 막무가내였다.

"가우왕 씨, 이리 와서 앉아 봐요."

"가우왕 씨?"

"그래. 가우왕 씨."

늦은 밤.

예나왕이 샤워를 하고 나온 가우왕을 불러다 앉혔다.

평소 가가라고 살갑게 부르던 아내의 날카로운 태도에 가우왕은 의아해했다.

"왜 그래?"

"왜 그래?"

"……."

가우왕은 예나가 단단히 화난 이유를 찾지 못하면 한동안 크게 괴로울 거라고 직감했다.

"좋아. 무슨 일인지 알겠어."

가우왕이 두 손을 들고 예나를 진정시켰다.

예나왕은 팔짱을 끼고 남편이 무슨 말을 꺼낼지 기다렸다.

"오늘 아침 일일 거야."

아내가 눈썹을 좁혔고.

"……어제 일일 수도 있고."

한숨을 내쉬었다.

가우왕은 혼란스러웠다.

당번으로 하는 빨래와 청소 모두 문제없었고, 출근 전에 입을 맞추는 걸 잊은 적도 없었다.

그제 동료들과 축구장에 갔던 일도 미리 알렸고, 저녁 식사는 함께했었다.

본인이 무엇을 잘못했는지 알 수 없었다.

남편이 무슨 잘못을 저질렀는지 모르는 것 같았기에 예나가 입을 열었다.

"결혼 전부터 말했지만 난 아이 가질 거야. 당신도 동의했고."

가우왕이 슬쩍 웃으며 그녀를 안으려 하자 예나왕이 남편을 밀쳤다.

"그래서. 대체 언제까지 피울 건데?"

"아."

"담배 끊고 최소 3년은 지나야 아기한테 문제없다고 하잖아. 언제 끊을 셈이야? 우리 둘 다 늙고?"

"그럴 리가 없잖아."

"지금 당장 끊어."

"당장?"

"당장. 안 그러면 각방 써."

부부생활 중단 선언이었다.

가우왕이 드레스룸으로 들어가 외투 주머니에 들어 있던 담배와 라이터를 가지고 나왔다.

작업실에 두고 있던 담배 두 보루도 함께 가지고 나와 거실 쓰레기통에 넣었다.

예나왕이 슬쩍 고개를 끄덕였다.

가우왕이 웃으며 아내에게 다가가 그녀의 이마에 입을 맞추었다. 오른손을 그녀의 무릎 뒤에 넣고 왼손으로는 등을 받쳤다.

그대로 일어나자 예나왕이 슬며시 웃었다.

굳이 확인하지 않아도 되었다.

약속 따위 필요 없었다.

금연이 쉽지 않다는 건 알고 있지만, 그가 자신을 얼마나 사랑하는지 확신하는 예나는 남편이 담배를 끊을 거라고 믿었다.

예나왕이 가우왕의 목을 감으며 유혹하듯 물었다.

"뭐 하려고 들었어?"

"뻔하잖아."

"모르겠는데?"

예나왕의 딴청에 가우왕이 그녀를 든 채 안방으로 향했다.

곧 예나왕이 가장 좋아하는 라 쿰파르시타가 흘러나왔다.

얼마 뒤.

몸을 포개어 누운 채 TV를 보던 중 가우왕이 몸을 일으켰다.

씻으러 가는가 싶었던 예나는 그가 샤워실이 아니라 작업실로 향하는 걸 보고 고개를 갸웃했다.

'뭐 가지러 가나?'

대수롭지 않게 생각한 예나도 일어났다.

"나 먼저 씻을게."

"어."

샤워하고 나온 예나는 비어 있는 침대를 확인하고 아이 크림을 들었다.

머리를 말린 뒤에도 남편이 돌아오지 않아 작업실 문을 열었더니 곧 격렬한 피아노 소리를 들을 수 있었다.

정교하기로는 세계 제일인 가우왕의 연주라고 믿기 어려웠다.

가우왕은 무엇에 홀린 듯 땀을 뚝뚝 흘리면서도 연주를 멈추지 않았다.

"갑자기 왜 그래? 응?"

아내의 질문에 가우왕이 연주를 멈추고 거친 숨을 골랐다.

"먼저 자."

"당신은? 계속 치게?"

"어. 이러면 생각 안 나."

"……."

담배 이야기라는 걸 안 순간 예나는 남편이 평범한 사람이 아님을 새삼 느꼈다.

피아노로 금연하는 사람이 세상에 또 있을까.

예나는 그의 뺨에 입을 맞추곤 작업실 문을 열어둔 채 안방으로 가 누웠다.

남편의 격렬한 연주는 점점 더 엉망이 되었고 덕분에 잠을 이룰 수 없었지만 나쁘지 않은 밤이었다.

♪

크리스틴 노먼의 신작이자 블랙 나이트 시리즈의 프리퀄 영화 〈블랙 나이트 이어 원〉은 주인공이 블랙 나이트로 처음 활동한 시기를 그린 작품이었다.

책을 읽을 기회가 많지 않았던 프란츠 페터는 대본 형식 원고를 이해하는 데 어려움을 느꼈지만, 페이지를 넘길 때마다 블랙 나이트의 서사에 서서히 몰입할 수 있었다.

그리고 마지막 페이지를 넘긴 순간, 소년의 가슴은 알 수 없는 희열로 가득 차버렸다.

재밌다. 벅차다. 전율에 휩싸였다.

그 어떤 말을 가져다 붙여도 부족했다.

상처받은 주인공은 그것을 극복하기 위해 스스로를 몰아붙였다.

비록 시작은 어설펐으나 마침내 영웅으로 각성하는 서사는 소년의 가슴을 뛰게 했다.

"왜 그래?"

동생 알베르트가 어쩔 줄 몰라 하는 형에게 물었다.

"알, 이거. 이거. 진짜 너무 대단해. 진짜 너무너무너무 재밌어."

"응……."

알베르트는 어깨를 으쓱이곤 다시 핸드폰 게임에 눈을 돌렸다.

프란츠는 지금의 이 감동을 제대로 전하지 못하는, 〈블랙 나이트 이어 원〉의 대단함을 표현할 수 없는 상황이 너무나 답답했다.

어떤 단어를 어떻게 배열해야 하는지 도무지 알 수 없었다.

그렇게 답답해하던 도중.

문득 배도빈이 했던 말이 떠올랐다.

'괴테와 베트호펜의 관계는 그 이후로 좁혀지지 않았어.'

괴테를 존경했던 베토벤이 어느 시점 이후로 그와의 교류를 끊었다는 이야기였다.

프란츠는 그 이유를 물었었다.

'왕족에게 굽신대는 것도 한심했지만 그보다 터무니없이 좁은 시야에 실망했지.'

'무슨 말인지 모르겠어요.'

'괴테는 음악이 문학보다 못하다고 했어. 스스로 음악을 즐기고 아마데를 찬송했으면서, 베트호펜과 슈베르트는 무시했지.'

'너무해요.'

'지금 생각해 보면 아마데의 곡을 좋아했던 것도 서사가 있는 오페라였기에 즐겼다고 봐야지.'

'지금 생각해 보면?'

'아무튼.'

배도빈은 확신에 차 말했다.

'문학이 전할 수 있는 감동과 음악이 전하는 감동은 서로 달라. 둘 모두 감정을 전달하지만, 문학은 음악으로는 명확히 할

수 없는 개념을 전달할 수 있고, 음악은 단어로는 형용할 수 없는 감정을 공유할 수 있지.'

'네.'

'그래서 영화나 애니메이션, 게임, 오페라, 연극 등에 음악이 쓰이는 거야. 말이 담을 수 없는 부분을 채워주니까.'

'아.'

'반대도 마찬가지. 분명 쉽지 않지만 네가 음악이 할 수 없는 부분을 채우려 노력한다면 관객들은 네 의도를 더 쉽게 잡아낼 거야.'

배도빈과의 대화를 떠올린 프란츠가 고개를 끄덕였다.

그때는 막연하게 받아들였을 뿐인데, 막상 지금에 이르니 배도빈이 무슨 뜻으로 말했는지 알 것 같았다.

〈블랙 나이트 이어 원〉을 읽고 난 벅찬 마음을 말로 표현할 수 없다면 적어도 그 감정이 전달될 수 있는 음악을 만들자.

그렇게 생각한 프란츠는 곧장 악보를 펼쳤다.

열정은 뜨거웠으나.

펜은 무거웠다.

악보로 쓸 종이조차 구하기 힘들었던 탓에 머릿속으로 반복해 계산하고 완벽한 답을 얻었을 때만 펜을 움직이던 버릇이었다.

책상 앞에 앉은 프란츠 페터는 미동조차 없었지만 그의 작은 머리는 치열하게 돌아가고 있었다.

♪

"노먼."

"빈!"

오랜만에 만난 노먼의 얼굴에 주름이 많이 생겼다.

하지만 특유의 밝은 미소와 올곧은 눈빛은 여전하여 안심했다.

"너무 바쁜 거 아니니? 대체 얼마 만에 보는 거야."

"노먼도 마찬가지잖아요."

노먼이 싱긋 웃는다.

21세기 최고의 영화감독으로 활동한 그녀에게는 매년 수천 편의 영화 시나리오가 날아든다.

이미 예정된 작품만 두 자릿수니 만나기 어려운 것도 무리는 아니다.

"인사해. 크리스틴 노먼 감독이야. 노먼, 저번에 말했던 프란츠 페터예요."

프란츠와 노먼에게 서로를 소개해 주었다.

"아, 안녕하세요!"

"반가워요. 도빈이에게 말 많이 들었어요. 믿어도 된다고."

프란츠의 얼굴이 빨갛게 되었다.

"여, 열심히 하겠습니다!"

"좋은 결과물 기대할게요."

아쉽게도 첫인상을 좋게 주진 못한 듯하다. 무엇이든 완벽해야 직성이 풀리는 그녀가 열심히 하는 것으로 만족할 리 없다.

오늘은 소개도 할 겸 자리를 함께했지만 앞으로 프란츠가 얼마나 고생할지 뻔하다.

하지만 지금껏 곡을 자유롭게 만들었던 녀석에게는 큰 공부가 될 것이다.

프로로서 하고 싶은 작품만 만들 수는 없으니, 돈을 벌려면 타인의 요구대로 만드는 법도 익혀야 한다.

배영빈과의 작업을 통해 기반을 다졌으니, 노먼을 만족할 만한 결과를 만들 때면 한층 더 성장해 있으리라.

"어떻게 할래요? 오늘은 쉬고 내일부터?"

노먼에게 물으니 눈썹을 모으며 어깨를 으쓱였다.

"설마. 아까운 시간을 낭비할 수 없지."

"그럴 거라 생각했어요."

이 워커홀릭은 시차로 인한 피곤 따위 신경 쓰지 않는 모양이다.

"페터 씨도 괜찮죠?"

"네, 네! 그럼요! 저, 저 실은."

프란츠가 주머니에서 무언가를 꺼냈다.

"대본이 너무 재밌어서 샘플 하나 만들어 봤어요. 신시사이저라서 느낌은 덜하겠지만 그래도 샘플이 있는 게 좋을 것 같아서……."

대본과 가이드라인을 보고 참고할 곡을 만들어본 듯하다.

녀석답게 성실하지만, 감독 입장에서 그리 달가운 일은 아니다.

충분히 대화를 나눠야 텍스트로는 전달하기 어려운 점을 공유할 수 있고 일을 서두르는 건 좋지만 이런 식으로 돌아가면 더 늦어질 뿐이다.

첫인상이 더욱 안 좋아질 듯하다.

"그럼 일단 들어볼까요?"

일단 들어보자고 나왔지만 만약 프란츠의 샘플이 마음에 안 들 경우, 노먼이 계약을 취소할지도 모르겠다.

프란츠에게는 첫 실패가 될 테고 그 또한 경험이겠지.

베를린 필하모닉의 작곡가로서, 독단적인 성실함이 협업에 큰 문제를 야기할 수 있음을 알게 될 테니까.

'……내가 추천했으니 뒤처리는 해줘야지.'

일정이 조금 빠듯하지만 이 또한 스승으로서 해야 할 일이리라.

"작업실로 가죠. 죠엘, 이분들 안내 부탁할게요."

죠엘에게 노먼의 수행원들을 부탁했고 노먼, 프란츠와 함께 작업실에서 샘플 곡을 틀었다.

실연이 아니라 신시사이저라는 걸 감안해도 개선해야 하는 부분이 많다.

녀석답게 성실하고 선 굵은 진행은 합격점을 줄 만하나.

전개부에서 긴장감을 형성하려는 의도는 보이나 효과적이지 못했고, 주제 활용이 미진한 점도 그렇다.

"클래식하네요."

고민하던 노먼이 입을 열었다.

"블랙 나이트의 TV 시리즈 같은 느낌이었어요. 92년도 작품이죠."

노먼이 핸드폰을 꺼내 92년도 TV 애니메이션 시리즈의 오프닝 곡을 틀었다.

과연 그녀가 클래식하다고 느낄 만하다.

주제가 유사한 구조를 보인다.

주제부터 다시 따오라고 하려던 건 일단 보류해야 할 듯싶다.

"블랙 나이트의 첫해를 그리는 작품이니까, 향수를 불러일으키는 느낌은 좋네요. 의도한 건가요?"

"네, 네. 아무래도 팬층이 두텁고 오랫동안 사랑받은 캐릭터니까 그쪽이 좋지 않을까 싶어서요."

노먼이 고개를 끄덕였다.

"빈은 어떻게 들었어?"

"엉망이죠."

조마조마하던 프란츠의 얼굴이 금방 울상이 되었다.

"응. 기대가 너무 높았나 봐."

노먼이 맞장구를 치자 프란츠는 거의 울기 직전까지 갔다.

이렇게 마음이 여려서야 큰일을 할 수 있을지 의문이다. 가진 바 재능에 의지를 더했지만 자신감이 부족하다.

노먼이 잠시 고민하더니 이야기를 이어나갔다.

"의도는 좋아. 분위기도 마음에 들고. 개선의 여지가 있을까?"

"음."

머릿속으로 페터의 샘플을 떠올렸다.

"구간마다 끊어지는데, 내 흉내겠지?"

"아."

"쓸데없는 짓이야."

여러 문제가 있지만 자연스럽지 못한 연결부가 가장 크게 느껴졌다.

악기마다 음량을 조절한다든가, 박자를 조정하는 일은 편곡 단계로 충분히 커버할 수 있지만 구조 문제는 바로 잡아야만 한다.

음 사이마다 단절된 느낌은 지금도 즐겨 쓰는데, 루트비히의 이름으로 기록된 곡들이 해석이 여럿인 이유도 그 때문이다.

지휘자와 연주자에 따라 다양하게 연주되길 바란 탓인데,

어설프게 따라 하는 바람에 뚝뚝 끊기는 느낌이다.

음계마다 그런 것은 고칠 수 있지만 곡의 전개마저 그러면 문제가 있다.

"어설프게 흉내 내려 하지 마. 도입도 괜찮아. 네가 처음 생각했던 느낌을 효과적으로 표현할 것만 생각해."

"네."

"주제를 활용하려는 건 알겠지만 반복이 짙어. 변형이 확실해야 인식되기 쉬우니까."

"넵."

프란츠가 내 말을 받아 적었다.

그 모습을 보던 노먼이 질문했다.

"어떤 장면을 생각하고 쓴 거예요?"

"아, 처음 범죄자를 상대했을 때요. 쓰러지고 집사의 도움으로 일어나서 가면을 쓰는 데까지 생각했어요."

"……같은 생각을 했네요."

노먼이 빙그레 웃더니 팔짱을 끼고 눈을 감았다.

"한 번 더 들어보죠."

프란츠가 곡을 다시 한번 틀었다.

크리스틴 노먼은 프란츠의 곡에서 무엇인가를 찾은 듯하다.

급히 만든 탓에 어설픈 감이 있는 샘플이 다행히 그녀에게 어필하는 구석이 있는 모양.

적어도 시나리오에 적합한 분위기를 형성했다는 점에서 프란츠가 이 일을 제대로 인지하고 있는 것 같다.

감독과 작곡가의 시선이 비슷하니, 예상보다 순조롭게 진행될 것 같다.

"좋아."

노먼이 눈을 떴다.

"함께 작업할 수 있을 것 같네요. 잘 부탁해요, 프란츠 페터 씨."

"네, 네! 열심히 하겠습니다!"

"아뇨. 열심히 하는 거로는 부족해요. 최고의 결과물을 만들어 주세요."

"아, 아……. 네. 넵!"

시선은 비슷하지만 성향은 전혀 다른 두 사람이 어떤 시너지를 낼지 기대된다.

프란츠와 노먼이 작업할 수 있게 자리를 비워주었다.

'슬슬 연수 이야기를 꺼내야 할 텐데.'

〈파우스트〉의 스케치도 끝냈고 아무래도 가장 먼저 나서고 싶은데, 누구와 갈지 고민이다.

결과적으로는 모든 단원을 보내고 싶지만 공연을 몇 달씩

쉴 수도 없는 노릇이니 순서를 두고 교대해야 한다.

지휘자가 몇 없기에 푸르트벵글러나 케르바 슈타인과 함께 할 순 없을 테고.

'가우왕이랑 다닐까.'

가장 먼저 생각난 사람은 비교적 일정이 겹치지 않는 가우왕.

오케스트라 일정은 최지훈이 거의 도맡고 있고, 개인 일정과 밴드 스케줄이 대부분인 가우왕과 함께하는 편이 좋을 것 같다.

시계를 보니 오후 3시.

개인 연습실에 있을 시간이다.

가우왕의 연습실 문을 열자, 건반 소리가 괴팍하게 울렸다.

가우왕답지 않게 음이 고르지 않다.

"아아아아아악!"

원래 이상한 인간이지만 오늘따라 더 이상하다.

"뭐 해요?"

가우왕이 고개를 돌렸다.

잔뜩 충혈된 눈에서 광기가 느껴진다. 세 개의 손을 위한 소나타를 익힐 때보다 한층 더 미쳐 있다.

위험해 보여 나도 모르게 주춤거렸다.

"손이 떨려서 연주가 안 돼!"

"무슨 말이에요? 손이 왜 떨려."

"빌어먹을! 빌어먹을!"

평범한 대화를 나누는 건 어려워 보인다. 자세히 살피니 손을 심하게 떨고 땀도 흘린다.

어디 아픈가 싶다.

"뭐야. 왜 그래요? 어디 아파요?"

"금단현상인가 봐."

"금단?"

"담배 끊었더니 이러잖아."

"……."

어떤 계기인지는 몰라도 담배를 끊었다니 다행이다.

다행인데, 가까이하고 싶진 않다.

"오늘은 집에 가서 쉬어요. 지금 피아노 쳐서 뭐 하게요."

"피아노를 안 치면 참을 수가 없는데 어떡하라고!"

"……그럼 그래요."

다시금 괴팍하고 기괴한 연주를 하는 가우왕을 뒤로하고 연습실을 나섰다.

연수는 다른 사람과 가야겠다.

"연수?"

화요일.

정기 회의 안건으로 알려진 단기 연수 계획에 단원들이 의아해했다.

진 마르코가 손을 들었다.

"지금 있는 제도랑 뭐가 다른가요?"

단원들이 마르코의 말에 고개를 끄덕였다.

베를린 필하모닉은 현재도 신청자에 한해 심사를 거쳐, 최대 석 달간 연수받을 수 있었다.

이자벨 멀핀이 마이크를 잡았다.

"기존 연수 제도는 이용하는 분이 상당히 적었습니다. 여러분이 보다 다양한 경험을 얻길 바라는 보스께서 입안하신 일입니다."

단원들이 돌아보자 배도빈이 고개를 끄덕여 긍정했다.

멀핀이 이야기를 계속해 나갔다.

"연수 제도 이용률이 낮은 이유는 일전에 치렀던 설문 조사 결과, 다음과 같이 나타났습니다."

화면에 도표가 그려졌다.

드드드드드드-

"일정 문제가 26퍼센트로 가장 많았고 심사 과정이 불편하다는 이유가 17.7퍼센트, 필요성을 느끼지 못함이 17.1퍼센트였습니다."

찰스 브라움이 턱을 쓸었다.

"일정 문제라면 어느 정도 해결됐고. 심사 과정은 개선하면 된다지만 필요성을 느끼지 못하는 건 연수 자체가 필요 없다는 뜻인데."

"무리도 아니지. 악기별 수석, 부수석에게 배우는 것만으로도 충분하니까."

피셔 디스카우의 말에 대부분 공감했다.

바이올린은 세계 최고의 연주자 찰스 브라움과 그에 못지않은 나윤희가 있었고 그 외에도 한스 이안, 스칼라와 같이 뛰어난 바이올리니스트가 즐비했다.

첼로도 마찬가지.

베를린 필하모닉에서 20년 가까이 근속한 최고의 첼리스트 이승희가 곧 육아휴직을 끝내고 복귀할 예정이었다.

베이스의 다니엘 홀랜드와 팀파니 피셔 디스카우, 오보에 진 마르코, 바순 마누엘 노이어, 하프와 바이올린의 스칼라, 바이올린·첼로·얼후 등 두루 소화하는 왕소소까지.

모든 악기의 수석, 부수석 하물며 평단원까지 세계 최고 수준으로 구성된 베를린 필하모닉은 자체적으로도 충분히 발전을 거듭할 수 있었다.

푸르트벵글러와 함께 베를린 필하모닉을 지탱했던 기존 A팀이 한 명씩 은퇴하는 와중에도 아무런 문제 없이 세대교체가 이뤄지는 것만으로도 충분히 증명된 사안이었다.

그러나 악단주 배도빈의 생각은 달랐다.

"여러분이 최고라는 건 사실이지만 여기서 안주하길 바라지 않습니다."

모두 보스의 목소리에 집중했다.

드드드드드드-

"작년 오케스트라 대전을 치르며 느꼈습니다. 토스카니니는 특유의 탄탄한 구조를 빠른 시간 안에 단원들에게 주입했습니다. 마리 얀스는 관객을 어떻게 즐겁게 하는지 알려주었죠."

배도빈이 단원 한 명, 한 명과 시선을 나누었다.

"그들의 연주를 접하지 못했다면 생각지 못할 일이 너무나 많았습니다. 제게 아직 배울 게 있다는 뜻이죠. 여러분도 마찬가지고요."

단원들이 각자 느낀 바를 떠올리며 고개를 끄덕였다.

압도적인 차이를 보이며 우승했다고 해도, 배도빈의 우승 소감처럼 타 오케스트라는 충분히 뛰어났다.

베를린 필하모닉이 생각하지 못한 퍼포먼스를 보이기도 했고 때로는 전혀 다른 해석을 내놓아 세상을 놀라게 하기도 했다.

"우물이 아무리 크다 해도 안주한 이상 더 이상의 발전은 없습니다."

배도빈이 이자벨 멀핀에게 시선을 주었다.

그녀가 새 연수 제도를 설명하기 위해 나섰다.

"연수 기간은 총 3개월로 연수자는 사전에 협약된 오케스트라 중 한 곳을 선택할 수 있습니다."

스크린에 베를린 필하모닉과 교류가 약속된 오케스트라가 나열되었다.

빈 필하모닉

체코 필하모닉

대한국립교향악단

로테르담 필하모닉

로스앤젤레스 필하모닉

암스테르담 로얄 콘세트르허바우

"장기간 자리를 비움으로써 일정 문제가 예상되는 단원은 이들 악단과 조율, 단원 교체가 가능하도록 하였습니다. 예를 들면 다니엘 홀랜드 수석이 빈 필하모닉의 헐버트 마이어와 합의하에 서로의 역할을 바꿀 수 있다는 거죠."

"오. 교환학생 같은 거네."

이자벨 멀핀의 말에 따르면 석 달이라고는 하지만 다른 악단에서 활동할 수 있고, 또 다른 악단의 연주자와 함께할 수 있었다.

전혀 없던 일은 아니었지만 이처럼 본격적인 시도는 보수적이었던 기존 클래식 음악계에서 드문 시도였다.

배도빈의 지지를 받은 이자벨 멀핀이 적극적으로 나섰고, 두 번의 오케스트라 대전에서 모두 우승을 내어준 타 악단이 호응했기에 가능한 일이었다.

"또 굳이 이 시스템을 이용하지 않아도 됩니다. 일정 문제가 없는 단원은 연수 기간을 자유롭게 활용할 수 있습니다."

드드드드드드-

멀핀이 연수 결과를 보고하지 않아도 된다고 덧붙이자 단원들이 크게 기뻐했다.

악단주 배도빈이 연수 기간을 그저 휴가로만 쓸 단원은 없다고 확신하는 덕이었다.

"보고서 따위 읽을 시간 없습니다. 다녀와서 연주로 확인하겠습니다."

"예, 보스."

배도빈의 믿음처럼.

단원들도 3개월을 그저 놀기만 할 생각은 추호도 없었다.

기본 급여부터 복지 제도까지 모든 것이 완벽한 베를린 필하모닉은 철저히 실력 위주로 평가되었기에, 조금이라도 뒤떨어지는 단원에게는 재계약의 기회가 없었다.

세계 최고의 오케스트라 베를린 필하모닉 소속 연주자로 자부심을 느끼는 그들은 그동안 각자 마음에 두고 있던 인물 혹은 지역을 떠올렸다.

'암스테르담이라면 마리 얀스가 그만두기 전에 한 번쯤 괜찮겠지.'

'사카모토 교수가 있는 빈 필하모닉이라면 경험해 보고 싶긴 한데.'

'셰프랑 보스만으로도 벅찬데 토스카니니는 일단 빼고 생각해야……'

'대감이랑 같이 일할 수 있겠네?'

단원들이 각자 생각을 정리하던 중 배도빈이 입을 열었다.

"여러 명이 한 번에 나가면 악단 운영에 문제가 생길 테니 한 달에 네 명으로 제한하겠습니다. 오늘 이 시간 이후로 신청받을 테니 자세한 사항은 사무국으로 문의하세요."

"넵!"

"마지막으로 이번 달 한 자리는 제 자리입니다."

"네?"

단원들이 눈을 휘둥그레 떴다.

베를린 필하모닉의 심장과 두뇌나 다름없는 배도빈이 자리를 비우는 건 다른 인물과 비교할 수 없었다.

"잠깐, 네가 나가면 여긴 어쩌고."

찰스 브라움이 의문을 던졌다.

"재작년에 보니 저 없어도 잘 돌아가더라고요. 덕분에 소원을 이루게 됐어요."

배도빈의 대답에 단원들의 머릿속에 벌써 5년 전 일이 스쳤다.

첫 번째 오케스트라 대전 준결승을 앞두고 배도빈이 베를린 필하모닉을 떠날 거라고 했던 일이 떠오른 것이었다.

그때는 나윤희의 계략으로 어찌어찌 무마되었지만, 결국 다양한 음악을 공부하고 싶은 마음이 이번 오케스트라 대전으로 도진 듯했다.

그러자 이 새로운 연수 제도의 파격적인 조건이 납득되었다.

'자기가 가고 싶어서 만든 거잖아.'

'이렇게 막 고쳐도 돼?'

'도빈이 거잖아.'

'……그러네.'

드드드드드드-

'근데 아까부터 무슨 소리야?'

단원들이 소곤거리며 나름대로 납득했다.

전처럼 악단을 떠난다는 것도 아니었고 무엇보다 더 나은 음악을 위한 일이었으니 반대할 이유가 없었다.

드드드드드드-

찰스 브라움이 책상을 내려쳤다.

"시끄러워!"

회의가 시작되었을 때부터 온몸을 진동하던 가우왕 덕분에 찰스 브라움의 신경이 있는 대로 예민해졌다.

"부감독이란 작자가 회의 중에 무슨 짓이야! 당장 그만두지 못해?"

"가, 가, 가, 가만히, 이, 있잖, 아."

가우왕의 대답에 찰스 브라움이 어쩔 줄 몰라 했다. 천장을 보았다가 한쪽 벽면으로 시선을 옮겼고 숨을 잔뜩 마신 뒤 푹 내쉬었다.

"금연하고 있대요. 이해해 주세요."

최지훈이 재밌다는 듯 방실방실 웃으며 가우왕을 관찰했다.

배도빈도 눈을 가늘게 뜨고 그를 살펴보다가 입을 열었다.

"그 상태로 연주할 수 있겠어요?"

드드드드드드ㅡ

"모, 모, 모, 못 할 게 뭐야. 나 가우왕이야."

"저번에 들어보니 엉망이던데."

"시끄러워!"

배도빈이 고민하다가 입을 열었다.

"가우왕도 이번 달부터 빠져요. 그런 상태로 무대 못 올라가니까 휴식 겸해서 공부도 하고."

가우왕이 눈을 뒤집고 항의하고자 했으나 최지훈이 뒤에서 붙잡고 입을 가린 탓에 어쩌지 못했다.

"읍읍읍!"

"그럼 세 달간 피아노는 나밖에 없겠네?"

"그러게. 부탁할게."

"응. 걱정 마."

최지훈이 발광하는 가우왕을 제압한 채 방긋방긋 웃었다.

정기 회의가 끝나고 웃고 떠드는 밴드는 소연습실에 따로 모였다.

"뭐 좋은 일 있어?"

진달래가 조금 전부터 계속 웃고 있는 최지훈에게 물었다. 평소에도 웃는 얼굴이지만 오늘따라 기분이 좋아 보였다.

"응. 가우왕 씨 몫까지 하게 됐으니까."

"……좋은 거야?"

"그럼. 무대에 더 많이 오르잖아."

"그거야 좋지만."

진달래도 무대에 오르길 좋아하지만 이미 충분한 일정을 소화하고 있는 최지훈이 가우왕의 몫까지 담당하는 건 무리라고 생각했다.

"무슨 일이든 할 테니 제발 낫기만 해달라고 생각했거든. 하루도 손해 보고 싶지 않아."

최지훈이 말을 덧붙였다.

손을 다쳤을 때 이야기였다.

자신 역시 같은 생각을 했던 진달래가 그를 이해한다는 듯, 최지훈의 등을 철썩 때렸다.

"응. 맘껏 해!"

"고마워."

"그런데 가우왕은?"

진달래와 최지훈 사이에 스칼라가 불쑥 끼어들었다.

"회의 끝나고 안 보여. 오늘 2악장 맞춰보기로 했는데."

"도빈이가 쫓아냈어. 오늘부터 쉬라고."

"시끄럽지 않고 좋아. 다신 안 왔으면 좋겠어."

스칼라가 아쉬운 눈치를 보이자 테이블에 앉아 치즈케이크를 먹고 있던 왕소소가 질색했다.

다니엘 홀랜드가 껄껄 웃었다.

"어쩔 수 없지. 그나저나 페터도 한 달은 빠질 텐데 당장 다음 주 공연은 어떻게 하지? 찰스, 좋은 생각 없나?"

"기존 레퍼토리를 이어가는 수밖에. 편곡도 하면 좋겠지만 교육원 일 때문에 손대기 어렵겠어."

"그럼 나 악장은 어때?"

"저요?"

"남은 사람 중에 편곡 맡길 만한 사람은 나 악장뿐이니까."

밴드의 작곡, 편곡을 담당하던 프란츠 페터가 외부 일에 나섰고, 작곡과 편곡이 가능한 찰스 브라움마저 악장 업무와 음악교육원장으로서의 일 때문에 역할을 늘릴 수 없었다.

가우왕마저 금단현상으로 내쫓겼으니 남은 사람은 나윤희뿐이었다.

단순 편곡이야 스칼라, 왕소소, 다니엘 홀랜드, 최지훈 모두 가능했지만 각자 다루는 악기에 제한된 일이었다.

"한두 곡은 하겠지만 전체는……."

"뭐, 어쩔 수 없지. 안 그래도 하는 일이 많으니까. 마음에 두지 말라고."

홀랜드가 괜한 말을 꺼냈다며 미안해했다.

찰스 브라움이 나섰다.

"기존 레퍼토리에서 조금씩 수정하는 방향이 최선이겠어. 나와 윤희가 돌아가며 한두 곡 정도 맡으면 괜찮을 거야."

"음. 그러면 되겠군."

모두 어느 정도 합의점을 찾았을 때 진달래가 조심스레 손을 들었다.

"저기."

이목이 집중되자 진달래가 긴장하고 말았다.

스칼라가 의아하게 여겼다.

"평소답지 않게 뭘 그리 조심해?"

"시끄러워. 가만있어 봐."

진달래가 심호흡을 몇 번 하고 가방에서 종이 몇 장을 꺼냈다. 밴드 멤버들이 관심을 보이며 모였고 깜짝 놀랐다.

악보였다.

"뭐야. 곡 쓴 거야?"

"네가?"

"히히. 응."

"진짜? 아리엘이 써 준 게 아니고?"

"응. 내가 만들었어."

"아쉽네."

"히히힝. ……뭐라고?"

"아니야. 잘못 들은 거야."

"잘못 듣긴 뭘 잘못 들어?"

진달래가 스칼라에게 달려들어 머리를 뜯어먹는 와중 멤버들이 감탄사를 냈다.

"이거 록이야?"

"응! 드럼은 디스카우 아저씨한테 부탁하자! 윤희 언니 전자바이올린 연주할 줄 알지?"

"흉내 내는 정도는…….''

"나 전자기타 칠 줄 알아."

"역시 우리 소소쓰으. 사랑해애."

진달래가 스칼라에게서 떨어져 왕소소에게 달라붙었다.

찰스 브라움이 눈썹을 잔뜩 좁혔다.

"난 반대야."

"왜! 들어보지도 않고! 도빈이가 좋은 음악이면 장르 구애받지 말라고 했잖아!"

"악보만 봐도 엉망이니까."

"……."

"처음부터 끝까지 코드투성이군. 작곡 공부를 게을리 한 거야. 편리하니까."

"아닌데……."

"여기, 이 부분은 안 들어도 뻔해. 억지로 두 멜로디를 연결하려 했잖아."

"아무리 생각해도 좋은 방법이 안 떠오르는데 어떡해……."

"그러니까 완성한 뒤에 가져오란 말이야. 괜찮은 곡이면 어떤 곡이든 연주할 테니까."

"……네에."

장르 때문에 반대한 게 아니니 진달래로서는 할 말이 없었다.

열심히 공부해서 만든 첫 곡이 여지없이 무시당하자 위로받고자 나윤희를 찾았다.

나윤희가 진달래의 등을 토닥토닥 다독이며 건의했다.

"한 번 들어보는 건 어때요? 어렵지 않잖아요."

찰스 브라움이 못마땅한 표정으로 의자를 꺼내 앉았다.

진달래가 언제 우울했냐는 듯 벌떡 일어나 핸드폰을 펼쳤다.

곧 그녀가 만든 곡이 재생되었다.

"어때? 어때? 막 달리고 싶지!"

진달래가 기다리지 못하고 나서자 스칼라가 고개를 끄덕였다.

"너다운 곡이네."

"그치! 막 엄청 힘차고!"

"요란하고."

"뭐!"

진달래가 또 스칼라에게 달려들어 옥신각신했다.

두 사람이 그러든 말든 밴드 멤버들은 각자의 감상을 내놓았다.

"신기하다. 언제 이런 곡을."

"응."

나윤희의 말에 소소가 동조했다.

두 사람 모두 진달래의 첫 곡을 긍정적으로 바라보았다.

그들이 지금까지 했던 음악과는 전혀 달랐지만, 시원하게 달려 나가는 분위기가 퍽 마음에 들었다.

또 어떤 의도로 만들었는지 알 수 있었으니 아무도 안 보는 곳에서 그녀가 얼마나 노력했을지 눈에 훤했다.

다니엘 홀랜드가 입을 열었다.

"기타는 실연인데?"

신시로 처리한 다른 악기와 달리 전자기타는 실제 연주가 녹음된 것이었다.

왕소소가 스칼라의 머리털을 쥐어뜯고 있는 진달래를 불렀다.

"기타 쳤어?"

"응! 많이 늘었지!"

진달래가 오른손을 보이며 씩 하고 웃었다.

날로 발전하는 기술 덕택에 첫 의수보다 자연스럽게 움직일 수 있다고는 하나, 딜레이가 없는 건 아니었다.

밴드 멤버들이 듣기에도 상당한 수준의 연주를 하기까지, 그녀가 얼마나 긴 시간 노력했을지 쉬이 짐작할 수 없었다.

"베이스로 할까 싶다가 빠른 연주도 할 수 있다고 들려주고 싶어서."

왕소소가 진달래의 양 볼을 감싸고 늘이며 칭찬해 주었다.

다니엘 홀랜드와 최지훈, 나윤희, 스칼라도 한마디씩 거들었다.

축하하지 않는 사람은 진달래의 악보를 보고 있는 찰스 브라움뿐이었다.

다들 그가 어떤 말을 꺼낼지 긴장하고 있자니, 마침내 그가 악보를 내려놓았다.

"엉망이야."

잔뜩 올라가 있던 진달래의 어깨가 축 처졌다.

웃고 떠드는 밴드의 실질적 리더이자 음악가로서도 한 층 더 높은 곳에 있는 찰스 브라움이었다.

그가 반대하고 나서면 밴드로서도 어쩔 도리가 없었다.

찰스 브라움이 자리를 털고 일어섰다.

"표시해 뒀으니 내일까지 고쳐와."

"……어?"

"다음 주에 무대 올리려면 내일부턴 연습 들어가야 할 거 아니야."

찰스의 말에 나윤희, 왕소소, 최지훈, 스칼라, 다니엘 홀랜드의 얼굴이 밝아졌다.

스칼라가 어리둥절하여 아무 말도 못 하는 진달래를 밀쳤다.

나윤희가 고개를 끄덕이며 재촉하자 그제야 힘차게 대답했다.

"응! 고쳐 올게!"

그날 오후 10시.

찰스 브라움이 지적한 사항을 수정하던 진달래가 기지개를 켰다.

몇 시간째 굳어 있던 몸이 비명을 질렀지만 결과물이 만족스럽지 못해 편히 쉴 수 없었다.

"푸르르르르르."

책상에 엎드린 그녀가 숨을 길게 내쉬었다.

'이게 아닌데.'

전과 달리 그녀는 고집을 세우는 대신 타인의 조언을 받아들일 정도로 성숙해 있었다.

여러 해 뛰어난 음악가들과 함께하며 자신을 갈고닦았기에 찰스 브라움의 충고가 어떤 의미였는지 충분히 이해했다.

찰스가 표시해 둔 부분은 마땅한 해결법이 생각나지 않아 타협을 봤던 곳으로, 극적인 연출을 주고자 두 멜로디 사이에 노이즈를 주었던 연결부는 특히나 반론의 여지가 없었다.

진달래가 고개를 저었다.

음악을 하는 사람이 반론으로 곡을 변호하려 하다니.

있을 수 없는 일.

그녀는 찰스 브라움이 고개를 끄덕일 정도로 연결부를 수정하는 것만이 최선이라고 생각했다.

부우우웅-

핸드폰이 울렸다.

점심시간을 가진 아리엘 얀스가 전화를 걸 시간이었다.

진달래가 핸드폰을 톡톡 두드렸다.

"대가아아암~"

전화를 받자마자 앓는 소리를 내는 것마저 귀엽게 느낀 아리엘이 작게 웃었다.

-반응이 좋지 못했나 봐.

"응. 찰스 아저씨가 이대론 안 된대."

-브라움 악장 의견이라면 틀린 말은 아닐 테지만, 유쾌하진 않은데?

"그러니까아. 맞는 말이라서 고치는 중인데 아무리 해도 모르겠어."

말을 마치려던 진달래가 다급히 외쳤다.

"안 돼! 이건 혼자 만들 거니까! 안 도와줘도 돼."

아리엘이 다시 웃었다.

고집스러운 연인은 이번 작업을 본인의 일이라며 선을 그었다.

세계적인 작곡가이자 마왕 배도빈의 유일한 적수로 불리는 아리엘 얀스에게 곡 교정 정도는 일도 아니었지만, 진달래는 한사코 도움을 거절했다.

아리엘 얀스에게 폐를 끼치는 것 이전에 음악가로서 자립하고 싶었다.

그 마음을 충분히 이해하는 아리엘도 진달래의 의견을 받아들여 섣불리 조언을 건네지 않았다.

다만 사랑스러운 연인이 어떤 곡을 만들었을지 궁금할 뿐이었다.

-응. 그러기로 했잖아.

"히."

진달래가 괜히 웃었다.

-그래도 어떻게 만들었는지 궁금한데.

"안 돼."

-안 돼?

"안 돼. 안 돼."

이번만큼은 아리엘 얀스도 상처를 받을 수밖에 없었다.

그녀를 독점하기는커녕 누구보다 존중했지만 그렇다고 해서 무관심한 것도 아니었다.

무엇과도 바꿀 수 없이 소중했고 그렇기에 무엇이든 함께하고 싶을 뿐이었다.

그러나 말할 수 없었다.

두려웠다.

유년 시절부터 성인이 되기까지 홀로 지냈던 그는 서운함을 어떻게 표현해야 하는지 몰랐다.

소중해서.

잃고 싶지 않아서.

잘못 말을 꺼냈다가 진달래와의 관계가 깨질지도 모른다고 생각해서 아리엘은 입을 뗐다가 닫았다.

타인에게 독설을 뱉고 도도했던 과거에는 겪지 못한 감정이 그를 잠식해 나가고 있었다.

-그래. 어쩔 수 없지.

아리엘이 잠시 간격을 두고 말을 덧붙였다.

-너무 무리하진 마.

"히히. 응."

아리엘과 통화를 마친 진달래의 얼굴이 한결 나아졌다.

'곧 볼 수 있겠지?'

그녀는 베를린 필하모닉의 연수 제도 개편을 누구보다도 반가워했다.

웃고 떠드는 밴드 활동이 너무나 즐겁고 만족스러웠기에 베를린에 남아 있지만, 그렇다고 아리엘 얀스와 함께하고 싶지 않은 건 아니었다.

도리어 아리엘과의 관계가 더욱 깊어지면서 망설이게 되었다.

다만 베를린 필하모닉과 로스앤젤레스 필하모닉 어느 쪽으로는 무게추가 기울지 않은 이유는 LA로 감으로써 생길 일을 걱정했다.

가수 진달래는 아직 로스앤젤레스 필하모닉과 같은 거대 악단에서 성악 파트를 추가해 받을 정도의 인지도와 실력을 쌓지 못했다.

'지금 노래하는 건 도빈이 덕분이니까.'

진달래는 현재 웃고 떠드는 밴드로 무대에 오르는 일이 배도빈과 멤버들의 배려 덕분이라는 걸 직시하고 있었다.

그런 자신이 아리엘과의 관계 덕에 이적하게 된다면 그러지 않아도 적이 많았던 그에게 또 한 번 부담을 지운다고 생각했다.

'증명할 거야.'

한 사람의 음악가로서 지휘자 아리엘 핀 얀스와 함께하고 싶었다.

"히."

진달래가 자신이 쓴 가사를 보며 히죽거렸다.

방황했던 시절부터 아리엘을 만나기까지의 자전적인 가사를 다시 읽으니 쑥스러워 몸을 비틀었다.

부족한 자신을, 나약한 자신을 감추기 위해 강한 척했던 자신과 아리엘이 들려주었던 청명하고 다정한 목소리.

그 두 멜로디를 어떻게 연결할까.

진달래는 곡을 헌정 받고 기뻐할 아리엘을 상상하며 기타를 들었다.

"오빠!"

차채은이 배도빈의 연습실 문을 열었다.

깜짝 놀란 나윤희가 하마터면 블러드 와인을 떨어뜨릴 뻔했고 배도빈도 놀란 건 마찬가지였다.

"왜 그렇게 놀라?"

차채은이 눈을 깜빡였다.

배도빈의 연습실은 평소와 마찬가지였다. 책장을 가득 채우고도 부족해 바닥에 높이 쌓인 악보와 유일하게 정돈된 악기 진열장.

그리고 서로 마주 보고 선 채 블러드 와인과 캐논을 들고 있는 두 사람뿐이었다.

배도빈이 눈썹을 찌푸렸다.

"놀라긴 뭘 놀라."

"아닌데? 엄청 놀랐는데?"

차채은은 불륜 현장 급습당한 사람처럼 행동하는 배도빈과 나윤희를 이상하게 바라보았다.

그러다 문득 그를 찾은 목적을 떠올리곤 말을 돌렸다.

"그게 중요한 게 아니고! 오빠, 프란츠 페터 인터뷰 언제 잡아줄 거야?"

"인터뷰?"

"헐. 까먹었어?"

"……."

배도빈이 멈칫하더니 눈썹을 들어 올렸다.

배영빈의 애니메이션에 넣었던 삽입곡이 큰 인기를 끌면서 차채은이 단독 인터뷰를 하고 싶다고 졸랐고, 프란츠에게도 도움이 되겠다 싶어 그러자고 했던 기억이 떠올랐다.

차채은이 머리를 부여잡고 쓰러졌다.

"안 돼애애."

"작업 들어갔어. 당분간 바쁠걸."

배도빈의 설명에 차채은이 한 번 더 절망했다.

"당분간? 언제까지?"

"보름 정도."

"끄아아아악. 망했어. 망했어어어."

나윤희가 절망하는 차채은을 달래며 물었다.

"기사 때문이야? 언제까지 써야 하는데?"

"다음 주 목요일……."

팬들에게 프란츠 페터 특집 기사를 호언장담했던 차채은은 눈앞이 캄캄했다.

틀은 마련해 두었지만 가장 중요한 인터뷰 내용을 빼고 작성하고 싶진 않았다.

베토벤 기념 콩쿠르를 통해 인기 블로거로 성장하면서 잡지사의 일정에서는 어느 정도 자유로워졌지만.

차채은은 언론사보다 구독자들의 독촉이 더욱 두렵다는 것을 깨달았다.

자료 수집과 정리, 초고 작성, 교정, 첨삭 요청만 해도 며칠이 홀쩍 지나갔다.

이미 과부하가 걸린 상황에서 하루, 아니, 단 1분만 늦어도 실시간으로 올라오는 독촉 댓글.

차채은의 정신은 조금씩 피폐해져 갔다.

"오빠…… 나 좀 살려줘. 응? 페터 인터뷰 1시간만. 아니, 30분이라도."

약속했던 일을 잊은 잘못이 있는지라 마냥 포기하라 할 수도 없었고, 그러자고 작업에 들어간 페터에게 시간을 내라고 할 수도 없었다.

30분 정도야 가능하지 않을까 싶으면서도 자는 시간을 제외하고는 항상 함께하며 의견을 조율하는 크리스틴 노먼의 업무 스타일이 마음에 걸렸다.

배도빈이 입맛을 다셨다.

"내가 해줄게."

"뭘?"

"인터뷰."

차채은이 눈썹을 좁히며 고개를 살짝 틀었다.

"오빠 인터뷰는 안 필요한데."

배도빈의 한쪽 입술이 씰룩였다.

그것을 본 나윤희가 웃으며 중재에 나섰다.

"페터 선생님이니까 더 좋을 수도 있지 않을까? 객관적으로 볼 수 있고. 또 도빈이 말이니까."

"그런가?"

나윤희가 고개를 끄덕였다.

차채은이 고민에 빠졌다.

그녀가 쓴 글 대부분은 배도빈과 최지훈에 관련한 이야기였다.

여전히 두 사람에 관한 소식은 가장 쉽게 반응을 얻을 수 있었고 동시에 어떤 글보다 높은 조회 수를 기록했다.

그러나 평론가 차채은의 한계이기도 했는데, 레이라 사건을 제외하고 다른 것을 주제로 한 글에서는 주목도가 떨어졌다.

구독자도 대부분 두 사람의 소식을 접하기 위해 접근했었다.

차채은은 자신이 점점 다양성을 잃는 듯한 기분을 떨칠 수 없었다.

"그렇긴 한데…… 요새 올린 글 다 도빈 오빠나 지훈 오빠 글이란 말이야. 너무 두 사람한테만 쏠리니까 안 좋지 않나 싶기도 하고. 또 자꾸 오빠랑 지훈 오빠한테 빨대 꽂았단 댓글도 올라온단 말이야."

그런 일까지 겪을 줄 몰랐던 나윤희는 나름대로 노력하는 차채은의 손을 잡아주었다.

배도빈이 입을 열었다.

"독자들이 보고 싶은 이야기 써 주는 게 뭐가 어때서."

차채은이 고개를 들었다.

"식상하다느니 기생한다느니 헛소리 신경 쓰지 마."

"……"

"그런 댓글 신경 쓰다 보면 쓰고 싶지 않은 글도 쓰게 되고, 그러면 있던 구독자도 잃어. 네 블로그 구독한 사람들이 지금까지 네가 썼던 글 보고 구독했지, 다른 거 바라고 했겠어?"

"그건 그렇지만."

"그러니까 쓰고 싶은 거 써. 괜히 휘둘러서 네 방향 잃으면 죽도 밥도 안 돼."

"……그래도 불만이 있으니까 그런 댓글 달지 않았을까?"

"취향을 어떻게 다 맞춰. 네 말대로면 지훈이 소식 보고 싶어서 구독한 사람들은 다른 주제 글 보고 싶겠어?"

"아."

"뭘 하든 타깃을 정확히 해. 모든 사람을 대상으로 할 순 없어. 네가 쓰고 싶고 구독자들이 바라는 주제를 써."

배도빈이 다시 캐논을 들었다.

"네가 선택한 게 아니야. 독자가 널 선택한 거지. 그 사람들이 네 글을 왜 좋아하는지 잘 생각해 봐."

차채은이 배도빈의 바이올린 연주를 들으며 잠시 고민에 빠졌다가 고개를 끄덕였다.

"응. 나 지금은 프란츠 페터 인터뷰 하고 싶어."

캐논의 목소리가 삐끗했다.

"약속했자나아. 30분마안."

차채은이 배도빈의 바짓가랑이를 잡고 늘어졌다. 배도빈이 다리를 빼내려 해도 소용없었다.

"안 그러면 푸르트벵글러 할아버지한테 오빠 연기한 거라고 다 이른다!"

"뭐?"

"그러니까 빨리이! 20분, 20분이라도오!"

"너 이거 협박이야. 어디서 피도 안 마른 게 기자 놈들 흉내를 내?"

"나이 차이 얼마 나지도 않으면서 또 할아버지처럼 말하네! 오빠랑 윤희 언니도 아홉 살이나 차이 나잖아!"

나윤희의 동공이 크게 떨렸다.

배도빈도 드물게 당황해서 언성이 높아졌다.

"뭔 소리야?"

"비밀 지켜줄 테니까 제발 조오오옴. 페터 요즘 인기 장난 아니란 말이야아."

"비밀은 무슨 비밀!"

"채은아, 그게 무슨 말이야. 오해하고 있는 거 같은데."

"그러니까 말 안 한다고오오."

"안 하긴 뭘 안 해! 아니라니까!"

"그럼 둘이 아까 뭐 했는데?"

"뭐 하긴! 연습하고 있었잖아!"

"응. 정말이야."

"연습을 매일? 같이? 왜? 그리고 왜 뭐 하고 있는 사람처럼 놀랐는데?"

순수했던 평론가 차채은.

목표를 이루기 위해 훌륭하고 능청스럽게 속세에 찌들어가고 있었다.

배도빈은 그동안 어떤 이의 질문에도 일절 답하지 않았던 레몽 도네크와의 화해 과정을 알려주는 조건으로 차채은을 겨우 달랠 수 있었다.

방실방실 웃으며 필기구를 들고 있는 차채은을 본 배도빈이 한숨을 내쉬었다.

차채은은 그가 고개를 젓든 말든 신경 쓰지 않고 녹음기를 틀었다.

"노먼 감독과 페터가 어떻게 함께하게 되었는지부터 말해줘."

언제 칭얼거렸냐는 듯 뻔뻔한 태도에 배도빈은 기가 찼다.

"너 대체 언제부터 이렇게 능글맞아졌냐."

"슬이 언니한테 배웠나?"

"지훈이가 아니고?"

"아, 뭐래. 빨리 대답이나 해. 노먼 감독 완벽주의로 유명하잖아. 최근 20년간 한스 짐이나 오빠, 사카모토 할아버지 말곤 곡 의뢰한 적 없는데, 프란츠 페터와 함께할 수 있었던 이유가 궁금해."

잠시 나가 있던 나윤희가 과일을 가지고 들어왔다.

"잠깐."

배도빈이 미간을 좁혔다.

"프란츠가 노먼하고 일하는 건 어떻게 알았어?"

크리스틴 노먼의 요청으로 프란츠 페터가 OST 작업에 참여했단 소식은 대외비에 부쳐져 있었다.

"도진이랑 놀면서 들었지롱."

배도빈이 인상을 쓰자 차채은이 단호히 나섰다.

"나 지금까지 한 번도 먼저 기사 낸 적 없잖아. 이번에도 오피셜 나오면 올릴 거야. 나 못 믿어?"

배도빈은 차채은과 아사히 신문의 이시하라 린이 겹쳐 보였다.

뻔뻔함과 능청스러움이 이제는 그녀 못지않았다.

"자, 약속."

차채은이 새끼손가락을 보였고 배도빈은 어쩔 수 없다는 듯 이야기를 풀어냈다.

"처음엔 나한테 의뢰했어. 못 한다고 하면서 프란츠 이야기 꺼냈지."

"아, 추천이었구나."

"추천받았다고 결정할 사람은 아니야. 네 입으로 말했잖아. 완벽주의라고."

"그럼 노먼 감독도 페터가 마음에 들었다는 뜻이네?"

배도빈이 고개를 끄덕였다.

사각사각. 나윤희가 과일을 깎는 소리가 잠깐의 간격을 채 웠다.

"베토벤 기념 콩쿠르 3위에 최근 애니메이션 주제곡으로 주 목받는 것도 이유가 될 수 있을까?"

"다시 한번 말하지만 노먼은 그런 걸로 사람을 판단하지 않 아. 인지도를 완전히 부정할 순 없지만 자기 성에 안 차는 곡 을 수락할 리 없지."

"곡? 벌써 만든 거야?"

"첫 미팅 때 샘플을 만들어 왔더라고. 듣더니 마음에 들었 나 봐."

"미팅도 없이 만든 샘플을 노먼 감독이 좋다고 했어?"

"그래."

차채은이 펜을 움직였다.

"대단하네. 오빠가 괜히 신경 쓰는 게 아닌가 봐."

"네가 피아노 계속했으면 그보다 더 신경 썼을걸."

"아, 왜 자꾸 내 이야기로 넘어가. 그리고 나 엄청 늘었어. 지훈 오빠도 칭찬한다고."

"너 피아노 계속 치게 하려고 하는 말이겠지."

"아니거든!"

오기를 부린 차채은이 나윤희가 웃자 배도빈을 쏘아본 뒤 질문을 이어나갔다.

"다음 질문. 크리크 국제 피아노 콩쿠르 우승, 배도빈의 제자가 된 뒤 베토벤 기념 콩쿠르에서 준수한 활약을 펼쳤고, 애니메이션에 이어 거대 블록버스터 작업까지. 영화 이야기는 아직 안 알려졌지만, 아무튼. 오빠 어렸을 때랑 닮았다는 이야기에 대해선 어떻게 생각해?"

나이 차이는 있었지만 배도빈과 프란츠 페터는 비슷한 성장 과정을 보였다.

난데없이 음악계에 등장해 짧은 시간 안에 국제 콩쿠르에서 입상하고 영화, 애니메이션 등을 통해 음악계를 넘어서 인지도를 쌓아갔다.

"어느 정도 의도했지."

나윤희와 차채은이 고개를 들었다.

과일을 깎던 손과 필기하던 손이 멈췄다.

"프란츠가 재능이 있다 해도 한계가 있을 수밖에 없어. 환경

때문에 여러 음악을 접할 기회가 없었으니까. 베트호펜 기념 콩쿠르 결승 과제였던 왈츠를 엉망으로 만들었던 것도 그 때문이고."

차채은이 고개를 끄덕였다.

"지금은 지식을 쌓는 것보다 다양한 장르를 경험해야 한다고 생각했지. 더 넓은 세계를 경험하면 부족한 지식이야 알아서 채울 테니까."

나윤희가 고개를 끄덕였다.

"좋아하면 자연스레 알고 싶어진다는 말이네?"

"맞아요."

배도빈이 나윤희와 시선을 교환하고 이야기를 이어나갔다.

차채은은 두 사람의 묘한 기류를 의심스럽게 지켜보았다.

"어떤 방법이 좋을까 고민하다가 예전 일이 생각나더라. 사카모토랑 오리지널 스코어 작업했을 때만큼 즐거웠던 적도 없었으니까."

"아. 그래서 영빈 오빠 일도?"

"그래."

차채은이 다시 질문하기 시작하자 나윤희가 작게 미소 지으며 과일을 깎기 시작했다.

차채은은 막 떠오른 문장을 메모하며 질문을 이어나갔다.

"그럼 한 가지 더. 사실 오빠는 좀 이상하잖아."

"뭐가 이상해."

"솔직히 4살 때 데뷔해서 한 번도 정상에서 내려오지 않는 게 말이 돼?"

배도빈이 소파에 등을 기대자 그 모습을 본 나윤희가 웃고 말았다.

스스로 뿌듯해하는 모습이 평소와 조금도 다르지 않아서 웃음을 참을 수 없었다.

배도빈이 눈썹을 모았고 차채은이 질문을 이어나갔다.

"아무튼. 갑자기 여러 경험을 하게 되고 지금은 어마어마한 제작비가 투입된 영화를, 그것도 21세기 최고의 거장 감독과 함께하고 있어. 너무 빠르지 않아?"

"빠르다고?"

"응. 페터가 대단하긴 해도 오빠처럼 잘 해낼 수 있을까 싶어. 아직 어리니까 조금은 천천히 걷는 게 좋지 않나? 하는 거지."

차채은이 잠시 간격을 두었다.

"조급하게 뛰다가 넘어지진 않을까 걱정돼서."

배도빈이 고개를 끄덕였다.

제자 프란츠 페터를 믿는 것과는 별개로 차채은이 무엇을 걱정하는지 이해할 수 있었다.

배도빈이 문화 콘텐츠 사업에 본격적으로 발을 내디딘 시기는 고작 만 4세.

제아무리 배도빈이라 할지라도 영화 음악은 처음 작업했기에 작곡 외의 일에는 조력자였던 사카모토 료이치의 역할이 컸다.

그와 함께하는 즐거움과 그를 통해 접한 여러 지식이 지금의 배도빈을 만들었다 해도 과언은 아니었다.

몇 번의 작업을 함께한 후.

AAA급 게임 〈더 퍼스트 오브 미〉에 이르러서야 녹음 방식, 삽입 등 작곡 외 분야를 음악 감독으로서 완벽히 조율할 수 있었다.

프란츠 페터가 당시 배도빈보다 10살 정도 많다고 해도, 그는 음악 교육은커녕 정규교육조차 받지 못하고 프로에 막 입문한 기대주일 뿐.

크리스틴 노먼 감독의 신작에 참여하기에 경험이 부족하지 않을까 하고 걱정할 수 있었다.

배도빈이 입을 열었다.

"넘어지는 것도 괜찮지."

"어?"

차채은이 눈을 동그랗게 떴다.

배도빈은 대수롭지 않게 답했다.

"실패하면 거기서 배우는 게 있을 테고 성공하면 또 그 나름대로 원동력이 될 테니까."

"너무 쉽게 생각하는 거 아니야? 크리스틴 노먼이잖아. 엄청, 어어엄청 기대받는 일인데?"

"그러니까 괜찮다고."

나윤희가 배도빈과 차채은에게 과일을 집어 주었다.

"고마워요."

배도빈이 사과를 한 입 베어 먹었다.

"작업 도중에 문제가 생기면 노먼이 먼저 내칠 거야."

배도빈의 답을 들은 차채은이 눈을 껌뻑거렸다.

배도빈을 누구보다도 잘 알고 있지만 오늘따라 그 무신경함
이 더 대단히 보였다.

"그렇게 되면 페터가 실망할 거 아냐. 엄청 소심하지 않나?
폐 끼쳤다고 생각하면……."

"유약한 면은 있어도 고작 그런 일로 포기할 놈은 아니야.
그 어린 나이에 시장바닥 구르며 살았어. 혼자도 아니고 동생
지키면서."

"그렇다면 다행이지만. 그래서 혹시나 노먼 감독 신작에 문
제가 생기면?"

"내가 해결해야지."

"어?"

"좀 바빠지겠지만 노먼이 피해받을 일은 없어."

차채은의 말문이 막혔다.

생각을 빠르게 정리하려 해도 시간이 필요할 수밖에 없었다.

"처음부터 그럴 생각이었어?"

"뭘?"

"페터가 만약 노면 감독 마음에 드는 곡을 못 만들거나, 시간에 쫓긴다든가 뭐 그런 이유로 일이 잘못되면 오빠가 나설 생각이었냐고."

"뭘 당연한 걸 물어. 학생이 저지른 사고는 선생이 수습해야지."

배도빈이 사과 조각을 하나 더 집어 먹었다.

"경험이야. 뭘 좋아할지 모르니까, 어떤 음악에 관심을 보일지 모르고 무슨 일에 적합한지 모르니까 이것저것 해봐야 해. 그래서 밴드도 맡겼고."

"응."

"그러다 보면 내겐 없는 걸 찾을 수도 있고 그게 녀석에게 맞는 음악일 수도 있지. 그 과정을 반복하면서 자연스레 음악이 더 좋아질 거고 자기가 하고 싶은 음악도 생기지. 거기서부터 진짜 시작이야."

차채은이 고개를 끄덕였다.

"그러기까지 몇 번을 넘어져도 상관없어. 스스로 일어설 때까지 지켜줄 거니까. 그게 내 역할이고."

배도빈이 과도를 들어 사과를 깎기 시작했다.

"선생님이라기보다는 부모 같네."

차채은의 말에 배도빈은 반응하지 않았다.

조카 카를과 나누지 못한 감정 교류와 유대감.

부모로서 미숙했던 과거를 반복하지 않으려던 노력이 들킨 듯해 배도빈은 입을 닫았다.

대신 손을 부지런히 놀려 사과를 깎았고 나윤희에게 주었다.

"페터가 지금 오빠 말 들었으면 무지 감동했겠다."

"마지막 말은 빼."

"쑥스러워?"

차채은의 질문에 배도빈이 인상을 썼다.

"가. 글 쓰더니 애가 이상해졌어."

"히힛. 고마워, 오빠. 데이트 방해해서 미안. 언니, 나 갈게!"

두 사람이 뭐라 말하기도 전에 차채은이 후다닥 방을 나섰다.

배도빈과 나윤희는 말없이 사과만 먹을 뿐이었다.

[30억 달러 흥행의 블랙 나이트 트릴로지! 신작 제작 돌입!]

[크리스틴 노먼, "이어 원은 가장 처절하고 고귀한 서사를 담을 것."]

[2억 달러가 투입된 블록버스터]

[전설과 전설이 다시 만나다]

[블랙 나이트 트릴로지 제작진 완전 재결합!]

〈블랙 나이트 이어 원〉의 소식은 전멸하다시피 했던 BC 팬들의 가슴에 불을 지르고 말았다.

BC 히어로를 기반으로 한 여러 영화에 실망했던 그들은 21세기 슈퍼 히어로 영화의 한 획을 그은 크리스틴 노먼 감독이 메가폰을 잡았단 소식에 환호했다.

┗야일ㅋㅋㅋㅋㅋㅋㅋ개미쳤닼ㅋ

┗내가 죽기 전에 노먼의 블랙 나이트 시작을 다시 보게 되다니. 이제 죽어도 여한이 없어……

┗보지도 않고 뭘 여한이 없엌ㅋㅋ

┗와 진짜 도랐다. 내일 1차 예고편 나온다는데 기저귀부터 사야 할 듯.

┗음악은 누구랑 하지?

┗당연히 한스 짐이지.

┗당연히 배도빈이지.

┗블랙 나이트 안 봤냐? 블랙 나이트는 당연히 한스 짐이 해야지.

┗개소리? 인크리즈 안 봄? 무조건 배도빈이지.

┗ㅉㅉ 잉여들 또 거지 같은 걸로 싸우네. 한스 짐이든 배도빈이든 대박이잖아.

┗맞다 맞어. 어차피 같은 시리즈로 나온다니까 노먼 성격에 예전에 했던 사람들이랑 할 테니까.

┗기사에도 나왔네. 제작진 재결성했다고.

└아 현기증 나. 시간아 제발 좀 서둘러ㅠㅠㅠ

크리스틴 노먼이 감독을 맡았다는 사실만으로도 팬들은 시나리오와 연출, 영화의 완성도를 의심하지 않았다.

또한 블랙 나이트 비긴즈(1부), 블랙 나이트(2부)에서 여러 명곡을 남긴 한스 짐과 블랙 나이트 인크리즈(3부)의 대성공을 함께한 배도빈에 대해서도 걱정하지 않았다.

약속된 대작.

기대감이 부풀 대로 부푼 상황에서 크리스틴 노먼 감독이 신작 발표 인터뷰를 가졌다.

"안녕하십니까, 너만 모름의 우진입니다. 바로 이번 주에 어마어마한 소식이 전해졌죠. 크리스틴 노먼 감독이 블랙 나이트 시리즈의 신작을 제작한다고 합니다."

베를린 기준 오후 8시.

너만 모름이 크리스틴 노먼 감독을 초청.

미시시피 프라임 비디오, 뉴튜브, JH시네마를 통해 전 세계 동시 생중계에 나섰다.

"21세기 최고의 감독, 크리스틴 노먼 감독과 인사 나누겠습니다. 반갑습니다, 노먼."

"반갑습니다."

"암네시아, 블랙 나이트 트릴로지, 익스트렉터, 스텔라, 덩케르크 철수 작전, 테넷, 폴 투 윈까지. 정말 어마어마한 흥행 기록을 세우셨습니다. 이번 작품은 어떤 이야기인가요?"

"블랙 나이트가 처음 활동할 시기를 그린 이야기입니다."

"블랙 나이트의 팬으로서 동명의 그래픽 노블을 떠올리지 않을 수 없는데요."

"네. 기틀은 기존에 나와 있는 원작과 유사합니다. 하지만 블랙 나이트 이어 원은 그보다 심층적이고 처절하죠."

"말씀만으로도 기대가 되는데요. 기존 블랙 나이트 시리즈 제작진이 다시 모였다고요."

"그렇습니다. 모든 사람이 모인 건 아니지만 대부분 함께한 이들로 구성했죠."

"기사에선 완전체라 하던데, 그러지 않은 경우도 있나 봅니다."

"네. 현재 진행 중인 일이 있는 경우나 혹은 신의 품으로 돌아간 경우도 있으니까요."

"아."

사회자 우진이 과하게 놀라지도, 그렇다고 덤덤하지도 않은 반응을 보였다.

입을 살짝 벌리고 천천히 고개를 끄덕이는 것으로 예를 다했다.

"확실히 1편인 비긴즈가 벌써 22년 전에 나온 영화니 그런 안타까운 일도 있군요."

"네. 그들도 아쉬워할 거예요. 실망시키지 않도록 완벽히 만들어야죠."

"좋습니다."

우진이 크리스틴 노먼 감독 특유의 사실주의적 연출 방법을 언급하며 본격적인 인터뷰에 들어섰다.

문답을 나누는 과정에서 너만 모름의 시청자가 백만 명에 이르는 지경에 이르렀고.

대화는 영화 음악으로 이어졌다.

"감독의 영화에 음악이 빠질 수 없죠. 정말 내로라하는 분들과 함께하셨는데, 일각에선 블랙 나이트 시리즈를 맡았던 한스 짐과 배도빈 두 사람 중 한 명이 참가하는 게 아니냐는 이야기를 나누고 있습니다."

"하하. 정말 일각인가요?"

노먼의 역질문에 우진도 웃고 말았다.

"정확히 말하면 확신하고 있죠."

"네. 처음에는 저도 두 사람이 아니면 안 된다고 생각했어요. 시리즈를 이어가는 상징성도 있고 무엇보다 그 두 사람 이외에 다른 사람을 상상할 수 없었거든요."

노먼이 말을 이어감에 따라 우진의 동공이 확장되었다.

"그 말씀은 이어 원의 OST 작업을 맡은 사람이 한스 짐과 배도빈이 아니라는 뜻인가요?"

"네. 아주 귀여운 친구와 함께하게 됐죠."

"그게 누구입니까? 두 사람을 대체할 만한 사람이라면 혹시 로스앤젤레스의……."

크리스틴 노먼이 고개를 저었다.

슬며시 웃으며 어디 한번 맞혀보라는 표정을 지었고 우진은 고심 끝에 입을 열었다.

"사카모토 료이치?"

"요즘 정말 바쁘시더라고요."

"데스플로?"

"그분도 모시고 싶었죠."

"설마 알프레드 올드먼?"

크리스틴 노먼이 고개를 젓고 입을 열었다.

"프란츠 페터, 아주 멋진 작곡가죠."

그녀의 발언과 동시에 채팅창이 터져 나갔다.

└ㅁㅊ

└아니 이건 진짜 예상 밖인데;;

└제정신인가?

└프란츠 페터가 누구야?

└배도빈 내놔라 빼애애액!!

└배도빈이 가르친다는 애 있잖아. 베토벤 기념 콩쿠르에도 나왔고.

└배영빈 신작 애니메이션 OST 작업했던 앤데.

└베토벤 기념 콩쿠르는 뭐고 배영빈은 또 누군데? 블랙 나이트 음악이면 당연히 한스 짐이나 배도빈이 맡아야지.

└프란츠 페터 유명한데.

└ㅇㅇ 유명하지. 요즘 인지도도 쌓고 있고.

└의외긴 한데 아주 안 될 것도 없지 않나? 곡만 좋으면.

└아님. 이건 노먼이 오판한 거임. 시리즈를 이어온 한스 짐이나 배도빈이 맡는 게 옳음.

└그래야 할 이유라도 있나?

└있지. 〈이어 원〉은 블랙 나이트 시리즈의 팬들을 위한 영화임. 애당초 타깃이 그쪽이라고. 노먼이 뭐 하러 예전 제작진을 모았겠어.

└아.

└음악도 큰 영향을 미쳤던 만큼 한스 짐이나 배도빈이 맡는 게 옳음. 아무리 실력 있는 사람이라도 그 둘을 대체할 순 없음.

└나도 쟤랑 같은 생각인데, 프란츠 페터가 클래식 음악 듣는 사람들 사이에서 어떤 인지도를 가졌는지 난 모름. 베토벤 기념 콩쿠르도 모르고 최근 만들었단 애니메이션도 모르고.

└아, 좀 불안한데.

└나이도 너무 어리잖아.

└나이야 인크리즈 작업할 때 배도빈이 훨씬 어렸지.

└배도빈이 다른 사람이랑 같냐? 아, 예고편 나오기도 전에 사람 불안하게 하네.

└다들 왜 이렇게 불안해하지? 뜬금없는 섭외긴 해도 아직 발표된 것도 없는데 벌써부터 걱정할 필요 있나?

└BC 원작 영화들이 다 ㅂㅅ처럼 나온 탓이지.

블랙 나이트를 사랑하는 이들은 큰 충격을 받았다.

세이버즈 시리즈를 연달아 흥행시킨 맥스 스튜디오와 달리, BC 스튜디오는 무려 20년간 매번 팬들을 실망시켰다.

희망이라도 없으면 포기할 텐데.

너무나도 매력적인 BC의 세계관과 인물 그리고 서사를 잊을 수 없었고 새 영화가 나올 때마다 혹시나 하는 마음으로 영화관을 찾았었다.

결과는 모두 실패.

아무리 BC를 좋아하더라도 이젠 지칠 수밖에 없었다.

그러던 중에 〈이어 원〉이 발표된 것이었다.

더군다나 슈퍼 히어로 영화의 역사를 다시 쓴 크리스틴 노먼 감독이 BC 최고의 캐릭터 블랙 나이트를 다룬다고 하니 그 기대가 클 수밖에.

최근 들어 인지도를 쌓기 시작한 프란츠 페터가 눈에 찰 리 없었다.

진행자 우진이 채팅창을 확인하고 대화를 이어나갔다.

"하하. 의외네요. 프란츠 페터라면 마에스트로 배도빈의 제자를 말씀하시는 건가요?"

"정확해요."

"시청자 의견란에 프란츠 페터가 누구냐는 질문이 올라오고 있어 잠시 설명해 드려야 할 듯싶네요."

우진이 자세를 고쳐잡았다.

"현재 베를린 필하모닉 소속 작곡가로 얼마 전에 배영빈 감독의 신작 애니메이션 OST를 작업했죠. 또 방금 말씀드렸듯이 배도빈의 제자로 유명한데, 어떻게 함께하게 되었나요?"

"처음에는 빈에게 의뢰했어요. 그가 거절하면서 페터를 소개해 주었고요."

"아무리 그의 추천이라도 감독의 마음에 들었으니 가능한 일이었겠죠?"

크리스틴 노먼이 당연하다는 듯 고개를 끄덕였다.

"이거 놀랍네요. 그러면 혹시 오늘 00시에 발표될 예고편에서 프란츠 페터의 곡을 들을 수 있을까요?"

크리스틴 노먼이 고개를 내밀어 우진의 모니터를 보았다.

잘 알아볼 순 없었지만 빠른 속도로 올라오는 것만으로도 팬들이 얼마나 당황하는지 알 수 있었다.

"아주 근사한 경험을 하실 거예요."

크리스틴 노먼의 자신감이 넘치는 대답에 팬들은 혼란스러워졌다.

우려 속에서 마침내 〈이어 원〉의 1차 예고편이 공개되었다.

뉴튜브, 미시시피, JH, 웹플릭스, 디자인 플러스에 동시 업로드된 〈이어 원〉의 예고편은 큰 반향을 일으켰다.

특유의 감각적 연출과 묵직한 사운드로 무장한 영상은 비장함마저 감돌았다.

더욱이 그간 철저히 감추었던 주연 배우의 목소리에 팬들이 깜짝 놀랐다.

└뭐야?

└많이 듣던 목소린데;;;;

└설마~

└이 가래 끓는 목소리가 흔치 않은데. 설마 진짜 진짜?

익숙한 목소리에 팬들의 기대감이 잔뜩 고조되었고, 영상은 숨 막힐 듯 긴장감을 더했다.

도시를 훑은 카메라는 천천히 거대한 건물 외벽을 따라 올라갔고 화면은 건물 안으로 전환된다.

고풍스러운 분위기의 외관.

한 남자가 등을 보인 채 창밖을 내려다보고 있었다.

영상은 그대로 멈추어 팬들을 한 번 더 안달 나게 한 뒤, 주연 배우의 얼굴을 잡았다.

수천만 팬들은 전율하고 말았다.

블랙 나이트 트릴로지의 주인공이었던 크리스찬 에일이 젊었을 적 모습 그대로 나선 것이다.

┗와씩ㅋㅋㅋㅋㅋㅋㅋ

┗크리스찬 에일이라니ㅠㅠㅠ

┗주모ㅇㅇㅇㅇㅇㅇ!

┗저 후두염 걸린 듯한 목소리가 이렇게 반가울 줄은 진짜 상상도 못 했다.

┗왤케 젊억ㅋㅋㅋㅋㅋㅋ

┗분장이겠지. 와 근데 진짜 감쪽같다. 헐리우드 기술 실화냐.

웨인 엔터프라이즈 타워에서 도시를 내려다보는 그의 등 뒤로 블랙 나이트의 가면이 드러나고.

천천히 울리기 시작한 프란츠 페터의 오리지널 스코어.

그 강렬하고 비장한 주제는 단 10초 연주되었을 뿐이지만 1992년 TV 시리즈로 방영했던 블랙 나이트 TAS의 향수를 불러일으키기에 충분했다.

게다가.

모든 영상이 끝나고.

검은 화면만 남은 상태로 기괴한 웃음소리가 선명히 울려 퍼졌다.

블랙 나이트의 숙적, 조커를 암시하는 연출에 팬들은 울부짖었다.

└내 돈 가져가! 다 가져가!

└미쳤다 미쳤다 미쳤다 미쳤다고!!!!!

└내 팬티는 신경 쓰지 말고 이렇게만 내주세요ㅜㅠㅠㅠㅠ

└니 팬티 아무도 신경 안 썸ㅋㅋㅋㅋㅋㅋㅋㅋㅋ

└조커조커조커조커조커조커조커

└노래 들었음? 진짜 개멋진델ㅋㅋ

└진짜 딱 오리지널 느낌ㅋㅋㅋㅋ

└와 장난 아니네? 소오름

└역시 크리스틴 노먼이다. 팬들이 뭘 기대하는지 정확히 알아. 미친 1년을 어떻게 기다려?

└아니 근데 곡 진짜 괜찮은데?

└ㅇㅇ 시리즈 처음으로 넘어간 느낌이랑 너무 잘 어울린다. 배도빈이 추천할 만하네.

음악 감독 프란츠 페터는 〈이어 원〉의 1차 예고편을 통해 자신을 향한 우려의 목소리를 모두 불식시키고 말았다.

노먼 감독의 발언 이후 프란츠 페터가 감당하기엔 벅찬 일이라고 떠들어대던 몇몇 언론도 눈치를 볼 수밖에 없었다.

1차 예고편만으로도 블랙 나이트의 팬들은 크리스틴 노먼 감독과 프란츠 페터를 포함한 제작진, 배우들을 무한히 신뢰할 수 있었다.

예고편이 공개된 이후 24시간 동안 전 세계는 〈이어 원〉에 관한 이야기로 가득했다.

그러한 상황은 아이러니하게도 지금껏 작업에만 몰두하고 있던 프란츠 페터에게 크나큰 부담으로 작용했다.

"으으으으."

관련 기사를 확인한 페터가 앓는 소리를 냈다.

극장에서 어린아이들에게 사인해 줄 때만 해도 내심 기뻤지만, 언론과 포럼, 커뮤니티 사이트에서 하루에도 수십 번씩 언급되니 좀처럼 진정할 수 없었다.

페터가 슬쩍 고개를 들어 배도빈을 보았다.

그는 다리를 책상에 걸쳐놓고 고개를 살짝 든 채 악보를 들여다보고 있었다.

그런 자세로 악보와 펜을 쥐고 있으니, 페터는 스승의 악보를 알아보기 힘든 이유가 자세 때문이지 않을까 싶었다.

그러나 큰 부담을 느끼는 지금 배도빈의 저런 여유가 너무나 부러웠다.

문득 시선을 느낀 배도빈이 고개를 돌렸다.

"왜?"

"아, 아뇨."

프란츠 페터가 고개를 저었고 배도빈은 대수롭지 않게 여겼다.

소년은 〈파우스트〉라는 대작을 준비하면서도 동시에 여러 일을 진행 중인 스승에게 괜한 걱정을 끼치고 싶지 않았다.

그저 속으로 끙끙 앓던 중 배도빈이 악보에 시선을 고정한 채 무심하게 입을 열었다.

"아버지가 좋아하시더라."

"네?"

"예고편."

"아."

프란츠 페터가 양 검지 끝을 꾹꾹 눌렀다.

"몇 년을 기다렸던 사람들이 마음에 든다는 거잖아. 못 했다는 말도 아니고 칭찬하는데 뭘 부담스러워해?"

"……."

"잘못하면 욕깨나 먹겠지만."

"끄우우우웁."

프란츠 페터가 금방 울먹이기 시작했다.

배도빈의 말대로 지금 당장은 좋아해 주지만, 너무나도 큰 일을 맡고 있기에 혹시라도 잘못될 것이 걱정되었다.

크리스틴 노먼과 대화를 나누고 블랙 나이트 시리즈를 공부 할수록 머릿속은 명확해졌지만.

불안이 기어오르기도 했다.

수천만 명이 기대하는 작품.

자신도 좋아하게 된 〈블랙 나이트 시리즈〉를 정말 온전히 표현할 수 있을지 두려웠다.

"그럴 일 없으니 걱정 마."

"전 자신이 없어요……."

"절대로 없을 테니 걱정 말라고."

"그걸 형이 어떻게 알아요. 아무도 모르는 거잖아요."

"왜 몰라."

"가, 갑자기 너무 큰 일을 맡게 된 것 같아요. 제가 이 일을 할 수 있을지 모르겠어요. 저도 저를 못 믿는데 어떻게……."

"마음에 안 드는 곡을 노먼이 쓸 것 같아?"

"아."

"엉망진창인 곡이 발표돼서 욕먹을 일 없으니 마음 편히 먹으라고."

"그건 그렇지만 그렇게 되면 일정이······."

"세상에 곡 쓰는 사람이 너뿐이야? 네 실패로 피해받을 사람 없으니까 네 할 일만 해. 지금은 내일 노먼에게 들려줄 곡만 걱정해도 충분해."

배도빈이 고개를 들고 프란츠 페터 앞에 놓인 악보를 가리켰다.

페터가 고개를 끄덕이곤 핸드폰을 치웠다. 정신을 차리고자 본인의 통통한 뺨을 친 소년은 이내 다시 악보에 집중하기 시작했다.

배도빈은 씩 하고 웃으며 자신의 악보로 눈을 돌렸다.

〈블랙 나이트 이어 원〉의 테마곡 중 하나로 프란츠 페터가 어제 완성한 곡이었다.

'넘어질 리 없지.'

혹시 몰라 준비한 스케치는 필요 없을 듯싶었다.

'그래도 괜찮고.'

배도빈은 실로 그리 생각했다.

아직 미숙한 제자가 성공이든 실패든 가능한 많은 경험을 할 수 있길, 그래서 자신이 생각지 못한 음을 들려주길 바랐다.

사카모토 료이치와 빌헬름 푸르트벵글러가 그에게 걸었던 기대와 같은 마음이었다.

똑똑-

"실례하겠습니다."

얼마나 흘렀을까.

비서실의 엠마가 프란츠 페터를 찾았다. 생방송으로 중계될 제작 발표회 때문이었다.

"페터 군, 준비하세요."

"헉. 벌써 시간 됐어요?"

"네. 10분 뒤에 로비에서 봬요."

엠마가 배도빈에게 인사한 뒤 방을 나서자 프란츠가 허둥지둥 짐을 챙겼다. 거울을 보고 나비넥타이를 만졌고 아무리 다듬어도 소용없는 곱슬머리를 괜히 쥐었다가 펴며 정리했다.

"형, 저 가볼게요."

"그래. 중계로 볼게."

"으아아으으."

민망해하면서도 어쩔 수 없이 뛰어나간 프란츠 때문에 배도빈이 피식 웃었다.

"페터 어디 가나 봐. 서두르던데."

마침 나윤희가 집무실로 들어섰다.

"제작 발표회요."

"아."

나윤희가 청심환을 챙겨주지 못함을 아쉬워했다.

"생방송이라서 엄청 긴장될 텐데. 괜찮을까?"

"별일 없을 거예요."

"반응이 너무 좋아서 그러지 않아도 부담스러울 텐데."

나윤희가 마치 옆에서 프란츠 페터를 본 것처럼 말했다. 본인의 경험으로 한 추측이지만 너무나 정확했다.

"인터뷰는 거의 노먼이나 에일한테 갈 거예요. 페터야 자리만 채울 텐데요. 뭘."

"그래두."

대화를 나누던 나윤희가 손뼉을 쳤다.

"갈 때 마트 들리자."

나윤희가 거실 테이블에 접시를 내려놓았다.

배도빈이 카레가 잔뜩 든 냄비를 가지고 왔고 TV에서는 블랙 나이트 이어 원의 제작 발표회가 방송되고 있었다.

-시리즈의 첫 번째 영화였던 비긴즈와는 어떤 점이 다른가요?

-비긴즈에서 이어지는 이야기입니다. 자세한 이야기는 아직 이른 듯하네요.

나윤희가 수저를 놓으며 말했다.

"채은이가 올린 글 봤는데 다들 페터한테 거는 기대가 크더라구."

"BC 스튜디오에서는 오랜만에 나오는 대작이니까요."

"응. 페터가 부담 가지지 않으면 좋겠는데. 맛은 어때?"

"훌륭해요. 양파를 오래 볶으니 단맛이 사네요."

배도빈이 카레를 음미하곤 다시 입을 열었다.

"걱정 말아요. 전에도 말했지만 할 건 하는 애니까."

"주변의 기대가 크면 서두르게 되지 않을까?"

"그럴 수도 있죠. 그러다 넘어져도 쓰러져 있을 애 아니니까. 아, 잘 튀겨졌다."

나윤희가 미소 짓곤 수저를 들었다.

-음악도 큰 관심을 받고 있습니다. 예고편에서 잠깐 소개된 곡은 92년 TV 애니메이션 오프닝을 리메이크한 건가요?

-아뇨. 주제를 유사한 구조로 따오긴 했지만 전혀 다른 곡이에요. 게다가 가슴을 뛰게 하죠.

-정말 궁금하네요.

-자세한 이야기는 음악 감독에게 직접 물어보시는 게 빠를 듯하네요.

"아, 페터 나오나 봐."

나윤희의 말에 배도빈이 고개를 들었다.

사회자가 프란츠 페터를 불렀고 이내 세트장에 소년이 모습을 드러냈다.

잔뜩 긴장한 모습이 역력했다.

배도빈은 언젠가 어떤 무대에서든 당당할 제자를 떠올리며 응원했다.

'괜찮아. 걸음이 느리든 넘어지든.'

목표를 잃지 않고 포기하지 않는다면 그것으로 충분했다.

그러다.

-안녕하세요. 안녕하꾸압!

인사하며 계단을 내려오던 프란츠 페터가 발이 꼬이며 넘어지고 말았다.

배도빈과 나윤희의 눈이 화등잔만 하게 커졌다.

-어엇?

-괘, 괜찮으십니까! 페터 군! 페터 군!

-네, 네! 괘, 괜찮아요! 죄, 죄송합니다!

-정말 괜찮으신 거예요?

-네! 네!

얼굴이 새빨개진 채 고개를 숙인 제자를 보며 배도빈의 말문이 막혔다.

3악장
불새는 죽은 뒤에 더욱 찬란히

[크리스틴 노먼, "이어 원은 블랙 나이트 사가 중 가장 매력적인 서사가 될 것."]

[크리스찬 에일, "완벽한 시나리오. 반드시 해야 한다고 생각했다."]

[프란츠 페터 생방송 중 넘어져]

<이어 원>의 제작 발표회 후, 블랙 나이트의 팬들이 환호성을 지를 때, 클래식 음악 팬들은 다른 이유로 즐거워했다.

바로 1차 예고편과 함께 게시된 차채은의 칼럼 때문이었다.

["넘어져도 괜찮다." 스승이 바라본 프란츠 페터라는 제목의 칼럼은 마음이 따뜻해지는 본문과 전혀 다른 반응을 불러일으켰다.

└괜찮아!

└세상엘ㅋㅋㅋㅋㅋㅋ

└배도빈 예언 봨ㅋㅋㅋㅋㅋ 돗자리 펴야 할듯ㅋㅋㅋㅋㅋㅋ

└아닠ㅋㅋㅋㅋ 엄청 훈훈한 이야기였는데 어제 프란츠 넘어지는 것 때문에 안 웃을 수가 없넼ㅋㅋㅋㅋ

└잘 됐지 뭘ㅋㅋㅋㅋㅋ 블랙 나이트 팬들도 페터 곡 좋아하곸ㅋㅋㅋ

프란츠는 자동 번역된 댓글을 보며 이불을 뒤집어썼다. 너무나 창피해서 도저히 얼굴을 들 수 없었다.

스승 배도빈이 자신을 생각한 마음에 감동한 한편, 그것을 우스운 이야기로 만들어버린 자신을 믿을 수 없었다.

알베르트가 그런 형을 위로했다.

"형, 괜찮아?"

동생의 위로에 이불 속에 틀어박혀 있던 프란츠가 슬며시 물었다.

"나 어제 많이 창피했어?"

"아니야."

"정말?"

프란츠가 이불 밖으로 슬그머니 얼굴을 내밀었다.

알베르트가 천진난만하게 웃으며 말했다.

"응. 보스 형도 괜찮다고 했잖아."

"그런 뜻이 아니었다고! 으으으!"

프란츠 페터는 다시 이불을 뒤집어썼다.

한편.

열심히 기사를 준비했던 차채은은 글 내용과 무관한 글로 가득 찬 댓글난을 보며 허망하기 그지없었다.

프란츠 페터를 분석한 내용은 언급되지 않았고, 독자 모두 어제 제작 발표회에서의 해프닝과 연결 지어 웃고 있었다.

멍하니 댓글을 확인하던 차채은은 시간이 지날수록 늘어나는 댓글 수를 보고 자세를 바로 했다.

평균 1,000여 개 정도 달리던 댓글난에는 이미 5,000여 개의 댓글이 달려 있었고 그마저도 매분 새로운 댓글이 갱신되었다.

평소 10만 정도를 이루었던 조회 수도 40만이 훌쩍 넘어 있었다.

복잡했던 심경이 다소 위로받는 듯했다.

"……좋은 건가?"

'제법인데.'

찰스 브라움이 진달래의 악보를 보고 내심 고개를 끄덕였다.

고쳐 오라고는 했지만 크게 기대하지 않았거늘. 이 정도면 기대해 볼 법했다.

"어때? 어떤데?"

진달래가 재촉하자 찰스 브라움이 악보를 내려놓았다.

"나쁘지 않네. 맞춰보면 되겠어."

진달래의 얼굴이 활짝 피었다.

찰스 브라움이 칭찬에 인색한 걸 익히 알고 있었기에 더욱 기뻐했다.

"진짜? 진짜 좋아?"

"좋다고 안 했어. 나쁘지 않다고 했지."

"그게 그거잖아."

최지훈과 나윤희가 호들갑 떠는 진달래를 축하해 주었다.

왕소소도 작은 미소를 띤 채 진달래의 볼을 꼬집어 기쁨을 함께했다.

모든 것이 행복했던 그 순간.

작게 미소 짓고 있던 찰스 브라움에게 때아닌 고통이 찾아 왔다.

갑작스레 찾아온 그것은 날카로운 창처럼 찰스 브라움의 하복부를 관통하고 말았다.

지금껏 경험해 보지 못한 통증.

찰스 브라움이 쓰러지고 말았다.

"끄으으으."

밴드 멤버들이 깜짝 놀라 그에게 다가갔다.

"찰스!"

"뭐야? 왜 그래?"

조금 전만 해도 아무렇지 않았던 찰스 브라운은 대답조차 할 수 없을 정도로 고통을 호소했다.

사색이 된 얼굴과 입에서 새어 나오는 신음이 상황이 심각하다고 말해줄 뿐이었다.

나윤희가 다급히 핸드폰을 꺼내 112번을 눌렀다.

"여보세요. 네, 사람이 쓰러져서요. 헤르베르트 폰 카라얀가 1번지, 네. 베를린 필하모닉 실내악홀이요. 네. 서둘러 주세요."

"아저씨! 아저씨! 왜 그래!"

"안 되겠어. 스칼라, 찰스 좀 들어 봐."

나윤희가 구급차를 부르는 동안 진달래와 왕소소는 찰스 브라운이 정신을 잃지 않도록 계속해 말을 걸었다.

다니엘 홀랜드는 찰스 브라운이 조금이라도 빨리 병원으로 갈 수 있도록 그를 업으려 했다.

스칼라가 찰스를 부축해 다니엘 홀랜드의 등에 얹었다.

"끄끄그그그그기기긱."

비명을 지를 수조차 없었다.

기괴한 신음이 사태의 심각성을 알려주었다.

"미치겠네. 보통 일이 아닌 거 같은데."

다니엘 홀랜드와 스칼라가 함께 찰스 브라움을 데리고 주차장으로 나섰다.

진달래, 왕소소, 나윤희가 그 뒤를 쫓았다.

"예나 씨 번호 알지?"

나윤희의 질문에 소소가 고개를 끄덕였다.

"수술동의서 필요할 수도 있으니까."

나윤희가 말을 마치기도 전에 소소가 핸드폰을 꺼냈다. 잠시 후 예나왕이 전화를 받았다.

-동생~ 들어 봐. 가가가 좀 이상.

"원래 이상했어!"

소소가 예나의 말을 다급히 끊었다.

"찰스가 쓰러졌어. 병원 가는 중이야. 윤희가 수술동의서 필요할 수도 있대서 전화했어."

-오빠가? 왜?

"모르겠어. 어디였지?"

소소가 고개를 돌려 나윤희를 보았다.

"샤리테가 제일 가까워."

나윤희가 옆에서 대학병원 이름을 알려주자 소소가 다시금 핸드폰에 대고 물었다.

"들었어? 샤리테 대학병원."

-응. 바로 갈게.

나윤희의 걱정처럼 독일은 한국과 달리 군이 가족이 아니더라도 수술동의서를 작성할 수 있었지만, 오빠가 쓰러졌단 소식에 가만있을 수 없었다.

예나왕은 종일 피아노 앞에서 발악하던 남편을 보곤 그가 운전할 수 있는 상태가 아니라고 판단했다.

서둘러 택시를 잡고자 외투만 걸치고 나서려 하자 가우왕이 의아해하며 따라 나왔다.

그러는 와중에도 찰스 브라움의 신음은 계속되었다.

"어떡해. 어떡해."

찰스 브라움의 짐을 챙겨 따라온 진달래가 여전히 괴로워하는 찰스를 보고 어쩔 줄 몰라 했다.

그때, 마침 복도를 지나치던 이자벨 멀핀이 다급히 뛰어오는 단원들을 보고 깜짝 놀랐다.

다니엘 홀랜드에게 업힌 찰스 브라움이 너무나 고통스러워했다.

"찰스!"

"으으으으윽."

멀핀도 걸음을 맞춰 뛰며 찰스의 안색을 살피곤 뒤따라오던 나윤희와 왕소소, 진달래에게 상황을 물었다.

"어떻게 된 일이에요?"

"갑자기 쓰러졌어요. 구급차 불렀는데."

나윤희가 말을 꺼내기 무섭게 구급차 소리가 나기 시작했다.

"찰스! 찰스!"

이자벨 멀핀이 그를 애타게 부르짖었고 찰스는 괴로워하는 와중에 손짓했다.

그녀는 누가 뭐라 하기도 전에 그와 함께 구급차에 올랐고 단원들도 곧 다니엘 홀랜드의 차로 뒤를 쫓았다.

아직 날이 쌀쌀한 어느 저녁의 일이었다.

쨍그랑-

화분을 닦던 배도빈이 손을 헛짚고 말았다.

사정없이 낙하한 화분은 산산이 조각나 버렸다.

입맛을 다신 배도빈이 뒷머리를 긁으며 어떻게 정리할까 고민하던 차, 핸드폰이 울렸다.

나윤희였다.

슬며시 미소를 띤 채 전화를 받았는데, 평소의 따뜻한 목소리는 온데간데없었다.

-도빈아.

나윤희가 다소 잠긴 목소리로 그를 불렀다.

"무슨 일 있어요?"

-응. 찰스 씨가 쓰러지셨어. 지금 샤리테 병원인데.

가슴이 무너져 내렸다.

그가 가장 신뢰하는 악장이자 가장 사랑하는 바이올리니스트 찰스 브라움이 쓰러졌다니.

지난 몇 번의 경험이 그를 두렵게 했다.

"지금 갈게요."

배도빈이 옷도 챙기지 않고 그대로 방을 나섰다.

깨진 화분이 떨어진 그대로 식어가고 있었다.

잠시 후.

자동주행 시스템도 끄고 직접 차를 몰던 배도빈이 신호를 받아 정차하곤 핸들을 내려쳤다.

'빌어먹을.'

단원들의 건강관리는 충분히 신경 써 왔다.

빌헬름 푸르트벵글러가 과로로 쓰러졌던 일과 니아 발그레이, 사카모토가 큰 병을 얻었을 때를 반복하고 싶지 않았기에 지출이 얼마든 중요하지 않았다.

그러나 아무리 좋은 환경에서 철저히 검진을 받게 해도 문제가 없을 순 없었다.

런던 그랑프리 때의 뮌데르크와 같이 갑작스러운 경우도 있었다.

그래서 나이가 많은 이는 특히 더 신경 썼건만, 설마 젊은 찰스 브라움에게 이런 일이 생길 줄은 몰랐다.

"안 돼."

배도빈이 저도 모르게 혼잣말을 뱉었다.

악연으로 시작된 찰스 브라움과의 인연은 이미 삶의 많은 부분을 차지하고 있었다.

기존 악장단이 한두 명 떠나는 시기에 입단한 찰스 브라움은 놀랍도록 훌륭히 악단을 지탱해 주었다.

최고의 비르투오소란 이름에 걸맞은 연주력으로 무대를 더욱 풍성히 하였으며, 가우왕과 함께 베를린 필하모닉 최고의 프랜차이즈 연주자로서 힘을 빌려주었다.

더욱이 인재 육성에도 이바지하여 베를린 음악 대학과 연결, 베를린 필하모닉이 신규 단원을 조금이라도 수월히 확보할 수 있게 했으며 현재는 음악교육원장으로서 교육원 설립까지 도맡고 있었다.

특유의 우아한 음색과 부드러운 감성은 배도빈에게 매번 영감이 되어주었다.

다른 단원과 달리.

찰스 브라움은 사업가로서도 음악가로서도 배도빈과 동등한 위치에서 서로를 믿고 의지하는 파트너였다.

까득.

배도빈이 이를 악다물었다.

끼이이익-

차를 거칠게 세운 배도빈이 병원으로 들어섰다.

핸드폰을 꺼내니 나윤희가 병실 호수를 메시지로 보내두었다.

401호.

엘리베이터가 내려오는 시간마저 기다릴 수 없었던 배도빈이 비상계단을 뛰어 올라갔다.

"헉. 헉. 헉. 헉."

찰스 브라움의 이름을 확인한 그가 병실 앞에 잠시 멈춰 서 숨을 골랐다.

그런 뒤 마른 침을 삼키고 노크하려던 찰나, 안에서 기괴한 신음이 새어 나왔다.

배도빈이 문을 벌컥 열었다.

"찰스!"

찰스 브라움이 엉덩이를 내놓고 엎드려 있었고.

놀란 간호사가 고개를 돌렸다.

"으기그그그긱."

병원에 도착한 찰스 브라움은 도저히 가라앉지 않는 고통에 지쳐갔다.

이대로 죽는 것인가.

동생 예나와 이자벨 멀핀의 목소리가 점점 아득해졌다.

찰스 브라움은 필사적으로 입을 열었다.

"예, 예나."

"응! 여기 있어!"

"내가 죽으면."

"무슨 말이야! 오빠가 왜 죽어!"

"……죽으면 파, 파이어버드는 퀸, 퀸엘리자베스 콩쿠르에 기증해."

"찰스……."

찰스 브라움이 멀핀의 손을 꽉 잡으며 말했다.

"이지…… 미안. 끄으으으윽."

"찰스! 찰스!"

예나와 멀핀이 찰스 브라움을 애타게 부르짖었다.

예나를 따라온 가우왕이 지나가는 의사를 붙잡고 소리쳤다.

"사람이 죽어가는데 뭐 하고 있어! 뭐라도 하라고!"

"보, 보호자분 잠시 진정하시고."

"진정하게 생겼어? 죽어가잖아!"

"왕, 진정해!"

다니엘 홀랜드와 스칼라가 말렸지만 가족이 위태로운 상황에 금연까지 하고 있는 가우왕을 말릴 순 없었다.

"이, 이분 검사 결과 아직 안 나왔습니까?"

의사가 애타게 주변을 둘러보았고 곧 소란을 감지한 경비원
이 다가오는데, 한 간호사가 무표정하게 입을 열었다.

"요관결석이네요. 환자분 이동시키게 비키세요."

오열하고 좌절하던 일행의 얼굴이 한순간에 멍청해졌다.

"요관결석?"

가우왕이 의사를 붙들고 있던 손을 떼고 물었다.

"네. 안 죽으니까 진정하세요. 여기 병원이에요."

예나왕과 이자벨 멀핀도 눈물과 콧물을 훔치며 일어섰다.

죽을 듯이 아프지만 죽진 않는 병.

조금 전만 해도 소중한 이를 잃을 거로 생각했던 일행은 안
도의 한숨을 내쉬었다.

그것이 한계를 아득히 넘어선 통증을 겪고 있는 찰스 브라
움에게는 마음의 상처를 남겼다.

"으흐기히익ㄲ극."

다니엘 홀랜드가 찰스 브라움을 내려다보며 말했다.

"며칠 고생하면 나아질 거야. 고생하고."

"정말 괜찮은 거야?"

스칼라가 되묻자 경험자 다니엘 홀랜드가 고개를 끄덕였다.

"안 괜찮지만 죽진 않아. 자, 치료받을 수 있게 자리 비켜

주자고."

의료진이 고통스러워하는 찰스를 데리고 병실로 향하자 멀핀과 예나, 가우왕이 뒤를 쫓았다.

나머지 사람은 그나마 안도하였다.

긴장이 풀어지니 온몸에 힘이 빠지는 듯했다.

"어차피 정상적으로 대화하긴 글렀으니 돌아가자고."

"정말 괜찮은 거 맞아?"

"어. 원래 저래."

다니엘 홀랜드의 말에 밴드 멤버들은 의아해하면서도 발을 옮겼다.

한편.

"환자분, 엎드릴 수 있으시겠어요?"

찰스 브라움이 고개를 젓자 간호사가 가우왕에게 도움을 청했다.

두 사람에 의해 엎드리는 도중에도 찰스 브라움은 하복부가 찢어지는 듯한 고통을 호소했다.

"바지 내려야 하니까 보호자분들 잠시 밖으로 나가주세요."

멀핀과 예나가 어쩌지 못하고 있는데 가우왕이 두 사람을 달래어 병실 밖으로 나섰다.

엘리베이터 앞에서 나윤희를 만났다.

"안 갔어?"

"네. 도빈이도 곧 올 것 같아서."

가우왕이 한숨을 푹 내쉬고 말했다.

"그 녀석도 놀랐겠지. 어? 저기 오네. 꼬맹."

찰스가 쓰러졌단 소식에 가우왕의 목소리도 듣지 못한 배도빈이 일행을 지나쳤고, 말릴 새도 없이 병실로 들어갔다.

배도빈의 시야에 찰스 브라움의 엉덩이가 들어왔고, 따라온 일행들도 마찬가지.

좌약을 넣는 순간.

바이올린의 황제, 고귀한 비르투오소, 파이어버드의 주인이 힘겹게 저항했다.

"거긴…… 안 돼……."

잠시 후.

"토하고 싶으시면 여기에 하세요."

찰스에게 수액과 모르핀을 놓은 간호사가 봉투를 하나 두고 나섰다.

하복부가 창에 꽂히고, 바스타드 소드에 베이는 고통이 끊임없이 이어지던 상황이 다소 진정되었다.

창 대신 긴 바늘이. 바스타드 소드 대신 부엌칼이 베는 듯

할 정도로 고통이 호전되자 거우 정신을 차릴 수 있었다.

자신이 익히 알고 있던 범주를 한참 벗어난 고통에 비하면 참을 만했다.

배도빈은 걱정스럽게 찰스를 살펴보며 거듭 물었다.

"정말 괜찮아요?"

"안 괜찮아……."

"안 죽어요? 안 죽죠?"

"죽을 것 같아."

찰스 브라움의 목소리에 힘이 조금도 없었다.

배도빈이 이곳이 아니라 자신의 전담 의료진을 불러야 하는 것 아닌지 고민하던 차, 가우왕이 입을 열었다.

"죽을 것만 같고 안 죽어. 요관결석이라고 요도가 막힌 거야."

"요도가 왜 막혀요?"

"노폐물이 뭉쳐서 그래. 예전 매니저가 겪어봐서 들었는데 어마어마하게 아프대."

가우왕의 설명을 들은 배도빈이 찰스 브라움을 노려보았다.

"뭘 주워 먹고 다녔길래 노폐물이 쌓여."

속상한 나머지 뱉은 말이었지만 찰스 브라움은 서러웠다.

진통제를 투여받고 모르핀도 맞고 있지만, 줄어든 고통의 강도는 허리를 망치로 짓이기는 듯했다.

더욱이 너무나 큰 고통으로 신경 쓰지 못했지만, 치질 이후

신체 중 손 다음으로 가장 소중히 다뤘던 항문에 좌약이 투여되었던 사실이 너무도 치욕스러웠다.

그런 상황에서 배도빈이 뭘 주워 먹고 다녔냐고 탓하니 서러움을 어쩌지 못했다.

찰스 브라움이 있는 대로 얼굴을 찡그리자 배도빈이 그의 손을 꼭 잡았다.

그 어느 때보다도 상냥했다.

"괜찮아질 거예요."

"끄으으으으윽."

찰스 브라움도 배도빈을 용서하고 힘없이 배도빈의 손을 잡았다.

나름대로 상황이 훈훈하게 흘러가던 중.

"아닐걸."

가우왕이 초를 치고 나섰다.

"방광 내시경 하면 죽어. 아니, 죽진 않지만 죽어. 마취할 때도 내시경 넣을 때도 죽는대."

예나왕이 가우왕의 등을 철썩 때렸다.

"자꾸 죽는다고 할래!"

가우왕이 고통을 호소하며 몸부림쳤다.

죽을병이 아니라 단지 고통스러울 뿐이라는 걸 알게 되면서 그나마 안도했거늘, 남편이 불길한 말을 하니 성질이 뻗쳤다.

"찰스······."

이자벨 멀핀이 찰스의 손을 꼭 쥐고 그를 애틋하게 바라보았다.

예나왕, 가우왕, 배도빈, 나윤희가 잠시 행동을 멈추고 그 모습을 관찰했다.

직장 동료를 걱정하는 수준이 아니었기에 네 사람은 같은 생각을 할 수밖에 없었다.

'언제부터?'

"우읍."

찰스 브라움이 손을 뻗었고 놀란 이자벨 멀핀이 봉투를 대주었다.

속을 게워내는 모습에 가우왕, 배도빈, 나윤희는 물론 동생 예나왕마저 고개를 돌리고 말았다.

이자벨 멀핀이 곁에 있어 다행이었다.

[찰스 브라움! 치질에 이어 요관결석!]

[황제, 또다시 입원하다!]

지난 금요일. 베를린 음대 교수, 베를린 필하모닉 악장 찰스 브라움(43) 씨가 요관결석으로 입원한 사연이 알려졌다.

베를린 필하모닉 실내악홀에서 연습 중이던 찰스 브라움은 갑작스럽게 고통을 호소, 샤리테 종합병원으로 이송되었다.

목격자들은 찰스 브라움이 기괴한 신음을 내며 구급차에 탔다는 사실과 주변인이 너무나 급박해 보였던 일을 SNS상에 올렸고, 한때 찰스 브라움 사망설이 돌았으나 요관결석임이 밝혀졌다.

그는 지난 2023년 오케스트라 대전 당시에도 중증 치질을 앓아 이탈한 적이 있으며, 이번에는 복귀까지 며칠이 소요될지 귀추가 주목된다.

한편 페이스노트, 인스타 등지에서는 찰스 브라움이 하루빨리 결석을 배출하길 응원하는 운동이 이어지고 있다.

전 세계로부터 사랑받는 찰스 브라움이었기에, 사실이 보도되기 전까지 그가 심각한 병에 걸렸다, 죽을병에 걸렸다, 이미 사망했다는 등의 루머가 삽시간에 퍼져나갔다.

그의 팬들은 조마조마한 마음으로 인터넷 기사를 찾았고 다행히 하루가 지나기 전, 찰스 브라움이 무사하다는 사실을 접할 수 있었다.

여론은 치질에 걸렸을 때와 달리 그를 진심으로 걱정하였다.

팬들은 찰스 브라움의 요관이 건강하길 바란다는 내용을 매일 수천, 수만 번 공유함으로써 응원했다.

마을 동료로부터 인스타그램 아이디를 만들라 재촉받았던 스칼라가 이제는 제법 익숙하게 SNS를 살피다가 입을 열었다.

"이걸 보여주면 찰스도 힘 나지 않을까?"

스칼라의 말에 웃고 떠드는 밴드 멤버들이 고개를 저었다.

"찰스를 위한다면 절대로 알려주지 마."

다니엘 홀랜드가 당부하듯 말하고는 뒷머리를 벅벅 긁었다.

"그나저나 공연은 찰스 없이 해야겠네."

나흘 뒤로 예정된 진달래의 첫 곡에 관한 이야기였다.

"응. 윤희 언니가 전자 바이올린 해주고 소소 언니가 일렉 기타. 내가 베이스 하면 돼. 드럼은 디스카우 아저씨가 해준다고 했어."

진달래가 의지를 보였다.

"그럼 난?"

스칼라가 나섰고, 다니엘 홀랜드도 마찬가지였다.

"넌 코러스."

"코러스가 뭐야?"

"후렴구 같이 부르자고. 너 목소리 좋잖아."

"내키지 않는데."

"시끄러. 홀랜드 아저씨는 나랑 같이 베이스 하자."

스칼라가 뾰로통하게 입을 내밀었다.

"베이스 기타는 다뤄본 적 없는데. 더군다나 전자면."

"아냐. 콘트라베이스면 돼. 아저씨라면 충분히 따라올 수 있잖아."

"호호. 무리한 요구를 하는 건 우리 작곡가들 공통점인가 보네. 어디, 해보자고."

"그렇게 나오셔야지!"

진달래가 왕소소, 나윤희의 도움으로 웃고 떠드는 밴드에 맞춰 편곡한 악보를 나눠주었다.

다니엘 홀랜드가 턱수염을 쓸곤 개인 연습실로 향했고 스칼라는 끝까지 저항했다.

"하프로도 할 수 있어."

"하프는 없어."

"그럼 나도 바이올린 할래."

"전자 바이올린 다룰 줄 알아?"

"같은 거 아닌가?"

스칼라가 고개를 돌리자 나윤희가 그에게 전자 바이올린을 넘겨주었다.

적당히 자세를 잡고 현을 그어 본 스칼라가 얼굴을 왕창 구겼다.

"이상해."

"울림통이 없는 대신 이걸 써서 그래."

나윤희가 웃으며 설명해 주었지만 이해할 수 없었던 스칼라가 전자 바이올린을 돌려주었다.

"하프가 좋아."

"하프 소리 하나도 안 들릴걸?"

진달래가 어깨를 으쓱였다.

"음량을 줄이면 되잖아."

"그럼 힘이 빠지잖아. 실연인데 사운드 빵빵해야지."

두 사람의 대화를 지켜보던 왕소소가 나섰다.

"하프에도 마그네틱 픽업 달아. 전자 하프도 있고."

전자 하프는 그들에게 생소한 이야기였다.

멤버들이 눈을 동그랗게 뜨고 소소에게 집중했다. 소소가 뉴뷰트에 접속, Electric harp로 검색한 뒤 영상을 보여주자 스칼라가 눈을 빛냈다.

입원 이틀째.

최대한 자주 물을 마셨음에도 결석이 배출되는 일은 없었다.

소변이 잦아졌고 그때마다 찾아오는 극렬한 통증에, 기품 있는 신사이자 고귀한 바이올리니스트 찰스 브라움은 품위를 잃어가고 있었다.

잔뜩 헝클어진 머리와 광대까지 내려온 스트레스의 흔적이 그것을 증명했다.

"부수죠."

의사의 말에 찰스 브라움이 깜짝 놀랐다. 마치 요도를, 남성의 소중한 부위를 부수겠다는 말처럼 들렸다.

"뭐, 뭐라고요?"

"자연 배출은 어려운 듯하니 요도에 관을 삽입해 결석을 부수자는 말입니다. 이건 동의서고요."

찰스 브라움이 요관경하배석술에 관한 동의서를 읽곤 찡그린 눈썹을 더욱 모았다.

"아주 드문 경우지만 요도에 상처가 날 수 있단 내용입니다. 신경 쓰지 않으셔도 돼요."

"어떻게 신경 쓰지 말란 겁니까?"

"혹시 모를 상황일 뿐이에요. 패혈성 쇼크라곤 해도 실제로는 거의 일어나지 않아요. 실제로 가장 효과적인 치료법이고요."

"못 합니다."

찰스 브라움이 고개를 돌렸다.

"생각할 시간이 필요한 것 같아요. 고맙습니다."

이자벨 멀핀이 의사에게 양해를 구했다. 의료진이 병실을 나섰고 멀핀이 찰스를 설득했다.

"계속 이러고 있을 순 없잖아."

"안 돼. 끄으으윽."

멀핀은 이렇게 힘들어하면서 고집부리는 찰스를 이해할 수 없었지만 무척 예민한 부위다 보니 더는 권할 수 없었다.

그리고 다시 몇 시간 후.

찰스 브라움은 한계를 아득히 넘어선 통증에 잠조차 제대로 이루지 못한 상황에도 단원들과 팬을 걱정했다.

"이지……."

이자벨 멀핀이 고개를 돌렸다.

"연주회는 어떻게 됐어?"

그녀가 한숨을 내쉬었다.

"이 지경에 뭘 걱정하는 거야. 다들 잘하고 있을 테니 신경 쓰지 마."

"그래도."

찰스는 걱정을 접어둘 수 없었다.

밴드의 작곡과 편곡을 도맡았던 프란츠 페터가 외주 업무를 진행하고 있었고, 리더인 자신이 병실에 누워 있으니 분명 어려움을 겪을 터였다.

"홀랜드 수석이랑 윤희, 소소까지 있잖아."

"으윽. 윤희가 전자 바이올린에 익숙하지 않아."

"지금 당신보단 낫겠지. 그런 상태로 어떻게 연주하려고."

멀핀의 말에 찰스 브라움이 숨을 골랐다.

확실히 다니엘 홀랜드라면 남은 멤버들을 잘 이끌 테고 공연 준비는 나윤희와 왕소소가 할 수 있으리라 믿었다.

다만 나윤희가 전자 바이올린에 익숙하지 않은 게 아쉬웠다.

경험이 풍부한 찰스 브라움은 대규모 솔로 리사이틀에서

팬 서비스로 종종 전자 바이올린을 다뤘지만 나윤희는 경험이 적었다.

사운드 이펙터를 비롯한 전자음을 다루는 일에 미숙할 수밖에 없었고, 진달래가 만든 곡을 온전히 표현하기에는 무리가 따랐다.

찰스 브라움은 진달래가 처음 곡을 발표하는 자리가 완전하지 못한 게 마음에 걸렸다.

26년 전 처음 곡을 발표할 때를 떠올리면 더욱 그러했다.

잔뜩 설렌 어린 찰스 브라움은 음원을 등록하고 실연하기까지의 모든 일을 완벽하게 조율하고자 했다.

다름이 아니라 자신이 만든 곡을 처음 대중 앞에 선보이는 일이었으니 여간 신경 쓰이는 게 아니었다.

찰스는 진달래도 다르지 않으리라 생각했다.

최대한 좋은 환경에서 발표하길 돕고 싶었다.

그러나 멀핀의 말대로 현재 자신이 할 수 있는 일은 아무것도 없었다.

"그래."

찰스 브라움이 눈을 감자 멀핀이 웃으며 그의 얼굴을 닦아 주었다.

거동조차 힘들어 누워 있던 그에게는 시원한 천이 주는 청량감이 너무나 달콤했다.

그가 눈을 감은 채 물었다.

"팬들은?"

"……응?"

이자벨 멀핀이 잠시 멈칫했다.

찰스 브라움이 눈을 떠 그녀를 보며 물었다.

"갑자기 공연 못 한다고 하면 걱정할 텐데. 뭐 올라온 거 없어?"

"그, 그런 거 없던데?"

"그럴 리가. 으윽."

고통에 인상을 쓴 찰스 브라움이 머리맡을 더듬어 핸드폰을 찾으려 했다.

당황한 이자벨 멀핀이 그를 바로 눕혔다.

"지금은 아무 생각 말고 쉬어."

"아무리 아파윽도 괜찮다는 말은 해야 걱정 으윽안 하지."

"아니야. 지금도 아파하면서 뭘 하려고."

낑낑대며 핸드폰을 찾으려던 찰스 브라움이 이자벨 멀핀을 보며 잠시나마 웃었다.

잔뜩 찡그린 얼굴만으로도 그녀가 자신을 얼마나 걱정하는지 알 수 있었다.

"그럼 나 대신 글 좀 올려줘."

멀핀이 고개를 끄덕였다.

혹시나 찰스가 핸드폰을 볼까 봐 얼른 낚아챘다.

찰스 브라움은 그녀가 받아적을 수 있도록 천천히 문장을 불러주었다.

"찰스 브라움입니다. 불가피하게 며칠간 공연을 쉬게 되었습니다. 끄으으. ……자리를 비우게 되어 크게 실망하셨을 테지만 남은 멤버들이 잘 준비한 공연, 실망하지 으윽 않으실 겁니다. 조만간 무대에서 뵙겠습니다. 감사합니다."

멀핀이 찰스 브라움의 개인 계정에 글을 등록하고 잽싸게 덮어두었다.

초췌해진 찰스는 작게 웃었다.

"다들 얼마나 걱정하겠어. 갑자기 취소되었는데 이유도 모르니. 다들 날 보려고 기다렸을 텐데. 으흐윽. ……퇴원하면 특별 연주회라도 열어야지."

"그, 그러게."

찰스 브라움은 자신의 병환이 비밀로 지켜지고 있음을 의심치 않았다.

연습 도중 갑자기 발생한 일이었고 치질 사건 때 사무국에 철저히 입단속을 요구했었다.

배도빈도 공식 입장 발표는 뒤로 늦춘다고 약속했으니, 그로서는 400만 명이 참여한 '찰스 브라움의 요관을 지키는 모임'을 상상할 수 없었다.

지난날 그가 해산시키기 위해 갖은 노력을 다했던 '찰스 브라움의 항문 수호 기사단'보다 무려 300만 명 많은 사람이 모일 거라곤 생각할 수 없었다.

찰스 브라움이 멀핀을 보곤 피식 웃었다.

"너무 걱정하지 마. 죽을병은 아니라잖아."

이자벨 멀핀은 도저히 말할 수 없었다.

많이 나아지긴 했지만 심각한 자아도취병 환자인 찰스가 팬들의 반응을 알게 되면 얼마나 괴로워할지는 뻔했다.

그녀는 더할 수 없이 상냥하게 그의 손을 잡아주었다.

"응. 걱정 안 해."

찰스가 숨을 길게 내쉬어 호흡을 골랐다.

"물 좀. 줄래?"

"응. 잠깐."

이자벨 멀핀이 물을 가지러 떠난 사이, 찰스 브라움의 핸드폰이 진동했다.

조금 전 게시한 글에 팬들이 반응하면서 알림이 뜬 것이었다.

그것은 평소보다 훨씬 오래 지속되었고, 고통 속에 몸부림치는 찰스 브라움을 그나마 위로했다.

탁-

길게 진동한 핸드폰이 선반에서 떨어졌다.

찰스 브라움이 핸드폰을 줍고자 상체를 일으키려 했으나 몸이 말을 듣지 않았다.

"으윽."

대신 팬들이 남긴 댓글 일부가 계속해서 지나가고 있는 것을 볼 수 있었다.

이틀째 제대로 뜨지 못했던 눈이 튀어나올 듯 커졌다.

"아."

때마침 이자벨 멀핀이 들어섰고 찰스 브라움이 고개를 들었다.

"……이게 뭐야."

찰스 브라움의 목소리가 잔뜩 떨렸다.

"이게 뭐냐고!"

그의 울부짖음이 병실을 간절히 채워나갔다.

PrinceCharles 찰스 브라움입니다. 며칠간 공연을 쉬게 되었습니다. 불가피하게 자리를 비우게 돼 크게 실망하셨을 테지만 멤버들이 잘 준비했으니 실망하지 않으실 겁니다. 조만간 무대에서 뵙겠습니다. 감사합니다.

#황제 #근황 #웃고떠드는밴드

♡ ♫ ⤴   ⌂

조회 21,277회

└힘내세요 ㅠㅠ

└찰스의 요도를 위하여!!

└독일은 찰스 브라움의 요관을 위해 물 정화 사업을 즉각 개시하라!

└괜찮으세요? 물 많이 드세요 ㅠ

└솔직히 석회 농도 너무 높음.

└내가 살다살다 남의 항문이랑 요관을 걱정하긴 처음이지만 응원함.

└힘세고 강한 요관!

└👑👑🏺미☆테 비뇨기과 👑👑 방문시€€ 1유로 적립🏷🏷100%증정※ 🏺비뇨기과, 항문외과 전문의 상주🏺친절¥ 신뢰¥ ★당신의 요관을 소중히 하세요@@@ **바로가기**

└ㅋㅋ그만해ㅋㅋ미친놈들앜ㅋㅋㅋ

└ForCharles'sUreter.com 다들 여기 가입해서 찰스 브라움에게 응원의 메시지를 남겨주세요!

└미친 가입자 봘ㅋㅋㅋㅋ 400만 명이 넘넼ㅋㅋㅋㅋㅋㅋ

└치질은 괜찮음?

└찰스의 항문 수호 기사단도 분발하자! 재발이 잦은 병이야!

└아직 아이도 없는데 어떡하냐ㅠ

└찰스! 요관! 치질! 찰스! 요관! 치질! 찰스! 요관! 치질!

└독일 연방보건부는 찰스 브라움의 요관 건강을 위해 질병 관리 프로그램을 즉각 개혁하라!

└영국인이잖아.

└비유럽 영국은 해외에 나가 있는 영국인들의 건강을 보장하라!

└비유럽ㅋㅋㅋㅋㅋㅋㅋㅋㅋㅋㅋ

└아닠ㅋㅋㅋㅋ 얜 왜 자꾸 이런 걸로 화제가 되는 거얔ㅋㅋㅋㅋ

└가우왕은 세 개의 손을 위한 소나타 같은 걸로 언급되는데 찰스는 왜 항상 항문 아니면 요도로 ㅠㅠ

댓글을 확인하던 찰스 브라움의 얼굴이 꿈틀댔다.

그를 진심으로 걱정하는 사람도 있었지만 찰스의 눈에는 그의 소중한 요관과 항문을 그저 재밌는 해프닝으로 취급하는 댓글만 들어왔다.

특히나 가우왕은 세 개의 손을 위한 소나타와 같은 연주로 화제가 되는데, 찰스 브라움은 항문과 요도로 화제가 된다는 말이 그에게 크나큰 상처를 주었다.

그를 괴롭히는 요관결석만큼이나 아팠다.

찰스가 천천히 고개를 돌리자 이자벨 멀핀이 어쩔 수 없이 설명했다.

"병원 올 때 파파라치가 따라붙었나 봐. 이미 병원 왔을 땐 소문이 퍼져서……."

까드득-

찰스 브라움이 이를 악물었다.

"의사 불러."

"어?"

"당장. 끄으으. 당장 부수라고 해."

찰스 브라움은 모레 예정된 공연에 반드시 나서야 했다.

자신이 어떤 연주를 했는지.

왜 바이올린의 황제로 불리는지 대중에게, 치욕을 안긴 이들에게 똑똑히 각인시켜야만 자존심에 난 상처가 아물 것 같았다.

그러지 않고서는 도저히 살아갈 수 없었다.

'제기랄.'

그는 배신감마저 느끼고 있었다.

자신을 보고 싶은, 파이어버드의 노래를 듣고 싶은 팬들을 위했지만 돌아온 것은 조롱 섞인 반응뿐.

찰스가 힘겹게 전화를 걸었다.

몇 번의 통화 연결음이 들리고 진달래의 목소리를 들을 수 있었다.

-아저씨! 괜찮아?

"준비해."

-준비? 뭘?

"바이올린…… 윽. 내가 한다."

-어? 윤희 언니가 하기로 했는데? 아니, 아저씨 다 나았어?

"내가 할 거니까 끄으윽. 그리 알아."

찰스 브라움이 전화를 끊었다.

베를린 음악 대학 바이올린 전공 과장 교수로서의 체면과 베를린 필하모닉 악장으로서의 책임 그리고 배도빈 음악교육 원장으로서의 사명.

그리고 최고의 바이올리니스트로서의 자부심으로 잠자고 있던 불새의 날개가 다시금 타오르기 시작했다.

같은 날 이른 저녁.

유명인으로서 타인에게 중요 부위를 보이는 상황이 몹시 꺼려졌지만 크게 분노한 찰스 브라움은 그마저도 감내할 생각이었다.

하여 수술에 동의했는데.

수술실에 들어선 찰스 브라움의 시야에 너무나 흉측한 물건이 들어왔다.

그가 눈을 휘둥그레 떴다.

언뜻 보인 내시경은 너무나 굵고 길었다.

들어갈 리 없다.

아주 작은 결석만으로도 죽을 듯이 아팠던 요도가 감당할 수준이 아니었다.

"자, 잠깐. 설마 저걸 넣는 건."

"네. 누워 계세요~"

그러나 의사는 찰스 브라움이 얼마나 겁을 먹든 신경 쓰지 않았다.

"움직이시면 안 돼요."

시간이 흐르면서 조금씩 하반신의 감각이 사라지고.

찰스 브라움은 이를 악문 채 자신을 조롱한 이들에게 복수하려는 일념으로 그 흉악한 내시경을 받아들이기로 했다.

침을 꿀꺽 삼킨 그가 입을 열었다.

"좋아. 최대한. 최대한 아프지 않게 넣어주세요."

"이미 넣었어요. 계속 말씀하시면 위험하니까 가만히 계세요."

어떻게 말도 없이 넣었냐고 따지고 싶었지만 그럴 수 없었다.

그 길고 굵은 흉측한 물건이 이미 자기 안으로 들어와 있단 사실에 겁먹어 조금도 움직일 수 없었다.

그저 단 일 초라도 빨리 이 끔찍한 상황이 지나가길 바랄 뿐이었다.

잠시 후.

병실에 돌아온 찰스 브라움은 기적을 맞이했다.

"아프지…… 않아."

그것은 구원이었다.

화마 속에서 날아드는 창칼에 유린당했던 불과 몇 시간 전이 거짓말 같았다.

환희.

평소로 돌아왔을 뿐인데 세상에 달리 보였다. 답답한 병실이 너무나 아름답게 보였고 창밖의 야경이 희망을 노래하는 듯했다. 스틱스강의 경계에서 새 삶을 얻어 돌아온 것 같았다.

"수술 잘 되셨고요. 내일 아침엔 퇴원하셔도 될 거예요."

"고맙습니다."

찰스 브라움이 의사에게 거듭 인사했다.

다음 날.

찰스 브라움은 퇴원하자마자 연습실을 찾았다.

"찰스!"

"아저씨!"

"브라움 악장."

단원들이 찰스를 반겼다.

"괜찮아?"

새 삶을 얻은 기품 있는 바이올리니스트가 미소로 답하곤 이내 진지하게 나섰다.

"악보 줘 봐."

"퇴원하자마자 뭘 하려고."

"그래. 이번 주는 그냥 쉬어."

다니엘 홀랜드와 드럼을 연주하기 위해 합류한 피셔 디스카우가 찰스를 말리자 밴드 멤버들도 고개를 끄덕여 동의했다.

"나 신경 쓰는 거면 괜찮아."

진달래도 첫 발표 무대보다 찰스 브라움을 더 신경 썼다.

되도록 최고의 환경에서 하고 싶었지만, 그렇다고 찰스가 무리하길 바라진 않았다.

"아니. 해야 해."

그러나 자신의 소중한 요도를 조롱당해 분노한 찰스 브라움은 뜻을 굽히지 않았다.

그 누구도 불타오르는 불새를 막아설 순 없었다.

"공연 내일인데?"

스칼라가 우려를 표했다.

내일 공연이 진달래의 신곡만으로 이루어진 것은 아니었지만.

아무리 뛰어난 연주자라 해도 한 번도 연습해 보지 않은 곡을 단 하루 만에 소화하기는 쉽지 않았다.

찰스 브라움이 슬쩍 고개를 돌렸다.

성인이 되기 전부터 과거 수많은 명장과 비교되었고 파이어버드를 얻은 후로는 기술적으로도, 정신적으로도 성숙하여 최고의 바이올리니스트로 공인받아 온 그였다.

한 세대를 풍미한 것을 넘어서 역사상 가장 뛰어난 바이올리니스트로 손꼽히는 그는 세간의 평 이상으로 자신을 높이 평가했다.

찰스 브라움이 자부심 가득한 목소리로 물었다.

"내가 누구라고 생각하는 거야."

"고추 아픈 사람."

스칼라의 솔직한 대답에 찰스 브라움의 눈썹이 꿈틀댔다.

"크학학항학학항!"

다니엘 홀랜드와 피셔 디스카우가 크게 웃었다.

진달래와 나카무라 료코의 얼굴이 새빨개지고 왕소소와 나윤희가 간신히 웃음을 참았지만 스칼라의 진지한 태도에 무너지고 말았다.

"고추를 가볍게 여기면 안 돼. 자손을 남기는 소중한 곳이야."

"큭큭크크윽."

"끄윽. 끄으으윽. 그, 그만."

다니엘 홀랜드와 피셔 디스카우가 배가 아플 정도로 웃었고 왕소소와 나윤희는 고개를 돌렸다.

나카무라 료코는 아예 귀를 막았다.

"그, 그래! 아저씨 그…… 거시기는 소중하니까 무리하지 마!"

진달래가 나서서 말렸다.

찰스 브라움의 이마와 목에 힘줄이 잔뜩 돋아났다.

그가 스칼라의 양쪽 어깨를 잡았다.

"이번에는 넘어가지. 다신 그딴 말 꺼내지 마. 알아들어?"

찰스 브라움은 스칼라가 아주 외딴 마을에서 자라온 탓에 사용하는 어휘나 행동이 평범하지 못한 걸 떠올리며 필사적으로 화를 누그러뜨렸다.

스칼라가 찰스의 말을 이해하지 못하고 또 입을 열려고 하자 다니엘과 피셔가 그를 끌고 가서 무엇을 잘못했는지 설명해 주었다.

분위기가 간신히 진정되고.

"시작하지."

부활한 불새가 날갯짓할 태세를 갖췄다.

"아리엘 아니야?"

"아리엘이네."

"여긴 무슨 일이지?"

"진달래 응원하러 왔나?"

공연 당일.

진달래가 어떤 곡을 만들었는지 궁금했던 아리엘 얀스는 더는 참지 못하고 베를린을 방문했다.

진달래가 워낙 들려주려 하지 않아서 그녀에게도 말하지 않고 찾았는데, 혹시나 주변 사람들이 알아볼 것을 우려해 가면

까지 썼다.

조용히 진달래의 곡만 듣고 돌아갈 생각이었다.

"아리엘 얀스 감독님 맞죠? 사진 한 번 찍어주세요!"

실내악홀에 들어선 아리엘에게 두 사람이 다가왔다.

'어떻게 알았지?'

몇 년 전 가우왕이 선글라스를 쓰고 분장했다가 정체가 들킨 일화를 떠올려 가면을 쓴 것인데 이조차도 통하지 않음에 당황했다.

그는 우선 부정했다.

"그런 사람 아닙니다."

"에이. 목소리가 똑같잖아요."

"그런 가면 쓰고 다니는 사람은 얀스 감독님뿐인데요."

"그리고 가면 쓰는 거 많이 봤어요. 베트호펜 기념 콩쿠르에서도 그랬잖아요."

"……."

아리엘이 가면을 벗고 팬들과 사진을 찍어주었다.

그 뒤로 계속해 사인과 사진 요청이 이어져 아리엘은 반쯤 포기하곤 그들의 요구에 응해주었다.

잠시 뒤.

아리엘 얀스는 화장실을 찾아 끼고 있던 장갑을 버렸다. 세정제로 손을 닦은 뒤 새 장갑을 착용하고 나서야 만족했다.

세정제와 장갑을 준비한 자신의 준비성에 고개를 끄덕였다.

복도를 지나 공연장 안에 겨우 자리를 잡고 앉은 뒤 팸플릿을 펼쳤다.

오늘 연주될 곡 목록이 차례로 소개되었고 가장 마지막에 진달래의 이름과 함께 'Origin'이란 곡이 적혀 있었다.

기원, 근원이란 뜻을 확인한 아리엘은 그녀가 왜 그런 제목을 붙였는지 고민해 봤지만 좀처럼 알 수 없었다.

'들어보면 알겠지.'

그렇게 생각하며 시선을 내리니 연주진 명단에 찰스 브라움이 있었다.

'입원했다더니 벌써 나왔나?'

잠시 의아해한 아리엘이 객석 분위기를 살폈다.

과연 웃고 떠드는 밴드.

그가 경험했던 일반적인 콘서트홀과는 분위기가 사뭇 달랐다.

마치 대중음악 공연장처럼 피켓을 든 사람도 있었고 연분홍색의 형광봉도 보였다.

[왕자님, 물 많이 드세요]

-왕자 찰스의 요관을 위한 모임-

[섬유질 섭취와 규칙적 생활]

-찰스 브라움의 항문 수호 기사단-

좌석 아래에는 현수막도 부착되어 있었다.

아리엘 얀스는 찰스 브라움의 인기를 실감했다.

'브라움 악장의 인기는 변함없네.'

과연 최고의 바이올리니스트다운 인기에 고개를 끄덕인 아리엘은 편히 앉아 무대를 바라보았다.

곧 베를린 필하모닉이 자랑하는 웃고 떠드는 밴드가 모습을 드러냈다.

그 순간 팬들의 함성으로 콘서트홀이 떠나갈 것처럼 요동쳤지만 아리엘의 눈에는 강렬한 눈화장을 한 진달래만 들어왔다.

흰 바탕에 혀를 내밀고 있는 입이 그려진 반팔 옷을 입고 있었다.

높은 통굽이 위험하진 않을까 싶기도 했지만 한 달 만에 본 진달래는 여전히 아름다웠다.

당당히 무대에 오른 밴드 멤버들이 객석을 보자마자 웃음을 터뜨렸다.

찰스 브라움의 팬들이 걸어둔 현수막이 대문짝처럼 보였다.

찰스의 눈이 분노로 들끓었다.

'이것들이고 저것들이고.'

이제는 저들이 정말 자신의 팬인지조차 의심스러웠다.

혹여나 자신을 음해하는 집단은 아닐까 생각했다.

그러지 않고서야 그런 모임을 만들 리 없고 저런 현수막을 걸어 놓을 리 없었다.

분노에 찬 찰스 브라움이 무대 앞으로 나섰다.

오늘 공연의 첫 순서는 찰스 브라움의 고집으로 결정한 배도빈 바이올린 협주곡 '찰스 브라움'이었다.

그가 가우왕, 나윤희와 경쟁하기 위해 독주곡으로 편곡했던 것을 바탕으로 제2바이올린, 첼로, 비올라, 베이스, 하프를 더한 버전이었다.

객석은 묘하게 들떠 있었다.

찰스 브라움은 그것이 못마땅했다.

그러나 이내 웃음기 띤 그들의 시선이 곧 경외심으로 가득하게 될 것을 확신했다.

찰스 브라움이 단원들에게 시선을 주곤 파이어버드를 켜기 시작했다.

배도빈 바이올린 협주곡 찰스 브라움.

배도빈이 찰스 브라움을 영입하기 위해 그에게 헌정한 곡으로, 비슷한 시기에 만들어진 베를린 환상곡과 함께 감미로운 곡으로 알려져 있었다.

찰스 브라움의 서정성 짙은 표현력과 스트라디바리우스 파이어버드의 애수 잠긴 음색이 가장 아름답게 노래할 수 있는 곡.

찰스 브라움의 연주에 따라 파이어버드가 천천히 활강했다.

이내 나뭇가지 위에 앉은 불새는 찬란했던 빛을 잃어갔다.

창공을 누비던 날개는 힘을 잃었고 윤기가 흐르던 깃은 푸석해진 지 오래였다.

첼로와 비올라가 바람처럼 불어오고 베이스가 바람에 스치는 나뭇가지처럼 사각사각 소리 냈다.

천천히 노래하기 시작한 불새.

찰스 브라움이 손끝에 힘을 줄 때마다 구슬픈 비브라토가 불새의 눈물처럼 울렸다.

관객의 얼굴에서 웃음기를 찾아볼 수 없었다.

황제.

파가니니, 프리츠 크라이슬러, 야샤 하이페츠, 빌헬름 푸르트벵글러, 니아 발그레이에 이어 한 시대를 대표하는 위대한 바이올리니스트가 펼친 심상에 빠져들어 헤어나오지 못했다.

생의 마지막을 노래하는 불새의 목소리가, 파이어버드의 음색이 가슴을 옥죄었다.

늙은 불새는 지난날 창공을 날던 때를 그리워한다.

그 누구보다 높은 곳에서 자유롭게 아름답게 날던 날을 추억한다.

찬란했던 불꽃은 위세를 잃고.

풍성했던 깃털은 듬성듬성 빠져 불새는 초라해진 자신을 한탄한다.

첼로와 베이스가 점점 더 대두되고.

파이어버드의 목소리가 점차 줄어든다.

천천히 눈을 감은 불새는 점점 식어간다.

툭.

나뭇가지에 앉아 있던 불새가 결국 차디찬 땅으로, 퍼석한 낙엽 위로 떨어지고 만다.

모든 악기가 연주를 멈춘 잠시간.

죽음의 경계에서.

다시 날아오르고 싶은 강렬한 열망마저도 차츰 흐려지는데 블러드 와인의 싸늘한 겨울바람만이 날카롭게 불어온다.

그러다 문득.

감미로운 목소리가 그를 깨운다.

스칼라의 하프가 다정하게 불새의 노래를 반복한다.

애타게 그리워한다.

왕소소의 첼로가 꾸짖는다.

어서 일어나라고 정신 차리라고 불새를 흔든다.

비올라가 비웃듯이 나선다.

그렇게 잘난 척 날아다니더니 결국 겨울이 오는 줄도 모른 채 죽었다며 조소한다.

그러나 그것도 잠시.

틱- 티딕-

파이어버드 주변으로 불꽃이 튀었다.

잘 마른 낙엽들이 삽시간에 불타오르고 깜짝 놀란 주변은 아무 소리도 내지 못한 채 타오르는 불길을 바라볼 뿐이었다.

정화의 시간.

모든 것을 불태울 듯 강렬히 타오르는 그 속에서.

불새의 노래가 다시금 시작되었다.

금으로 자아낸 실과 같은 목소리로 노래했다.

모데라토(Moderato: 보통 빠르기).

빠르지도 복잡하지도 않은 단순한 음률이 이다지도 아름답게 울릴 수 있는가.

손끝을 조절하는 것만으로도 이처럼 구슬피 울 수 있는가.

관객들은 벅차오르는 가슴을 어쩔 줄 몰라 했다.

불새가 날개를 펼쳤다.

찬란한 불꽃이 주변을 성스럽게 비추고 타오르는 금빛 깃털이 우아하다.

범접할 수 없었던 과거 그 모습 그대로.

다시 태어난 불새가 주변을 둘러보았다.

장엄한 불꽃으로 주변은 어느새 바짝 말랐다.

동물들은 두려워 몸을 피한 지 오래.

'내가 있을 곳이 아니다.'

고개를 든다.

구름 한 점 없이 맑고 푸른 하늘.

무한히 펼쳐진 저 넓디넓은 자유의 세상이야말로 불새가 있을 곳이다.

불새는 오랜 친구를 찾고자 날개를 움직였다. 단 한 번의 날갯짓만으로도 바짝 말라비틀어진 초목이 뿌리째 뽑혔다.

이내 힘을 되찾은 기쁨을 만끽한 불새가 한 번 더, 한 번 더 날갯짓한다.

끝을 모르고 가속하여 솟아오른다.

찰스 브라움이 바삐 움직일 때마다 다른 악기들이 뒤로 물러선다.

마치 더 이상 같은 곳에 있지 않다는 듯, 빠르게 사라져간다.

찰스의 보잉이 빨라질수록 관객들은 파이어버드의 자태를 더욱 선명히 느낄 수 있었다.

'과연.'

아리엘 얀스는 감탄했다.

본인 또한 뛰어난 바이올리니스트지만 배도빈이 왜 찰스 브라움에게 이런 곡을 써주었는지, 그를 영입하고자 막대한 지출을 감내했는지 알 수 있었다.

스트라디바리우스 1718년산 파이어버드.

유타 심포니 부악장, 유타대학 음대 교수 데이비드 백은 찰스 브라움이 파이어버드를 구입했던 당시, 최고의 바이올린이 최고의 연주자를 만났다고 말한 바 있었다.

그는 파이어버드를 두고 이제껏 스트라디바리우스 3개, 과르넬리 델 제수 2개를 연주했지만 파이어버드만 한 바이올린은 없었다며 그 선명하고 화려한 음색을 거듭 찬양했다.

데이비드 백의 말처럼 파이어버드는 현재까지 가장 높은 가격에 거래된 바이올린으로, 찰스 브라움의 연인으로 오랜 세월 인정받고 있었다.

그러나.

스트라디바리우스 파이어버드가 비록 음악사의 보배로운 악기라고는 하나 찰스 브라움이란 명품에 비할까.

아리엘은 지금 그를 깊이 감동시킨 연주가 스트라디바리우스 파이어버드 때문이 아님을 알고 있었다.

도리어 파이어버드가 찰스 브라움에게 들렸기에 가능한 일.

아리엘은 그의 건강을 걱정하는 이가 수백만에 이른단 사실이 전혀 놀랍지 않았다.

이만한 바이올리니스트는 지금까지 없었고 앞으로도 없을 터였다.

연주는 절정으로 치달았다.

도도하게.

세상을 오시하며 창공에 이른 불새가 태양처럼 빛나며 공연이 마무리되었다.

관객들은 공기 중에 남은 잔음마저 피부로 흡수하고 나서야 위대한 바이올리니스트를 연호했다.

자리에 앉아 있는 사람은 아무도 없었다.

"찰스! 찰스!"

"찰스! 찰스!"

당연한 반응에 찰스 브라움은 양손을 펼친 채 그에게 쏟아지는 스포트라이트와 함성을 만끽했다.

└역시는 역시나 역시였다.

└미쳤닼ㅋㅋㅋㅋㅋㅋ

└가끔 프로면서도 음 찢어지는 사람들 있는데 찰스는 그런 적 한 번도 없음.

└당연한 거야. 찰스랑 나윤희가 이상한 거임.

└심지어 저렇게 빨리 연주하는뎈ㅋㅋㅋ

└빠른 것도 빠른데 찰스 브라움 바이올린 협주곡이 음계 차이가 미

친 수준이라는 것도 감안해야 함.

    └나 진짜 눈물 나.

    └찰스가 처음 곡 받았을 때 사람이 연주하는 곡 맞냐고 물었대잖 악ㅋㅋㅋㅋㅋ

    └음계 차이가 미친 수준이란 게 뭔 뜻이야?

    └바이올린이 프렛이 없잖아. 정확한 음정 찾는 게 엄청 어려운 악기임.

    └프렛이 뭐야?

    └어디서 야한 냄새 나는데.

    └ㅅㅂ 좀 찾아보고 물어라.

    └욕 좀 하지 마. 알려주는 게 뭐가 어렵다고. 너 같은 놈들 때문에 클래식이 고였던 거야.

    └쉽게 말해서 기준이 되는 음을 표시한 부분이라고 생각하면 됨. 건반 같은 느낌임.

    └그게 없으면 어떻게 연주해?

    └감이지. 그래서 빠르고 수직 변동이 큰 곡일수록 힘들고, 미스도 많이 나고 음이 찢어지기도 하는데 찰스는 그런 게 없어서 대단하단 뜻이야.

    └고마워 :)

    └우리 찰스 님ㅠㅠ 아프신데도 나오셔서 너무 고마워요ㅠㅠㅠ

    └괜히 황제가 아니지. 크으~ 난 진짜 찰스가 건강하게 오래오래 활동해 주면 더 바랄 게 없음. 항문 수호 기사단에서 이번에 찰스한테

조공한다던데 조금 보태야겠다.

클래식 음악 팬들은 위대한 바이올리니스트 찰스 브라움에게 다시 한번 감탄했다.

폐부를 깊숙이 파고드는 심상과 그것을 가능케 한 섬세하고 효과적인 표현력.

베를린 필하모닉을 넘어서 인류의 보배라고 해도 과언이 아니었다.

찰스 브라움의 팬덤 중 가장 많은 사람이 결집한 '찰스의 요관을 위한 모임'에서는 이제 '항문 수호 기사단'과 연합하여 그의 요관과 항문뿐만 아니라 건강 자체를 위해야 한다는 의견이 속속들이 나오고 있었다.

한편.

함께 공연한 동료들도 찰스 브라움이 바로 어제까지 입원해 있던 사람이 맞나 싶었다.

그의 실력을 누구보다도 잘 알고 있었지만 단 하루 준비하고 이만한 연주를 해냈다는 게 믿어지지 않았다.

실제 공연은 즉흥적인 면이 있고 여러 사람을 앞에 서기에 여러모로 연습과 같을 수 없었다.

더군다나 며칠을 고생한 탓에 컨디션이 최악이었으니 아무래도 평소 같지는 못하리라 생각했거늘.

무대 위에서의 찰스 브라움은 언제나와 같은 모습이었다.

웃고 떠드는 밴드는 그가 그럴 수 있는 이유를 오래지 않아 깨달았다.

찰스 브라움이니까.

베를린 필하모닉이 가장 의지하고, 자랑하는 악장이니까.

그 외 다른 이유는 없었다.

'대단해.'

진달래가 주먹을 꽉 쥐었다.

무대에 오를 때마다 매번 느꼈지만 그녀는 자신이 얼마나 대단한 사람들과 함께하는지 믿기지 않았다.

병상에서 막 일어난 사람이라고 하기엔 너무나도 완벽한 연주였다.

또한 감동을 박수와 환호로 돌려주는 관객까지.

이보다 훌륭한 환경은 없었다.

'나도.'

진달래는 단순히 재능 있는, 유망한 사람으로 남을 생각은 추호도 없었다.

스스로에게 부끄러움 하나 없이.

저들과 함께 당당해지고 싶었다.

찰스 브라운 협주곡 이후 잔뜩 무르익은 분위기가 이어지고, 진달래도 몇 차례 노래를 부르며 마지막 순서가 다가왔다.

그리고 한 곡만을 남겨두었을 때.

긴장감으로 가슴이 터질 것만 같던 진달래는 공연에 취했다.

동료들의 연주와 관객들의 열띤 호응으로 그 어느 때보다도 컨디션이 좋았다.

그녀가 마이크를 잡았다.

"재밌죠?"

"네!"

"저도 너무 재밌어요. 이렇게 좋은 분위기에서 제 첫 곡을 처음 들려드릴 수 있어서 기뻐요."

"와아아아아아!"

실내악홀이 떠나갈 듯한 반응에 진달래가 행복하게 웃었다.

고개를 돌려 멤버들을 보니 그들도 웃고 있었다.

그것은 중독이었다.

이 즐거움을 위해, 이 충족감을 위해 지금껏 노력해 왔고 기꺼이 남은 생을 바칠 수 있었다.

오늘은 가수 진달래가 싱어송라이터로서 첫발을 내딛는 순간.

헤어나올 수 없는 음표의 바다로 저 심해로 내려가는 날이었다.

"Origin입니다."

진달래의 말이 끝나고.

피셔 디스카우가 양손에 든 북채를 치며 시작을 알리자, 왕소소의 일렉트릭 기타가 시동을 걸었다.

마침내 질주하는 폭주족들.

장대비처럼 꽂히는 32비트의 드럼루프와 그 속에서 선명히 울리는 찰스 브라움과 나윤희의 전자 바이올린.

흐읍-

숨을 들이마신 진달래가 입을 열었다.

무너진 꿈 이불 아래서 I broken

즈려밟힌 손과 함께 어딘가 망가진 거야

깨진 약속 다시 걸 손가락도 없이

도와주세요 하나님

이 고통을 멈춰주세요

도와주세요 누구든

이곳에서 데려가줘요

흩날리는 흰 장미 너의 노래

네 온기가 잃어버린 꿈을 채워나가

네가 준 손으로 다시 일어서

찢어진 과거를 엮을래

달콤한 꿈 이불 아래서 미래를 나누고
둘만의 약속을 만들어가.

드럼과 베이스 기타, 일렉트릭 기타의 폭음 속에 전자 바이올린의 서정적인 멜로디가 우수에 젖은 진달래와 어울렸다.

진달래의 성악 발성에 익숙했던 관객들은 그녀의 다듬어지지 않은 목소리에 목 아랫부분이 묵직해짐을 느꼈다.

허스키한 목소리는 폭력적인 사운드와 대비되어 간절히 울렸다.

한을 토해내듯 호소력 짙은 발성은 그들이 경험해 보지 못한 애달픔을 전해주었다.

찰스 브라움은 내심 고개를 끄덕였다.

너무나 저돌적인 이 곡에 무슨 가사를 붙일지, 어떤 방식으로 노래할지 의문이었지만.

진달래의 더할 수 없이 처절한 목소리와 간절한 가사는 효과적이었다.

끝을 모르고 질주하는 멜로디와 극단적으로 대비되어 그녀가 얼마나 절망적이고 급박한 상황에 놓였는지 알 수 있었고.

전자 바이올린과 하프로 연주되는 서정적 멜로디는 그녀가 희망을 얻었음을 알려주었다.

그리고.

난데없이 고백받은 아리엘 얀스는 얼굴을 붉히고 있었다. 입을 막고 어쩔 줄 몰라 했다.

하이라이트를 지나 반복구가 끝나자 모든 관객이 다시 한번 일어나 함성을 질렀고.

일어선 관객 사이에서 아리엘 얀스는 당황한 기색을 감추지 못했다.

'식은 어디서 올리지?'

'고향? 베를린? 한국? LA?'

'너무 갑작스럽잖아.'

'내가 하려 했는데.'

"진달래! 진달래!"

"진달래! 진달래!"

관객들이 진달래를 연호할 때.

이불 아래서 미래를 나누고 둘만의 약속을 만들자는 말을 프로포즈로 이해한 아리엘 얀스는 고민이 깊어지고 말았다.

그는 항상 품에 넣고 다니던 반지를 의식하며 그것을 전해 줄 때가 되었음을 조금씩 받아들였다.

"꺄아아아!"

공연을 마치고 대기실로 돌아온 나윤희, 나카무라 료코, 진달래가 서로 손뼉을 치며 야단을 떨었다.

관객들의 반응이 너무나 좋았고 그들 스스로 공연에 만족한 덕이었다.

"잘했어."

왕소소도 드물게 까치발을 들어 진달래의 머리를 쓰다듬었다.

"이거 괜찮은데? 필요하면 언제든지 말만 하라고. 이런 공연이면 얼마든지 환영이니까."

피셔 디스카우도 공연의 여운을 즐겼다.

드럼을 있는 힘껏 내리치고, 열광하는 관객과 소통하는 기분이 썩 괜찮았다.

"찰스 오늘 보니 정말 괜찮아진 것 같네."

"평소처럼 대단했지."

스칼라와 다니엘 홀랜드도 찰스의 명연주를 언급했다.

찰스가 싱긋 웃으며 입을 열려고 하던 차 누군가 똑똑 대기실 문을 두드렸다.

"누구세요!"

신난 진달래가 문을 벌컥 열었고.

흰 장미가 그녀의 시야를 가득 채웠다.

두 눈을 튀어나올 듯이 뜬 진달래 앞에 아리엘 얀스가 한쪽 무릎을 꿇었다.

"······대감?"

아리엘이 고개를 들었다. 사랑 가득한 눈빛으로 그녀를 불렀다.

"부인."

"어, 어? 여긴 어쩐 일이야? 공연은 어쩌고?"

당황한 진달래 뒤에서 분위기를 눈치챈 왕소소, 나윤희, 나카무라 료코가 두 주먹을 붕붕 휘둘렀다.

이윽고.

아리엘이 그녀의 세레나데에 응했다.

"나도 당신과 함께하고 싶어."

그가 품에서 반지함을 꺼내 열어 그녀에게 향했다.

진달래가 입을 틀어막았다.

너무 놀란 나머지 주변을 둘러보니 아저씨 셋이 흐뭇하게 지켜보고 있었고 친구 셋이 소리만 내지 않고 오두방정을 떨었으며.

스칼라만이 고개를 갸웃했다.

· 4악장 ·

안 돼

당황한 진달래가 어찌할 줄 모르는데 왕소소가 눈을 부릅떴다.

그 시선이 얼른 받지 않고 뭐 하냐고 타박하는 듯했다.

진달래가 고개를 돌려 아리엘과 시선을 마주했다.

맑고 푸른 눈이 너무나 예뻤다.

우아하게 떨어지는 저 코를 특히 좋아했다.

은은하게 풍기는 장미 향을 맡으면 왠지 모르게 마음이 가라앉았고 그가 입을 열면 두근거렸다.

손목을 잡아준 그의 손은 따뜻했고 함께 식사할 때면 즐거워서 대화가 끊어지질 않았다.

그릇을 닦을 때 곁에서 진지한 표정으로 설거지하는 그가 왜 그렇게 멋져 보이는지 알 수 없었다.

무대에 선 그를 바라보면 함께하고 싶었다.

잠들기 전 오늘과 내일을 이야기했다. 오늘 그에게 무슨 일이 있었는지 궁금했고, 오늘 무슨 일을 했는지 말하고 싶었다.

내일 그가 무엇을 할지.

기분은 어떤지.

사랑받고 있음을 알면서도, 행복하면서도 더, 더욱더 그를 사랑하고 싶고 사랑받고 싶었다.

매일 커지는 마음을 어찌해야 좋을지 알 수 없었다.

진달래가 손을 뻗었다.

어느새 가득 고인 눈물을 떨어뜨리며 그를 일으켜 세웠다.

"응."

아리엘이 활짝 웃었다.

티끌 하나 없는 맑은 미소로 그가 진달래의 손가락에 반지를 끼웠다.

진달래가 결국 울먹이며 아리엘을 끌어안았다.

"대감!"

"부인."

"뭐야아! 진짜! 진짜……."

아리엘이 진달래의 등을 쓸어내려 그녀를 달래자 그것을 지켜보던 료코와 나윤희가 주먹을 휘두르는 것도 모자라 폴짝 폴짝 뛰었다.

♪

찰스 브라움과 관련된 검색어의 트래픽량이 유럽과 북미, 아시아 등지에서 급증함으로써 황제의 건재함이 과시된 한편.

진달래의 첫 곡 'Origin'도 생중계를 시청한 이들 사이에 회자되었다.

강렬한 전자음에 서정적 멜로디와 어울린 그녀의 노래에서 묘한 매력을 느낄 수 있었다.

오리진에 빠진 이들은 음원이 아직 출시되지 않음을 아쉬워했다.

[2028년 최고의 명연주]

[파이어버드의 날갯짓이 베를린의 밤하늘을 밝히다]

[건재한 황제]

[찰스 브라움, "만족할 수 없다. 파이어버드는 더 우아하게 노래할 수 있다."]

[찰스 브라움, 악단주 배도빈에게 신곡 압박하나?]

[요관결석마저 그를 막지 못했다]

[베를린 필하모닉 소프라노 진, 첫 곡 발표]

[충격적인 사운드. 웃고 떠드는 밴드의 행보는?]

[진의 Origin은 아직 미출시]

[오늘 공연에서 보이지 않은 최지훈]

[베를린 필하모닉, "최는 현재 아주 근사한 공연을 준비하고 있다."]

ㄴ진달래가 결국 터지네.

ㄴ이런 애가 여태 뭐 하느라 안 알려졌지?

ㄴ예전에 푸르트벵글러 곡 부른 적 있었는데 푸벵옹이 넘사벽이라 묻혔지.

ㄴ의외로 종종 언급되었음. 베를린에 사는 사람들한테는 나름 인지도 쌓고 있었고.

ㄴ웃고 떠드는 밴드 덕에 ㅇㅇ

ㄴ노래 괜찮다..신선한데.

ㄴ시원시원하게 내뽑는 게 아닌데도 들을 만하더라. 흐느낀다? 운다? 뭐라 표현해야 하지?

ㄴ애타게 불렀지. 하드록이랑 어울리니 퇴폐적인데 뭔가 안쓰럽고 그런 느낌이었음.

ㄴ그래서 음원은 언제 나옴?

ㄴ녹음할 시간이 없었을 테니 아마 좀 걸릴걸?

ㄴ아, 찰스가 아팠지.

ㄴ오늘 못 봤는데 찰스는 괜찮음?

└ㅇㅇ 완전 멀쩡함.

└찰스야 뭐 믿고 듣는 사람이자너.

└난 그 사람 개그맨인 줄 알았는데.

└ㅋㅋㅋㅋㅋ뉴비가 많아지긴 했나 봐. 찰스가 개그맨이랰ㅋㅋㅋ

└바이올리니스트라 하면 찰스 브라움이 세계 원탑임. 그 전에 니아 발그레이가 유명했고 그보다 전에는 스노우 한이었는데 지금은 뭐, 그 사람들 전성기보다 낫다는 평도 있으니까.

└바이올린계의 가우왕임?

└ㅋㅋㅋㅋㅋㅋㅋㅋㅋ이 채팅 캡처해서 찰스한테 보여주고 싶닼ㅋㅋ

└우리 왕자님 충격받고 어디 또 아프면 어쩌게.

└항문 수호 기사단이니 뭐니 해서 웃기게 보일 수도 있는데 팬덤 입장에선 진심임. 진짜 엄청난 사람이고 그만큼 소중한 거야.

└맞아. 찰스 연주 한 번이라도 들어보면 그게 희화시키는 게 아니라는 것 정돈 알 수 있지. 정말 어마어마한 바이올리니스트니까.

└그러니까 B가 그 많은 돈 주고, 곡 써 주고 해서 데려왔고.

└B?

└배도빈.

└볼드모트도 아니고 B가 뭐임?

└도빈 〉빈 〉The B

└별명이 너무 많아서 젤 편한 쪽으로 적다 보니 B로 썼는데, 그냥 고착돼 버림ㅋㅋㅋㅋㅋ

└아닌데. 오케스트라 대전 끝나고 너만 모름 배도빈 특집 제목이 'THE B'라서 그때부터 그렇게 불렀는데.

　└ㄴㄴ 그전부터 팬덤 사이에선 B라고 불렸음. 배도빈이 마왕이니 신이니 천재니 불리는 거 싫다고 해서. 너만 모름 제작진도 그거 보고 지었을걸?

└누구 말이 맞아?

└지훈이 뭐 준비하는 것 같네?

└[링크] 이 기사?

└ㅇㅇ

└아, 그러네. 오늘 안 보인다 싶더니.

└도빈이도 이번 달 잠잠한 거 보면 같이 뭐 준비하고 있지 않을까?

└B는 지금 할 일 너무 많아서 다른 거 못 할걸? 파우스트만 해도 피델리오 이상의 대작이 될 거라고 했으니까.

└Origin 여기서밖에 못 들음?

└ㅇㅇ

└녹음되면 바로 올라올 듯.

└아, 이래서 독점이 싫어. 좀 여러 곳에서 팔면 안 되나?

└수수료 떼가니까 그렇지. 베를린이 돈 많이 벌려면 자기들이 직접 서비스해야 해.

└수수료 얼마나 떼는데?

└보통 40% 이상 떼지. 심하면 60%도 뗌.

└ㅁㅊ 도둑놈들이네.

└ㅇㅇ 생산자보다 유통자가 더 많이 범. 그니까 베를린 필하모닉 입장에선 〈DOBEAN〉을 만들 수밖에.

└맞아. 그러니까 걍 이거 써. 어차피 배도빈 곡 들으려면 이거 써야해. 월 6달러면 무손실 음질로 들을 수 있잖아.

└10달러짜리 쓰면 실황이 8K 영상으로 나옴.

└18달러 쓰면 해설본 받아볼 수 있음. 푸르트벵글러, 도빈이, 슈타인 등등 그 날 지휘한 사람이 적음.

└아니 그러면 18달러 쓸 수밖에 없잖아;;

└당연하지.

└아⋯⋯. 장사 잘하네.

베를린 필하모닉 팬들은 〈DOBEAN〉의 채팅방에서 밤이 새도록 찰스 브라움을 찬양했고, 진달래에게 관심을 보였으며 최지훈이 무엇을 준비하는지 궁금해했다.

그렇게 날이 지나고 다음 날.

진달래는 그녀가 외박한 사실을 알게 된 왕소소, 나윤희, 나카무라 료코, 차채은에게 연행되었다.

수사관 이승희가 딸 메리 이안을 안고선 흥분했다.

"그래서?"

"삼촌이 안 된대."

진달래가 잔뜩 심통이 나 입을 내밀었다.

"자랑하려고 전화했더니 화부터 내는 거야. 어리다는 둥, 얼굴값 하게 생겼다는 둥 아아아악!"

료코가 고개를 끄덕였다.

"잘생기긴 했어."

"좋잖아! 잘생기면 좋지!"

나윤희는 조용히 고개를 끄덕였고 왕소소는 편들어주었다.

"여자 문제는 걱정 안 해도 돼."

진달래가 고개를 돌렸다.

소소에게 지지받을 줄은 생각지 못했기에 반가웠다.

"그치! 우리 대감은 나밖에 몰라."

"얼굴 보고 관심 생겨도 대화해 보면 질색할걸?"

소소의 말에 차채은과 나윤희가 웃음을 참고자 입을 막았다.

"언니!"

"근데 정말 그럴지도? 얀스 씨 누가 자기 만지는 거 엄청 싫어하잖아."

료코가 소소의 말에 동의했다.

기자가 그를 붙잡았을 때 경멸 어린 시선을 보냈던 기억을 떠올렸다.

심지어 가까이에서 대화하는 것조차 불편하게 여겨 마스크를 쓸 정도로 타인을 병균 취급했다.

그의 결벽증 때문이라도 칠삼이 걱정하는 일은 없을 것 같았다.

"아무튼! 나밖에 모른다니까?"

진달래가 한숨을 내쉬었다.

"내가 좋다는데 삼촌은 뭐가 마음에 안 드는지 모르겠어."

그녀의 불평에 이승희가 단호히 말했다.

"야, 딸 시집보내고 싶은 사람이 어디 있다고 그래? 너도 막상 가라고 하면 서운해할걸?"

"조카거든?"

"조카든 뭐든 너도 아빠처럼 생각했잖아. 칠삼 씨도 그랬을 테고."

진달래가 잠시 고민했다.

이승희의 말대로 삼촌이 아무렇지도 않게 허락했으면 서운할 것 같았다.

나윤희가 입을 열었다.

"당황스러우실 것 같아. 아리엘 씨하고 대화도 못 나눠보셨잖아. 지금은 반대하시는 게 당연하고 자주 뵈면 괜찮아지지 않을까?"

"그런가?"

"응. 아리엘 씨 한국말도 잘하니까. 또 상냥하고. 그런 점들이 보이면 허락하실 거야."

이승희에게 안긴 메리 이안이 손을 번쩍 들며 하품했다.

"애 졸리나 봐. 한스."

이승희가 딸을 데리고 남편을 찾으러 일어섰다.

왕소소와 나윤희가 나서서 부엌으로 향했고 료코와 진달래, 차채은이 잔뜩 어질러진 거실을 치우기 시작했다.

딸을 남편에게 맡기고 돌아온 이승희가 깜짝 놀랐다.

"뭐 해? 앉아 있어. 내가 할게."

"아냐. 언니 좀 누워."

"다 되면 깨울게. 조금이라도 자."

동생들의 배려에 이승희가 감격했다.

시간 때별로 젖을 물려야 했고 시도 때도 없이 잠에서 깨는 탓에 언제 제대로 잠든 지 기억도 나질 않았다.

언제 무슨 일이 생길지 모르기에 24시간 내내 지켜봐야 했으니, 부부는 잔뜩 지쳐 있었다.

그나마 유진희나 동료들과 수다를 떠는 게 낙이었다.

너무 지친 탓에 그녀는 그러면 안 된다고 생각하면서도 동생들의 배려에 감사했다.

"고마워."

"응. 빨리 자."

잠시 뒤.

피로한 탓에 눕자마자 기절하듯 잠든 이승희가 딸의 울음소리를 듣고 퍼뜩 일어났다.

놀라서 나와보니 차채은이 잔뜩 긴장한 채 메리를 안고 있었고 남편 한스가 젖병을 데우고 있었다.

이승희가 차채은에게 다가가 딸을 안아 들었다.

엄마 품에 안기자 메리의 울음이 다소 진정되었고, 이승희가 본인이 녹음한 앨범을 작게 틀자 언제 울었냐는 듯 꺄르르 웃었다.

"어머."

왕소소, 나윤희, 진달래, 료코, 차채은이 깜짝 놀랐다.

해맑게 웃는 메리를 보다가 고개를 들어 설명을 촉구했다.

"첼로 좋아하더라고. 신기하지."

다섯이 동시에 고개를 끄덕였다.

"승희 것만 좋아해. 다른 연주자들 건 귀신같이 알고 울더라. 천재라고."

"으유. 온도나 잘 맞춰."

남편의 딸 자랑에 이승희가 괜히 말을 돌렸다.

차채은이 호들갑을 떨었다.

"천재 맞잖아요! 구분할 수 있단 거 아니에요?"

"우연이겠지."

"다른 거 틀어봐도 돼?"

이승희가 고개를 끄덕이자 소소가 오디오로 다가가 고민하다가 다른 첼리스트의 앨범을 재생했다.

꺄르르 웃던 메리 이안이 눈을 크게 뜨고 입을 벌린 채 가만있다가 울상을 지었다.

"어머머."

"천재다!"

왕소소가 신기해하며 이번에는 한스 이안의 앨범을 재생하니 메리가 크게 울었다.

"끄아앙아아아아아앙!"

료코와 소소가 물끄러미 한스를 보았다.

"뭐, 뭐?"

"아니. 아무것도."

그들은 한스를 불쌍히 여기며 고개를 저었다.

그 모습을 지켜보고 있던 나윤희가 입을 열었다.

"보기 좋다."

"왜. 부러워?"

"응. 부러워."

이승희가 씩 웃었다.

"그럼 너도 빨리 결혼해."

"상대가 있어야 하지."

"상대가 없긴 왜 없어? 도빈이 있잖아."

이승희의 말에 다들 고개를 끄덕였다. 당황한 나윤희가 손바닥을 보이며 부정했다.

"아니라니까. 왜 또 그래."

"아니긴. 너 요즘 도빈이랑 계속 붙어 다니잖아."

"맞아. 나도 저번에 봤어."

차채은이 두 사람이 함께 있던 것을 떠올리며 맞장구쳤다.
왕소소도 거들었다.

"저번에 같이 밥도 해 먹었다며."

먹이를 찾은 맹수들이 눈을 빛내며 관심을 보였다.

"어디서?"

"윤희 집에서?"

"어쩜 세상에. 무슨 일이야?"

"퇴근 후에 집에서 단둘이?"

"응. 퇴근 후에 단둘이."

"나도! 나도 봤어! 저번엔 공연도 같이 보러 갔어! 데이비드
개릭!"

"어머머머. 세상에. 정말요?"

"그랬대요. 글쎄."

이승희, 왕소소, 진달래, 료코, 차채은이 동시에 고개를 돌
려 나윤희를 노려봤다.

"이래도 아니야?"

♪

진달래를 추궁하기 위해 모였던 모임은 어느새 피의자 나윤희를 심문하는 방향으로 대화를 이어나갔다.

강도 높은 조사를 두 시간이나 받은 나윤희는 어쩔 수 없이 기지를 발휘, 화제를 차채은과 최지훈으로 돌림으로써 겨우 귀가할 수 있었다.

"으, 으, 으."

운전할 힘도 없이 녹초가 된 그녀는 자율주행을 켜두고 의자를 뒤로 넘겨 누워버렸다.

부웅-

진동이 울렸다.

핸드폰을 볼 힘도 없어 누운 채 뭉그적대던 나윤희의 얼굴이 밝아졌다.

배도빈이었다.

[두 사람 다 잘 지내요?]

[메리 생일 때는 같이 가요] 14:17

{응. 정말 좋아 보여}

{아! 선물 아직 못 골랐는데}

14:17 {뭐 할 거야?}

[돈이요] 14:18

14:18 {그게 뭐야ㅋㅋㅋ}

[옷이나 기저귀 같은 거 살까 싶다가]

[그런 건 꼼꼼히 확인해서 사니까 차라리 돈 주는 게 낫대요] 14:19

{아}

{그렇겠다. 뭐 쓰는지 보고 올걸}

{난 뭐 하지……}

14:20 {그냥 물어봐야겠다}

[좋은 생각이에요]

[내일 11시에 갈게요] 14:20

{내일 언제 올 거야?}

14:20 {아, 응!}

자세를 고쳐 잡고 메시지를 주고받던 그녀는 문득 자신이 웃고 있음을 깨달았다.

'거봐. 일할 때도 퇴근 후에도 매일 같이 있으면서 아니긴 뭐가 아니야.'

'배도빈 언니 좋아한다니까?'

'언니도 오빠 좋아하잖아.'

'도빈이 이야기만 나오면 귀 쫑긋 세우면서.'

'반대. 난 반대.'

친구들이 했던 말을 떠올린 그녀는 고민에 빠졌다.

배도빈과 함께하고 싶은 마음을 조금씩 인지하고 있었지만 여러 상황과 걱정이 그녀를 붙잡았다.

나이가 아홉 살이나 차이 나고.

더군다나 유진희와는 서로 언니, 동생 하며 지내고 있었다.

도진이도 자신을 이모라고 부르니 나윤희는 지금의 행복한 관계가 무너지는 게 두려웠다.

그뿐만이 아니었다.

만에 하나라도 안 좋은 일이 생기면 베를린 필하모닉의 구성원으로서 남을 수 없다고 생각했다.

유치원부터 초등학교, 중학교, 고등학교, 대학교 심지어 첫 직장에서도 무시당하기 일쑤였던 그녀는 지금의 관계가 너무나도 소중했다.

그래서 속였다.

안 좋은 일만 상상하여 자신을 속이고 달래 왔다.

그러나 그를 향한 마음은 자꾸만 부풀었고 나윤희는 그것을 어떻게 대해야 좋을지 알 수 없었다.

그를 만날 때마다, 그의 목소리를 들을 때마다, 그를 생각할 때마다 걷잡을 수 없이 커지는 마음에 당황했다.

일요일에 볼 수 있는 것만으로도 이렇게나 기쁜데.

내일은 무슨 옷을 입을지, 무엇을 함께할지, 어떤 곡을 연주할지 생각하는 것만으로도 이렇게 가슴이 뛰는데.

지금 관계로도 행복하다는 거짓말은 더 이상 통하지 않았다.

'어떡해.'

나윤희가 손을 꼼지락댔다.

그를 부축하기 위해 잡았던 손을, 그 감촉을 기억하고 있었다.

자신을 위로하기 위해 다가온 온기를 잊을 수 없었다.

다시 잡고 싶었다.

아니, 이제 그것만으로는 부족했다.

더 가까이 다가가고 싶었다.

아무리 부정해도, 그 어떤 걱정과 상황을 가져와 변명해도 나윤희는 자신을 억누를 수 없었다.

매일 매시간 애끓는 마음을 마지막 남은 변명으로 견딜 뿐이었다.

직장에서도 퇴근 후에도 항상 함께해서 행복하지만, 혹시 그는 지금의 일상을 귀찮게 여기지 않을까. 그러지 않아도 바쁜 그를 내가 방해하는 건 아닐까.

그런 불안을 애써 키우며 참을 뿐이었다.

그러나 만약 그런 걱정마저 사라진다면. 만약. 정말 만약에 그도 즐겁다면.

'도빈이도 날……'

나윤희는 이성을 억제할 여력이 없었다.

집에 돌아온 뒤에도, 블러드 와인을 손질하면서도.

저녁을 먹을 때도, 청소하면서도, 배도빈과 메시지를 주고받는 와중에도, 이불 안에서도 한 번 물꼬를 튼 생각은 계속되었다.

'언제부터였지?'

나윤희는 언제부터 배도빈과 함께하는 데 익숙해졌는지 떠올렸다.

'아. 카페.'

배도빈이 시력을 잃었을 당시.

답답해하는 그를 조금이라도 돕고 싶어 소소가 추천한 카페에 데려간 적 있었다.

배도빈의 곡이 흘러나왔고 커피는 살짝 신맛이 났으며 초코머핀은 혀가 녹을 듯이 달았다.

디저트를 먹는 모습이 귀여워서, 마음이 쓰여서 그 이후로 줄곧 식사를 도왔다.

'그랬어.'

나윤희는 당시를 떠올리며 작게 미소 지었다.

그녀는 그보다 좀 더 먼 기억을 떠올렸다.

가우왕과 최지훈의 자존심 싸움으로 시작된 배도빈 콩쿠르.

배도빈은 단 한 번의 연주로 그간의 공백을 무색하게 했다.

믿을 수 없는 감동을 전해주던 중, 그의 눈에 이상이 생겼고 그때를 떠올리면 지금도 가슴이 철렁했다.

너무 놀라서.

그를 또 한 번 잃을 것 같아서 가만있을 수 없었다. 병간호를 자청했고 퇴근 후에는 항상 배도빈을 찾았다.

둘 사이에 대화가 늘었고 나윤희는 그를 좀 더 알 수 있었다.

당시 배도빈은 푸르트벵글러와 사카모토에게 대교향곡을 들려줘야 한다면서 조급함을 내비쳤다.

외할아버지가 건강해 보이는지 묻는다든가 어머니와 아버지가 어떤 표정이었는지 물었다.

도진이가 세수하고 로션은 바르는지.

최지훈과 가우왕이 오늘은 어떻게 다퉜는지 궁금해했다.

어떤 고민도 하지 않을 것처럼 완벽했던 배도빈이 걱정도 한다는 걸 안 순간 더 좋아졌다.

당시 배도빈은 간혹 평소답지 않은 말과 행동을 했었다.

'얼굴 만지고 싶어요.'

'어?'

늦은 밤. 배도빈은 귀가하려는 나윤희에게 이상한 부탁을 했다.

부끄러웠지만 그러라고 하니 배도빈은 아주 조심스럽게 나윤희의 얼굴을 더듬었다.

마치 피아노 건반을 가늠하듯 섬세하게. 무엇인가를 확인하듯 정성스레, 꼼꼼히 만졌다.

왜 그러냐고 물어도 대답하지 않았다.

'그때부터?'

질문을 던진 순간 그녀는 이미 답을 알고 있었다.

많이 놀라고 당황했지만 그의 손길이 기분 나쁘지 않았다. 도리어 묘한 분위기에 잠시 취했었다.

그의 손이 떠날 땐 작은 아쉬움을 느끼기도 했다.

이미 그 전부터 그를 마음에 두고 있던 것이다.

그녀는 좀 더 과거를 떠올렸다.

데이비드 개릭 티켓을 얻었을 때.

그는 약속된 티켓 두 장 중 하나만 넘겼다. 나윤희가 뭐라 물어보기도 전에 약속을 잡아버렸다.

당황했지만.

내심 기뻤다.

좋아하는 연주자의 공연을 함께 관람할 수 있어서 좋았다.

무슨 옷을 입을지 일주일 내내 고민했다.

일찌감치 만난 두 사람은 카페에서 시시콜콜한 이야기를 나누었다. 데이비드 개릭의 연주는 최고였고 밖으로 나선 두 사람은 오늘을 기념하며 열쇠고리를 샀다.

바이올린 모양의 열쇠고리.

흔하디흔한 공산품이지만 똑같은 물건을 나눠 가지는 것만으로도 알 수 없이 행복했다.

그때도 이미 그를 마음에 두고 있었다.

나윤희가 이불을 끌어당기며 작게 웃었다.

그럼 언제부터였을까.

'아.'

나윤희의 얼굴이 빨갛게 달아올랐다.

피곤해 보이는 배도빈에게 쉬는 게 어떠냐고 말하던 중 그가 빈혈을 일으켜 넘어진 적도 있었다.

놀라서 구급차를 부르려고 했더니 배도빈이 손목을 잡고 이끌었다.

덕분에 악보 무더기 사이로 넘어졌고 당황해서 일어서려는데, 그가 소리 내서 웃었다.

잉크 냄새와 그가 쓰는 비누 냄새가 물씬 풍겼다.

'가지 마요.'

'어?'

'쉬라면서요. 잠깐만 같이 있어요.'

나윤희는 얼떨결에 그에게 무릎을 내주었고, 이내 곤히 잠든 그를 내려다보았다.

혹시나 깰까 봐 이러지도 저러지도 못하고 얼마간.

당황스러웠지만 그가 정말 돌아온 것 같아서, 그가 돌아오고 나서도 줄곧 불안했던 마음이 조금은 가라앉았다.

'그땐 정말 놀랐으니까.'

나윤희가 가장 무서웠던 기억을 떠올렸다.

그가 탄 비행기가 추락했을 때.

그로부터 전화가 왔을 때.

핸드폰을 통해 전해지는 바람 소리가 매서웠다.

당장에라도 꺼질 듯한 목소리는 그녀가 알고 있던 그의 것이 아니었다.

무서웠다.

매일 밤, 아니, 항상 그를 생각했다. 살아 있길 바라며, 반드시 살아 있을 거라 믿으며 기도하고 또 기도했다.

지금 생각하면 제정신이 아니었다.

그가 돌아올 때까지 유진희와 배도진을 챙겨야 한다는 생각뿐이었다.

무사히 돌아온다는 이야기에 너무 기쁜 나머지 카레를 끓일 때야 비로소 울 수 있었다.

그때도 이미 그를 생각하고 있었다.

'그러면?'

나윤희는 제1회 OOTY 오케스트라 대전 폐막일을 떠올렸다.

'반드시 결승 무대에 데려갈 테니까.'

그는 분명 약속을 지켰다.

그 외에 아무도 나서지 못할 무대에서 그녀의 영상과 함께 듀엣을 이루었다.

바쁜 일정 속에서 대체 언제 준비했는지 너무나 완벽한 듀엣이었다.

결승에 오르고 싶은 마음을 애써 무시하고 있던 나윤희는 온 세상에 울려 퍼지는 그와 자신의 협주를 들으며 엉망이 된 손을 감쌌다.

손이 그 지경이 되었을 때.

불새를 연주했을 때.

그녀는 비로소 자신이 있어야 할 곳을 찾은 듯했다.

맞춤옷을 입은 듯 배도빈이 다시금 편곡한 불새는 연주하기 정말 편했다.

그 어려움은 말할 것도 없지만 적어도 그녀는 불새를 연주함으로써 막연하게만 느꼈던 이상적인 연주를 해낼 수 있었다.

내 옷.

내 무대.

내 바이올린.

배도빈은 불새 협주곡으로 그녀가 누군지 알려주었다. 그녀의 바이올린이 아름답다고 했다. 다른 어떤 이유도 아닌, 그것을 연주하는 당신이 아름답기 때문이라고 했다.

아무도 알아주지 않았던 자신을.

본인조차 믿지 못했던 자신을 먼저 알아보고 믿어주었다.

손끝이 찢어지는 고통은 이루 다 말할 수 없었지만 그에게 얻은 용기로 불새를 연주할 수 있었다.

공연이 끝나자마자 달려온 그를, 그 얼굴을 잊을 수 없었다.

좀처럼 볼 수 없었던 다급한 표정과 절절한 외침에 가슴이 뛰었다.

그뿐만이 아니었다.

아직 그의 집에서 신세를 지고 있을 때, 그가 처음 자신의 방에 들어왔을 때는 가슴이 터질 것처럼 뛰었다.

너무 긴장해서 데이비드 개릭을 왜 좋아하냐는 그의 질문에 잘생겨서 좋다는 헛소리를 꺼내기도 했다.

사실이긴 하지만 그보단 강직한 스트로크와 과감한 연주를 좋아했다.

과거를 떠올리던 나윤희는 그를 향한 마음이 생각보다 오래되었음을 깨달았다.

그는 언제나 자신을 보고 있었다.

아직 최지훈을 어색해하던 때, 조식을 언제 가지러 가야 할지 망설이던 그녀에게 음식이 어디 있는지 말해주었고.

궁금한 게 있어도 묻지 못하고 있을 때 질문도 듣지 않고 대답해 주었다.

슈퍼 슈바인에서는 항상 특제 카레를 양보했다. 좋아하지 않냐고 물으면 더 맛있으니 양보한다고 답했다.

도대체 언제부터였을까.

알 수 없었다.

하지만.

이제 그녀는 자신을 속일 수 없었다.

첫 만남 이후로 항상 그를 가슴에 두었고 그와 함께한 모든 순간이 행복했다.

어느새 가슴 한가득 차오른 연정을 받아들일 수밖에 없었다.

"어떡해……."

그녀는 잠들 수 없었다.

다음 날 아침.

'오늘은 아니야.'

밤새 이러지도 저러지도 못하고 가슴만 애태우던 그녀는 오늘 배도빈을 만나는 게 좋지 않다고 생각했다.

[버섯이 좋겠어요. 새송이, 느타리] 23:58

23:58 (맛있겠다 표고도 넣을까?)

[표고 사 갈게요] 23:58

23:58 (아니야 다 있어. 그냥 와도 돼)

[그래요. 출발하기 전에 연락할게요]

[자야겠어요] 23:59

23:59 (응. 좋은 꿈 꿔)

--------------------어제--------------------

[잘 자이] 00:00

[+] 나 오늘 좀 아파서 그런데… ⊙

대화방에 메시지를 적던 나윤희가 한숨을 내쉬었다.

아프다고 하면 걱정할 것이 뻔했기에 썼던 문장을 지우고 쓰길 반복했다.

그렇게 고민하길 얼마간.

약속한 시각이 채 한 시간도 남지 않았음을 확인한 나윤희가 급히 메시지를 보냈다.

{나 사실}

{오늘 연습하기 싫은데……}

{다음에 하면 안 돼?}

10:01 {갑자기 미안해}

최대한 머리를 굴려 메시지를 보낸 나윤희가 마음의 준비를 하기도 전에 배도빈이 메시지를 읽었다.

얼마 지나지 않아 조마조마하게 답장을 기다리던 그녀에게 그의 메시지가 도착했다.

[그래요] 10:02

다행히 그는 아무것도 묻지 않았다.

마땅한 이유가 생각나지 않아서 그냥 기분이 좋지 않다고 둘러댈 생각이었던 나윤희가 안도했다.

[오늘은 바람 쐬러 가요] 10:03

[+] 미안해 그럼 내일 보 ⊙ #

나윤희의 동공이 크게 흔들렸다.

연습하기 싫다는 핑계까지 대면서 만나지 않으려던 계획에 차질이 생기고 말았다.

'어쩌지?'

머리를 쥐어짰지만 밤을 꼬박 새운 데다 당황한 탓에 평소처럼 총명하지 못했다.

고민하는 도중에도 머리를 감고 화장하는 자신을 믿을 수 없었다.

그렇게 고민하다 보니 어느새 시간이 흘러 초인종이 울렸다.

나윤희가 움찔했다.

조심스레 나가서 문을 열었다.

그러나 벌어진 문틈으로 배도빈을 본 순간 그녀가 손에 힘을 주었다.

문이 열리다 말자 배도빈이 한발 물러서서 물었다.

"어디 걸렸어요?"

"오, 오늘은 안 될 것 같아."

"그래요. 오늘은 쉬어요."

"그게 아니라! ……오늘은 그, 그냥 혼자 있고 싶어."

"무슨 일 있어요?"

배도빈이 걱정스레 물었다.

원래 이상한 사람이긴 해도 오늘따라 더 이상한 행동을 하니 무슨 일인가 싶어 걱정되었다.

"아니! 그냥! 그, 그냥 혼자 있고 싶어서……."

당황해서 커졌던 목소리가 점점 기어들어 갔다.

배도빈은 아주 살짝 열린 문을 보며 고민했다. 슬쩍 그녀가 좋아하는 하늘색 카디건을 입고 있는 걸 볼 수 있었다.

외출할 준비까지 해놓고 가기 싫다고 하니 뭔가 사정이 있으리라.

그녀가 조용한 분위기를 좋아하고 가끔은 혼자 있어야만 한다는 걸 알고 있는지라 더 다가가지는 않았다.

"알겠어요. 갈 테니까 이것만 받아요."

"어?"

"샌드위치. 치킨이랑 토마토 넣었어요."

나윤희가 조심스레 손을 뻗어 바구니를 받았다.

카레 향이 은은하게 났다.

치킨에 카레 소스를 묻힌 듯했다.

"밖에서는 카레 못 먹잖아요."

"만들었어……?"

"그러려고 했는데 정 주방장님이 말리더라고요."

일요일 오전.

꾀병을 부렸을 뿐인데 기분 전환을 해주고자 찾아온 배도빈을 이대로 보낼 수 없었다.

그와 나란히 앉아서 여유롭게 피크닉을 즐기고 싶었다.

문고리를 굳게 잡고 있던 나윤희의 손에 힘이 빠져나갔다.

슬며시 문을 연 나윤희가 배도빈을 살폈다.

최근 몇 년 사이 키가 부쩍 큰 그를 보려면 고개를 높이 들어야 했다.

피로로 주변이 살짝 어두워진 깊고 가는 눈은 퇴폐미를 좋아하는 그녀의 취향 그대로였다.

날카롭게 뻗은 콧대와 심술궂은 입술, 신경질적인 눈썹이 모이자 그녀가 고개를 돌렸다.

"가, 갈까?"

배도빈이 눈썹을 더욱 찌푸렸다.

"괜찮아요?"

"으, 응. 아마."

"정말 무슨 일 없어요?"

"응……."

"이상한데."

"나, 나, 위, 원래 이상해."

나윤희가 서둘러 집을 나섰다.

평소와 다른 태도를 의심하던 배도빈도 어깨를 으쓱이곤 차에 올라탔다.

매일 새벽 푸르트벵글러와 함께 산책하는 티어가르텐은 배도빈에게도 나윤희에게도 특별한 장소가 아니었다.

산책로를 걷다 보면 드문드문 작은 강줄기 옆에 벤치가 있었다.

두 사람은 이런저런 이야기를 나누다가 적당한 곳에 자리 했다.

배도빈은 나윤희가 평소보다 더 많이 웃어서 내심 안도했다.

나윤희는 그가 자신을 걱정해 주는 게 미안하면서도 기뻤다.

바구니를 여니 배도빈 저택의 전속 주방장 정 셰프가 준비 한 샌드위치와 디저트, 생과일주스가 가지런히 담겨 있었다.

"맛있겠다."

나윤희가 샌드위치를 꺼내 배도빈에게 주었다.

"맛있네요."

"응. 식감이 재밌어."

"빵을 구운 게 좋은 선택이었어요."

"다음에 여쭤봐야겠다."

두 사람은 정 셰프의 실력을 칭찬하며 작은 강을 바라보았다.

때때로 악단 이야기, 좋아하는 음악가 이야기, 어제 봤던 뉴스 소식, 푸르트벵글러호의 다음 행선지, 메리 이안이 얼마나 귀여운지를 이야기했다.

그러다 문득 대화가 끊겼다.

불편하지 않았다.

그저 그가, 그녀가 곁에 앉아 있는 것만으로도 즐거웠다.

이제 제법 따뜻해진 봄 햇살과 작은 파문 하나 없이 고요한 강, 때때로 귀를 즐겁게 하는 새들의 울음소리.

선선한 바람이 두 사람 사이를 지나갔다.

"누나."

"응?"

배도빈의 부름에 고개를 돌린 나윤희는 숨이 멎을 것만 같았다.

누가 가르쳐 주지 않아도 알 수 있었다.

그의 눈빛과 진지한 표정만으로도 그가 자신과 같음을 알 수 있었다.

'어떡해. 말하려나 봐.'

서로 시선을 마주한 찰나의 시간.

나윤희의 머릿속에 오만가지 생각이 들어섰다.

유진희와 배영준에게는 어떻게 설명해야 하는지. 주변에는 뭐라고 말할지. 정말 이래도 되는지.

그러나 이제 그 모든 게 상관없어졌다.

그를 향한 마음이 부풀 대로 부풀어, 그보다 소중한 것은 없었다.

나윤희가 침을 꿀꺽 삼켰다.

그러자고.

나도 좋아한다고.

그렇게 답하기로 마음먹었다.

그녀가 마음의 준비를 마치자 배도빈이 입을 열었다.

"좋아해요."

이보다 다정할 수 있을까.

애정 가득한 목소리를 듣는 순간 나윤희의 눈에 눈물이 차올랐다.

"나도."

목소리가 잔뜩 떨렸다.

그러나 더는 참을 수 없었기에 오랜 시간 키워온 애정을 입에 담았다.

"좋아해요."

두 사람이 조금씩 서로를 향해 다가갔다.

그는. 그녀는.

서로의 눈을 바라보다가 눈썹과 이마를 지나 코를 눈에 담고 그 아래, 뜨거운 열기를 내뱉는 입술을 돌아서 다시 눈을 마주한 순간.

그동안 예열해 온 감정을 나누었다.

그들을 막아서고 있던 경계가 허물어지자 더는 걷잡을 수 없었다. 사랑을 담았던 입을 통해 열망이 흘러넘쳤다.

그녀는. 그는.

서로의 열기를 느낄수록 더욱더 사랑을 탐했다.

그것은 중독이었다.

시작된 순간 갈망하게 되어 서로를 끝없이 위했다. 바랐다. 맞잡은 손과 흘러넘치는 사랑을 더욱 느끼고 싶었다.

마침내.

입을 뗀 두 사람이 애정 가득한 시선을 나누었다.

나윤희가 미소 지었다.

4월의 일요일.

조용한 공원 아래 선선한 바람을 곁에 두고 나눈 사랑을 믿을 수 없었다.

안타까울 뿐이었던 가슴이 벅차오르는 충족감으로 마침내 자신이 완전해지는 기분이었다.

그로 인하여 완전한 내가 되고.

그녀로 인하여 완전한 내가 되었다.

"우리……."

나윤희가 용기를 냈다.

사귀자는 말을 담으려 하는 순간, 배도빈이 미소 지으며 가슴 깊이 담아두었던 말을 꺼냈다.

"결혼해요."

순간.

세상이 멈춘 듯했다.

머릿속으로 상정한 수십 개의 상황을 아득히 넘어선 배도빈의 발언에 나윤희의 사고가 멈추고 말았다.

"……."

"……."

기나긴 침묵 끝에.

나윤희가 눈을 질끈 감았다.

"아, 안 돼!"

월요일 아침.

배도진이 새벽부터 한 시간가량 카레를 젓고 있는 형을 의아하게 올려다보았다.

"형, 오늘은 출근 안 해?"

"해."

"근데 왜 카레만 저어?"

"글쎄."

배도빈이 시큰둥하게 답했다.

배도진이 뭔가 반응을 얻고자 옆구리를 간지럽혀 보기도 했지만 전혀 움직이지 않았다.

배도진이 눈을 깜빡거렸다.

항상 어떤 행동이든 이유와 목적을 가졌던 형이 평소와 다른 모습을 보이니 흥미로웠다.

실험을 목적으로 배토벤을 데리고 온 배도진이 의자에 올라섰다.

머리에 배토벤을 놓아도 형은 자세 한 번 흐트러지지 않고 카레만 저을 뿐이었다.

어디 아픈 건가 싶어 자신과 형의 이마에 손을 대 열이 있는지 확인해 봤지만 특별한 이상은 없었다.

"카레 먹고 싶어?"

"아니."

"그럼 왜 만들어?"

"글쎄."

배도진이 형과 주변을 한참이나 관찰하더니 무엇인가를 깨달은 듯 감탄했다.

"아!"

배도진이 안방으로 후다닥 뛰어갔다.

"엄마! 엄마!"

아직 잠에서 덜 깬 유진희가 갑자기 달려든 둘째를 안았다.

"으음."

"엄마! 형이 고장 났어요!"

"고장?"

배도진이 고개를 끄덕였지만 잠에 취한 유진희는 크게 반응하지 않고 금방 다시 잠들었다.

배도진이 낑낑대며 어머니에게서 벗어나 이번에는 아버지에게 달려들었다.

"아빠! 아빠!"

"으어?"

"형이 고장 났어요!"

아침부터 소리치는 둘째에 의해 부부가 조금씩 정신을 차렸다. 시계를 확인하니 7시도 되지 않았다.

"무슨 말이야. 형이 고장 났다니."

유진희가 중얼거리듯 물었다.

"이상해요!"

둘째의 외침에도 여전히 누워 있던 부부가 화들짝 놀라 일어났다.

혹시나 다시 사고 후유증이 온 건 아닌지 싶어 정신이 퍼뜩 들었다.

놀란 부부가 침대에서 벗어나 밖으로 나섰다.

"도빈아!"

아들을 애타게 외친 두 사람이 부엌으로 향했고 냄비 앞에서 국자를 휘젓고 있는 첫째를 보고 나서야 겨우 안도했다.

뒤따라온 배도진이 형에게 다가가 간지럼을 태웠다.

"봐요! 이상하지!"

부부가 한숨을 내쉬고 웃었다.

"요리할 땐 장난치면 안 돼. 불 앞이니 위험하잖니."

유진희가 식탁 의자를 꺼내 앉았다.

배도진이 아 하고 식탁에 따라 앉았고 배영준은 늘어지게 하품했다.

"오늘은 냄새가 괜찮은데?"

첫째의 실험 정신을 익히 알고 있던 가족은 오늘따라 정상적인 카레 냄새에 작은 의문을 품었다.

그때 배도진이 조리대를 가리켰다.

"봐요! 이상한 게 없잖아요!"

그러고 보니 둘째의 말대로 오늘은 오렌지 주스라든가 분유, 돼지고기 육수, 커피콩, 파인애플, 초콜릿 같은 이상한 재료가 보이지 않았다.

배도진이 자신의 가설을 증명해 보이기라도 하듯 배도빈이 젓고 있던 카레를 떠먹었다.

"도진아!"

둘째가 배탈이라도 나지 않을까 걱정한 부부가 놀라 외쳤다.

그러나 배도빈은 눈을 동그랗게 뜨며 웃었다.

"맛있어!"

그럴 리가 없었다.

첫째의 카레를 한 번 더 떠먹는 둘째를 두 눈으로 직접 보고도 믿을 수 없었다.

유진희가 앞으로 나섰다.

첫째의 처참한 요리 실력을 걱정하며 카레를 떴다. 아들의 카레를 입에 넣을 때는 큰 용기가 필요했고, 막상 넣고도 섣불리 혀를 움직일 수 없었다.

"……맛있어."

카레 맛은 정상이었다.

놀라지 않을 수 없었다.

"도빈아, 무슨 일 있니? 응?"

유진희가 놀라서 첫째의 어깨를 잡고 흔들었지만 배도빈은 반응하지 않았다.

♪

월요일 오전 베를린 필하모닉 A가 대연습실에 모여 악기를 손질하고 있었다.

이윽고 배도빈이 모습을 드러냈다.

단원들이 일어나 그를 맞이했고 배도빈은 가운데 놓인 의자에 앉았다.

그 모습이 힘없어 보였다.

'왜 저러지?'

'기분 안 좋은 일 있나?'

단원들이 내심 그를 걱정했다.

잠시 멍하니 있던 배도빈이 곧 악보로 눈을 돌렸다.

"3악장부터 가죠."

오늘 연습할 곡은 베를리오즈의 환상교향곡.

위대한 악성 베토벤의 향수가 물씬 풍기는 곡으로 기존의 절대음악과 이후 표제음악의 경계를 가르는 기념비적인 작품이었다.

그중 3악장은 전원 풍경이란 제목이 붙어 있는데, 제목과는 달리 전원을 묘사하는 한면 관찰자의 심적 상황을 효과적으로 드러냈다.

특히 오보에를 무대 밖에 배치함으로써 메아리처럼 들리게 하는 등 여러모로 색다른 방법이 시도되었다.

무대를 가운데 두고 객석이 주변을 감싸는 루트비히홀에서는 그 효과를 극대화할 수 있다는 아이디어로 2028년 상반기를 맞이해 베를린 필하모닉이 준비한 비장의 수였다.

배도빈이 지휘봉을 들어 올리자 목동의 평화로운 피리 소리가 울리기 시작했다.

"천천히."

지적하긴 했지만 보스의 지휘봉이 멈추지 않았기에 연주는 계속되었다.

"여리게. 더 여리게."

목관 악기 연주자들이 지휘자의 요구에 맞춰 음량을 낮춰 나갔다.

악기의 특성상 작은 소리를 정확히 유지하기 어려웠으나 노련한 베를린 필하모닉에게 문제 될 일은 없었다.

배도빈이 양손을 들어 올리자 천천히 다른 악기들도 깨어나기 시작한다.

기나긴 겨울을 지나 싹트는 새싹처럼 노래했다.

첼로가 바람처럼 불어오고.

평화로운 분위기가 이어지던 중.

배도빈이 지휘봉을 가로로 그었다.

일순간 분위기가 바뀌어 현악부가 목동의 다부진 각오를 노래한다.

배도빈이 지휘봉을 내렸다.

"이 부분은 화자가 자연을 바라보며 각오를 다지는 느낌으로 갑니다. 비브라토를 끌면 안 되요. 다시."

연습실에 들어왔을 때만 해도 힘없어 보이던 배도빈이 평소와 같이 연습을 진행하자 단원들은 다소 안심했다.

그들의 지휘자는 여전히 예리하고 정확하게 문제를 판단, 지적했다.

"끊어 갑니다. 좋아요. 그대로."

단원들은 배도빈의 지적을 쉽게 이해할 수 있었고 연주는 점점 틀을 갖추어 나갔다.

모든 것이 완벽했다.

단원들은 그들의 걱정을 단지 기분 탓으로 돌렸고, 휴식조차 없이 4시간이나 연습이 이어지고 나서야 비로소 뭔가 잘못됨을 느꼈다.

'오늘 왜 이렇게 터프하지?'

'배고파.'

'문제가 남아 있는 건 알겠는데 당장 내일 공연에 올릴 것도 아니잖아.'

단원들이 잔뜩 지쳐 가자 찰스 브라움이 나섰다.

"벌써 4시간째야. 점심도 먹을 겸 쉬고 하지."

그의 목소리를 들은 배도빈이 눈을 몇 번 깜빡인 뒤 문득 시계를 확인했다.

오후 2시가 지나 있었다.

"아."

배도빈이 시계를 멍하니 보다가 고개를 돌렸다.

"오늘은 여기까지 하죠."

보스의 말에 단원들이 그제야 숨을 길게 내쉬었다. 장시간 긴장했던 근육이 비명을 지르는 듯했다.

몇몇은 그대로 누워 버리기도 했다.

"······."

"······."

배도빈을 앞에 둔 최지훈과 진달래는 말문이 막혔다.

접시 가득 양상추만 올려두고 그것만 씹기 시작한 배도빈은 어딜 보고 있는지 초점이 없었다.

"얘 왜 이래?"

"모르겠어."

최지훈이 상체를 앞으로 내밀고 걱정스레 물었다.

"도빈아, 무슨 일 있어?"

배도빈은 대답하지 않고 아삭아삭 양상추를 씹을 뿐이었다.

"도빈아."

아삭아삭.

"배도빈!"

배도빈의 초점이 돌아왔다.

"왜."

"무슨 일 있냐고. 아침부터 이상하잖아."

"아니."

"그럼 어디 아파?"

"아니."

"그럼 왜 이러는 거야. 연습을 4시간이나 하질 않나 양상추만 먹질 않나."

진달래가 고개를 끄덕이며 최지훈의 말에 힘을 실었다.

배도빈이 문득 고개를 내려 접시를 내려다보았다.

"……아."

형제가 드디어 이상한 점을 자각했구나 싶었던 최지훈의 생각이 무색하게 배도빈이 테이블 가운데에 놓인 드레싱 소스 통을 집었다.

그것을 한 바퀴 돌려 짜낸 뒤 다시 양상추를 먹기 시작했다.

최지훈과 진달래가 다시 황당하여 얼이 빠졌다.

진달래는 배도빈이 무섭기까지 했다.

"뭐야. 진짜 왜 그래, 너."

아삭아삭.

배도빈이 고개를 돌리고 무신경하게 답했다.

"양상추가 신선해."

"……."

"안 되겠어. 도빈아, 병원 가자."

최지훈이 일어서 배도빈을 끌어내자 배도빈이 힘없이 딸려 나왔다.

최지훈에게 질질 끌려가는 보스를 두고 직원 식당에 있던 단원들이 동요했다.

"보스 왜 저러서?"

"몰라. 어디 아프신가?"

"무슨 일 있어?"

"아까 최가 보스 데리고 어디 가던데 힘이 없어 보여서."

"아, 나도 봤어. 피곤하신가?"

그렇게 배도빈을 끌고 가던 최지훈 앞에 왕소소와 나윤희가 나타났다.

나윤희가 고개를 푹 숙이고 얼굴을 붉혔다.

"도빈?"

"아, 누나."

왕소소가 힘없이 축 처진 배도빈을 불렀고 최지훈이 두 사람을 반가워했다.

"아침부터 이상해서 병원 데려가는 중이에요. 오후엔 자리 비울 것 같아요."

배도빈이 자세를 바로 했다.

최지훈과 왕소소가 그를 의아히 여기는데, 배도빈이 나윤희를 보며 입을 열었다.

"결."

최지훈과 왕소소는 나윤희가 그렇게 빠르게 움직이는 걸 처음 보았다.

순식간에 앞으로 튀어나와 배도빈의 입을 막고 끌고 가니 상황을 이해할 수 없었다.

나윤희와 배도빈이 시야에서 사라지자 두 눈을 깜빡이며 지켜보던 소소가 입을 열었다.

"윤희 오늘 이상해."

"도빈이도요."

한편.

배도빈의 집무실로 향한 나윤희가 돌아서자마자 또 한 번 거절 의사를 밝혔다.

"너무 이르잖아."

그녀 나름대로 잔뜩 화나 있었지만 배도빈은 조금도 흔들리지 않았다.

어제와 같은 눈으로.

너무도 진지하게 입을 열었다.

"나 좋아하잖아요."

나윤희가 한발 물러섰다.

"그, 그래도 갑자기. ……사귀지도 않았는데."

"난 좋아해요."

배도빈이 또다시 진지하게 나서자 나윤희가 시선을 피했다.

배도빈이 앞으로 한 발 내디뎠다.

"좋아해요."

목을 움츠리고 애써 버텼지만 다시 한번 다가오는 그를 더이상 볼 수 없었다.

나윤희가 눈을 꼭 감았다.

"좋아해요."

이상했다.

결혼이라니.

상상도 해보지 않았다.

단지 사귀는 것만으로도 생각할 게 너무나 많았는데, 그보다 한참 앞서간 일을 좀처럼 받아들일 수 없었다.

분명 그러한데.

마음을 전하는 그의 목소리가 너무나 반갑고 기뻐서 그녀는 자신이 어떤 상태인지 알 수 없었다.

"좋아해요."

"……조, 좋아해요."

배도빈이 나윤희의 손을 잡았다.

양손을 맞잡고 얼마간.

천천히 눈을 뜨고 고개를 든 나윤희는 여전히 당당하고 올곧은, 사랑이 가득한 눈을 보고 이내 포기하고 말았다.

그가 자신을 요구하는 것처럼.

나윤희 본인도 그를 바랐기에.

어제의 황홀한 기분을 다시 느끼고 싶기에 입을 맞췄다.

배도빈이 오른손을 빼 주머니로 가져가고 입술을 뗀 그녀 앞에 반지를 보였다.

4캐럿의 투명한 다이아몬드 주변으로 작은 레드 다이아몬드가 핏방울처럼 둘러싸고 있었다.

배도빈이 그녀의 왼손을 잡아 들었으나 그녀는 거부하지 않았다.

한 번 거절했지만, 그를 향한 마음이 너무도 커서 더 이상 밀어낼 수 없었다.

배도빈이 나윤희의 약지에 반지를 끼웠다.

차가운 감촉과 함께 알 수 없는 희열이 그녀의 등줄기를 타고 올랐다.

"……어쩌려고 정말."

나윤희가 괜한 말을 꺼냈다.

그러나 이내 배도빈을 끌어안으며 자신도 그러길 바란다는 뜻을 내비쳤다.

두 사람이 긴 포옹을 나누고 떨어진 뒤.

배도빈이 입을 열었다.

"당장은 아니에요."

"어?"

"기다려줘요."

생각지 못한 말에 나윤희가 눈을 깜빡이며 머리를 굴렸다.

"뭘?"

아무리 고민해도 무엇을 기다려 달라고 하는지 이해할 수 없었다.

배도빈이 별일 아니라는 듯 답했다.

"군대 다녀올게요."

나윤희의 눈이 거의 튀어나왔다.

이제 겨우 마음껏 사랑하기로 마음먹었거늘, 마른하늘에 날벼락도 정도가 있었다.

그녀의 목소리가 잔뜩 높아졌다.

"며, 면제잖아! 왜?"

"국민으로서 당연히 해야 할 의무니까요."

"……."

나윤희가 황당해서 아무 말도 못 하고 있으니 배도빈이 자랑스럽게 말했다.

"조국과 가족을 지키는 일이에요. 그런 명예와 권리를 포기할 수 없죠."

나윤희가 입만 뻐끔거리다가 외쳤다.

"아, 안 돼!"

· 5악장 ·
불멸

그날 저녁.

가족들이 도란도란 식사하던 중 배도빈이 청천벽력 같은 발언을 꺼냈다.

"올해 입대하려고요."

"픕."

"컥."

유진희 배영준 부부가 깜짝 놀라 하마터면 씹고 있던 음식물을 뱉을 뻔했다.

배도진이 멍하니 엄마 아빠를 관찰했다.

유진희가 수저를 내려놓고 다급히 물었다.

"갑자기 군대는 왜? 면제받지 않았어?"

"도빈아, 네가 무슨 마음인 줄은 알겠지만, 정당한 방법으로 면제받은 걸 왜 굳이 가려 하니."

"저도 그런 줄 알았는데."

배도빈이 예전 홍승일이 했던 말을 떠올렸다.

'안 나간다니까요?'

'아니. 넌 나갈 수밖에 없다. 콩쿠르에서 우승하면 군대를 안 가거든.'

그때는 그가 무슨 말을 하는지 이해할 수 없었지만 현대 사회에 충분히 적응한 지금, 군 복무가 한 사람의 커리어에 얼마나 큰 영향을 미치는지 체감할 수 있었다.

당장 배도빈이 베를린 필하모닉을 2년간 비운다면 시력을 잃었을 당시보다 훨씬 큰 피해가 생길 터였다.

또한 올해는 2027 제2회 오케스트라 대전 이후 비약적으로 성장한 베를린 필하모닉에게 너무나도 중요한 시기.

군 복무 이행을 늦춘다고 해도 미래에 어떤 상황에 놓일지는 아무도 예상할 수 없었다.

특히나 만약 푸르트뱅글러가 은퇴라도 한다면.

배도빈이 없는 베를린 필하모닉에 빌헬름 푸르트뱅글러까지 없으면 그야말로 최악일 터였다.

때문에 배도빈은 베를린 필하모닉을 위해서라도 푸르트뱅글러의 은퇴 시기를 늦추고 서둘러 이 문제를 처리해야 한다고 판단했다.

때문에 군 복무 문제를 자세히 알아보게 되었고.

홍승일의 말이 반은 옳고 반은 틀렸음을 깨달았다.

배도빈이 스마트폰을 펼쳐 보았다.

병역법

제33조의 8(예술·체육요원의 의무복무기간 등)

① 예술·체육요원의 의무복무기간은 2년 10개월로 하며, 그 기간을
마치면 사회복무요원의 복무를 마친 것으로 본다.

② 예술·체육요원에 편입된 사람에 대하여는 제55조에 따른 군사교
육소집을 하며, 그 군사교육소집 기간은 의무복무기간에 산입한다.

③ (중략)

④ 예술·체육요원은 해당 분야의 특기계발 및 의무복무에 관하여 문
화체육관광부 장관의 지휘·감독을 받아야 한다.

"훈련소에서 4주 훈련을 받고 그 뒤에는 병무청장이 정한 곳
에서 복무해야 한대요. 2년 10개월."

부부는 눈을 의심했다.

아들의 말대로 병역법에 그리 적혀 있었기에 당황할 수밖에
없었다.

반면 배도빈은 태연히 설명을 이어나갔다.

"그래서 더 늦기 전에 다녀오려고요. 푸르트벵글러가 있을 때 가야 마음이 놓여요."

"그렇긴 해도."

머리로는 충분히 이해할 수 있었지만 너무나 갑작스러운 탓에 아들의 입대를 당장 받아들일 수 없었다.

"그, 그럼 언제?"

"가을 되기 전이요. 슬슬 주변에도 알리고 적당히 준비되면 공부하러 돌아다니다가 바로 들어가게요."

연수차 세계 각지를 돌아다닌다는 말은 몇 번 들었기에 유진희와 배영준이 고개를 끄덕였다.

여전히 당황스러웠지만 아들 말대로 적당한 시기였다.

유진희가 울컥했다.

아들이 여러 국제 콩쿠르에서 우승하면서 안도했던 그녀는 그 힘든 곳에 아들을 보내야 한다는 생각에 가슴이 미어졌다.

그녀가 첫째의 손을 꼭 잡았다.

"왜 우세요. 좋은 일인데."

"애는."

엄마 마음도 모르고 달래려는 아들이 기특하기도, 그런 아들이 훈련소에 가야 한다는 사실이 안타깝기도 했다.

"그래서 이럴 바에는 현역으로 가는 게 낫지 않나 싶어요. 복무요원은 2년 10개월인데 현역은 1년 6개월이니까."

슬픔으로 가득했던 유진희의 눈이 번쩍 뜨였다.

"괜찮아요."

"도빈아!"

"나라 지키는 일인데요. 뭘."

"여보, 당신이 뭐라 말 좀 해봐요."

유진희가 당황해서 남편을 재촉했다.

그러나 남편은 이상한 일에 고집을 부렸다.

"그래. 남자가 현역 다녀오는 것도 괜찮아. 잘 생각했다. 가야 한다면 현역도 괜찮지."

잔뜩 근엄한 척하는 남편의 모습에 유진희가 이성을 잃고 말았다.

"지는 박사 과정으로 면제받았으면서 무슨 말 같지도 않은 말을 하고 있어!"

배영준, 배도빈, 배도진 부자가 얼어붙고 말았다.

아내, 엄마가 아주 가끔 화났을 때는 토를 단다든지 항명하는 행위는 절대로 용납되지 않았다.

완전 면제가 아니라 연구원으로 대체 복무를 했던 배영준은 사실을 말하지도 못하고 다시 밥을 먹기 시작했다.

유진희가 다시 목소리를 낮추고 달래듯 말했다.

"도빈아, 가서 다치기라도 하면 어쩌려고. 거기가 얼마나 힘든데 굳이 가려 해."

"다들 그런 걸 감수하고 지켜왔고 지키고 있잖아요. 저니까 더 가야 해요."

유진희는 아들이 어떤 생각인지 비로소 알 수 있었다.

사회적인 위치를 보더라도 배도빈의 행동은 큰 파장을 일으켰다.

어렸을 적부터 배도빈이 쓰는 가방이나 입은 옷이 품절 현상을 겪는 건 다반사였고, 아들의 발언은 음악계를 넘어서 예술계 전체에 영향을 끼쳤다.

대한민국은 물론 아시아, 유럽, 아메리카 심지어 도빈재단이 자선사업을 벌이는 아프리카에서도 마찬가지였으니.

본이 되기 위해서라도 군 복무를 이행해야만 한다고 생각하는 것이었다.

너무나 바르고 의젓하며 기특했지만 가슴이 찢어지는 듯했다.

대한민국에서 아들을 가진 모든 부모가 겪는 일이었다.

유진희가 아들을 끌어안았다.

배도빈이 어머니의 등을 쓸어내리며 위로하며 속삭였다.

"걱정 말아요."

아들이 말버릇처럼 반복해 온 걱정하지 말라는 말이 오늘따라 왜 그렇게 서운한지 알 수 없었다.

배영준도 아내를 위로했고 상황을 이해하지 못하는 배도진도 일단 슬퍼하는 엄마를 위로했다.

적당히 분위기가 진정되고 다시 식사를 이어가는데 배도빈이 또 무심하게 입을 열었다.

"윤희 누나가 서른이더라고요."

"윤희가 벌써?"

"만으로요. 생일 지나면 서른한 살이고요."

유진희가 나윤희를 처음 만났을 때를 떠올리며 새삼 시간이 빠르다는 걸 느꼈다.

처음 만났을 때만 해도 이승희의 난폭운전에 멀미하던 어설픈 아이가 벌써 서른이 넘었다니 신기했다.

"그러게. 벌써 육 년이나 됐네. 그런데?"

"결혼하기 적당한 나이다 싶어서요."

"어머. 윤희 남자친구 있었니?"

"얼마 전에 생겼어요."

"잘됐다. 누군데? 악단 사람이야?"

"저예요."

"풉!"

"컥!"

이번에는 부부 모두 입속에 있던 음식물을 뱉고 말았다.

밥을 뜨고 그 위에 멸치를 올리고 있던 배도진은 숟가락에 잔여물이 튀자 울먹이기 시작했다.

"지금 윤희랑 결혼한다는, 그, 그 말이니?"

부부가 첫째를 다그쳤다.

"네."

아들의 태연한 모습에 부부의 가슴이 재가 되어버렸다.

군대 이야기에 새까맣게 타들어 가던 것이 이제는 아에 폭발하고 말았다.

"네가 몇 살인데 벌써 결혼이야. 너 아직 스물셋밖에 안 됐어!"

"엄마 둘이 사귀는 거 너무너무 기뻐. 근데 아빠 말처럼 너무 이르잖아. 응?"

"젊을 때 해야 결혼해서 더 오래 살죠."

어렸을 적부터 애늙은이 같긴 했지만 세상 통달한 듯한 발언에 부부는 황당하기 그지없었다.

아들이 당황해하는 부모를 안심시켰다.

"어머니도 스물다섯에 결혼하셨잖아요. 지금 행복하시고요."

유진희는 머릿속이 혼란스러웠다.

그러나 기나긴 고민 끝에 그때 아버지 유장혁에게 바랐던 마음을 떠올리고 이내 진정했다.

중요한 건 두 사람이 서로를 얼마나 위하는지, 사랑하는지였다.

"윤희 좋아하니?"

"네."

아들은 단 한 번도 허튼소리를 한 적 없었다. 부모를 속이려고 든 적도 없었다.

아들을 신뢰하기에 유진희가 다시 물었다.

"윤희도 그렇대?"

"네."

얼굴을 감싸고 잔뜩 달아오른 열을 진정시킨 유진희가 고개를 끄덕였다.

"그래. 데려와. 얘기해 보자."

"내일 괜찮아요?"

너무 이르다고 생각했지만 어차피 마음먹은 일, 유진희는 고개를 끄덕였다.

그때 상황을 지켜보고 있던 배도진이 입을 열었다.

"윤희 이모랑 형 결혼해?"

가족들의 시선이 막내에게 향했다.

"어떻게?"

화요일 오전 전체 회의.

가족들에게 입대 사실을 알린 배도빈은 베를린 필하모닉 직원들에게도 그가 곧 장기간 자리를 비워야 함을 전했다.

"왜!"

"왜?"

가족들이 받은 충격만큼이나 직원들도 당황하긴 마찬가지였다.

멀쩡하게 지휘자로서, 작곡가로서, 음악가로서 최고의 위치에 서 있는 보스가 갑자기 입대한다는 말을 받아들일 수 없었다.

특히나 빌헬름 푸르트뱅글러가 노발대발하고 나섰다.

"5년씩이나 묶어두더니 이러려고 한 짓이냐!"

"네."

"뭐, 뭐라!"

푸르트뱅글러의 관자놀이에 힘줄이 돋아났다. 그의 혈압이 높아질 것을 걱정한 카밀라와 단원들이 말리려는데 배도빈이 입을 열었다.

"제가 없을 때 베를린 필하모닉을 지킬 사람은 푸르트뱅글러뿐이니까요."

배도빈이 다소 누그러든 푸르트뱅글러를 보며 말을 덧붙였다.

"제가 달리 누굴 믿겠어요."

"크, 크흠."

푸르트뱅글러가 헛기침하며 자리에 앉았다.

그러나 상황이 당혹스러운 건 여전했다.

푸르트뱅글러만큼이나 흥분한 찰스 브라움과 가우왕이 배도빈을 다그쳤다.

"만들 곡이 얼마나 많은데 군대는 무슨 놈의 군대야!"

"이해할 수 있게 설명해. 갑자기 군인이 되겠다니, 말이 안 되잖아."

잔뜩 화가 난 탓에 따지듯 물어본 질문이었으나 두 사람의 의문은 베를린 필하모닉의 전 직원을 대표하고 있었다.

배도빈이 찰스 브라움과 가우왕을 진정시키며 단원들을 둘러보았다.

"한국에서는 군 복무가 의무예요. 언젠가는 일어날 일이었어요."

마누엘 노이어와 피셔 디스카우도 나섰다.

"그러니까 왜 네가 가야 하는데! 다른 사람들은 어쩌고!"

"설명했잖아요. 의무라고요."

"빌어먹을! 무슨 놈의 의무가 네 자유까지 침해해?"

자유의 가치가 그 무엇보다 우선시되는 유럽인들에게, 특히나 군에 대한 인식이 안 좋은 독일인들에게 한국과 배도빈의 상황은 받아들이기 어려웠다.

"휴전 상황이니까요. 지훈이도 마찬가지예요."

배도빈이 고개를 돌리자 직원들도 그를 따라 최지훈을 보았다.

최지훈은 처음 듣는 이야기라는 듯 그 누구보다도 놀라고 있었다.

"나도? 면제 아니었어? 너도……."

"가야 해. 대체복무인가 뭔가로."

최지훈의 눈동자가 크게 흔들렸다.

"연수 떠나고 바로 입대할 거예요. 그 기간까지 합치면 대략 2년 정도는 걸릴 테고."

"……."

"……."

회의장이 충격과 공포에 휩싸였다.

비록 설명을 듣긴 했어도 문화, 인식의 차이로 완전히 받아들일 수 없었다.

그들이 자랑하는 보스가.

역사상 가장 위대한 음악가가 군인이 된다니, 믿을 수 없었다.

그리고.

그와 같은 사실은 대한민국을 제외한 많은 국가에서도 마찬가지였다.

베를린 필하모닉의 공식 홈페이지를 통해 배도빈의 입대 예정 사실이 공표되자 각국 언론은 속보까지 내며 해당 내용을 알렸다.

[The B, "올해 입대 예정."]

[마에스트로 B, 군인이 되다]

[배도빈 현역 입대 파문]

베를린 필하모닉의 악단주이자 도빈재단 이사장 배도빈 씨가 어제 오후 5시(베를린 현지 시각) 현역으로 입대할 것을 밝혔다.

배도빈 씨는 2028년 현재 만 22세로 일반적으로는 입대할 시기다.

그러나 제1회, 제2회 오케스트라 대전을 포함해 4개의 국제 콩쿠르에서 수상하고 그래미 본상, 아카데미 음악상, 그로마이어 작곡상, 에른스트 폰 지멘스 음악상 등 권위 있는 상을 휩쓴 그가 반드시 입대해야 하는지 의문이 생긴다.

병역법에 따르면 배도빈 씨는 현역 복무 대신 예술·체육요원으로서 2년 10개월간 대체 복무를 이행하게 된다.

그러나 현역 복무 기간보다 훨씬 긴 기간이 그의 선택에 큰 영향을 미친 것으로 추측된다.

그는 올해 안에 현역으로 복무하여 대한민국 국민으로서 권리와 책임을 다하겠다는 의지를 밝혔다.

이와 같은 기사에 대한민국 각 포털 사이트의 상위 검색어가 모두 배도빈과 관련된 단어로 채워졌다.

└왜?

└왜???

└아니 도빈이 정도면 진짜 면제해 줘야 하는 거 아냐?

└와 배도빈 빽도 장난 아닐 텐데 현역으로 가려 하네. 인정한다 진짜.

ㄴ배도빈이면 빽 안 써도 충분히 뺄 수 있을걸?

ㄴ병무청 일 안 하냐!!!

ㄴ어지간하면 빼지.

ㄴ대체 복무 기간이 너무 길어서 차라리 현역으로 다녀오려는 듯. 1년 이상 차이 나니까.

ㄴ아니 어지간한 사람도 아니고 배도빈이 현역 가는 건 좀 아니지 않나? 진짜 나라 알린 공으로 따지면 넘사벽인데.

ㄴ타임지가 김정은보다 유명한 한국인은 배도빈뿐이라며.

ㄴ김정은이 어떻게 한국인이야.

ㄴ내 생각이냐? 걔들 입장에선 어쨌든 korea니까 그렇게 말했겠지.

ㄴ아니~ 어떻게 사람이냐고. 돼지 새끼지.

ㄴ어억ㅋㅋㅋㅋ국산돼지ㅋㅋㅋㅋ

ㄴ국내 축산업 종사자로서 김정은 국산돼지 발언 듣기 거북하네요. 우리 저딴 돼지 안 키워요.

ㄴ이건 솔직히 내가 봐도 말이 안 된다. 2년 10개월이든 1년 6개월이든 배도빈이 그동안 벌어들일 돈이 얼마고 나라 위해서 하는 일이 얼마나 많은데 그걸 막아?

ㄴ배도빈이 세금을 독일에 내지, 대한민국에 내냐?

ㄴㅇㅇ 어지간한 사람들보다 많이 냄.

ㄴ뭔 소리야.

ㄴ배도빈 한국에 매년 수십억 원씩 기부함. 님이 평생 벌 돈보다 훨

씬 많이 매년 냄.

ㄴㅈㅅ.

ㄴ서울 올림픽 주제가도 만들고 있다며. 애국가 다시 만들어 달라는 사람도 있는 애를 꼭 군에 보내야 하나?

ㄴ염병. 이래서 내가 군대가 싫어. 지들 해 처먹는 건 오지게 많으면서 국민은 사정 안 보고 무조건 강제 입대시키고. 공정하게 운영할 거면 방산비리나 없애 ㅅㅂㄴ들아

ㄴ병무청이 문제네.

ㄴ군대가 문제네.

배도빈 저택의 조리장 정 셰프는 집주인이 주문한 포테이토 피자를 조리하고 있었다.

그의 취향을 정확히 알고 있기에 적당한 크기로 잘 익은 웨지감자와 두툼한 베이컨을 넉넉하게 준비했다.

나폴리 스타일의 얇은 도우 위에 수제 토마토소스를 펴 바르고 그 위에 모차렐라 치즈를 적당량 뿌려 재료를 고정했다.

그 위에 스위트콘과 슬라이스 양파, 웨지감자, 베이컨 그리고 단맛이 나는 피망을 충분히 토핑했다.

그 위에 다시 다량의 모차렐라 치즈를 올리고 가운데에 카

망베르 치즈를 얹었다.

마지막으로 직접 만든 마요네즈를 그물처럼 뿌리니 칼로리는 맛에 비례한다는 법칙에 의거. 매우 바람직한 한국형 피자가 완성되었다.

피자가 오븐에서 나오자 정 셰프가 숨을 들이마셨다.

코를 통해 들어온 풍요로운 향기에 만족한 그는 직접 배도빈의 6층으로 올라갔다.

피자를 받아 든 배도빈이 그에게 인사했다.

"냄새 좋네요."

"이보다 맛있는 포테이토 피자는 없을 겁니다."

"잘 먹을게요."

배도빈이 6층 거실로 향하자 차채은이 달려들어 피자를 받았다.

거실 냉장고에서 음료를 꺼낸 뒤 배도빈, 최지훈, 차채은이 피자를 한 조각씩 들었다.

"맛있당~"

차채은이 한 입 크게 물곤 행복해했다.

최지훈도 차채은과 눈을 마주하며 고개를 끄덕였다.

즐거운 저녁 식사가 어느 정도 이어지자 최지훈이 다소 진지하게 물었다.

"정말 현역으로 갈 거야?"

"켁. 켁켁. 콜록."

사레 걸린 차채은이 가슴을 치곤 다급히 물었다.

"오빠 군대 가? 왜? 어째서?"

긴 내용을 설명하기 귀찮았던 배도빈이 베를린 필하모닉 홈 페이지에 올린 글을 보여주었다.

차채은이 눈을 동그랗게 뜬 채 그것을 읽는 도중 배도빈이 최지훈의 질문에 답했다.

"그래야 시간 아끼지."

"찾아보니까 보통 우리나라 악단에서 활동하게 된다던데."

최지훈은 2년 10개월간 베를린 필하모닉을 떠나 있는 걸 상 상했다.

아쉽긴 해도 현역보단 대체복무가 나을 것 같았다.

어찌 되었든 음악을 계속할 수 있고 대한민국 클래식 음악 계도 과거와 비교할 수 없을 정도로 성장했으니 뭐라도 얻을 것 같았다.

반면 현역 복무는 여러 면에서 제약이 있을 테고 특히나 연 습 시간을 충분히 가질 수 없을 테니 한창 물오른 감을 잃을 것 같았다.

"어떻게 하지."

배도빈의 성명문을 읽고 있던 차채은의 눈이 이젠 거의 튀 어나올 듯했다.

"오빠도 가?"

"응. 완전 면제인 줄 알았는데 아니었어."

"안 돼! 가지 마!"

"어떻게 안 가."

"안 돼! 어딜 가!"

차채은이 최지훈을 흔들며 강력히 항의했지만 소용없었다.

최지훈이 겨우 그녀를 달래고 곰곰이 생각에 잠겼다.

"아."

배도빈이 고개를 들자 최지훈이 방금 떠올린 생각을 꺼냈다.

"군악대도 있잖아."

"군악대?"

"응. 현역이니까 시간도 짧고 음악도 계속할 수 있고."

"……흐음."

최지훈의 말대로 배도빈 입장에서는 대체복무와 일반 병사보단 훨씬 나은 조건이었다.

배도빈이 소리 내어 TV를 켰다.

"대한민국 군악대 검색해."

-대한민국 군악대를 검색하겠습니다.

피자를 먹으며 군악대와 관련된 정보를 훑어본 배도빈과 최지훈이 고개를 끄덕였다.

보통은 취주악단을 이루지만 빅 밴드 형식의 오케스트라나 관현악단도 있었다.

피아니스트도 간혹 있고 가수도 뽑는다고 하니 두 사람이 관심을 보였다.

"가지 마아아~"

"우리 마음대로 되는 게 아니야."

최지훈이 웃으며 차채은을 달래곤 배도빈에게 말했다.

"그럼 아예 같이 갈래?"

"같이?"

"응. 동반입대라고 있다고 들었어. 둘이 같이 가면 더 낫지 않을까?"

최지훈이 자신 때문에 현역으로 가고자 했다면 말렸겠지만 군악병으로 함께 복무할 수 있다면 그것도 나쁘지 않을 듯했다.

"그러게."

"지원자가 많아서 신청 엄청 힘들대. 서둘러야 할걸?"

배도빈이 고개를 끄덕였다.

한편 맛있는 포테이토 피자에 행복했던 차채은은 잔뜩 우울해져 있었다. 입을 내민 채 멍하니 피자를 내려다보고 있을 뿐이었다.

"너무 걱정 마."

"둘 다 안 가면 안 돼? 괜히 갔다가……."

차채은이 입을 열었다가 말이 씨가 될지도 모른단 생각에 말끝을 얼버무렸다.

배도빈의 시력도 걱정이었고 최지훈이 피아노를 못 치던 당시 얼마나 괴로워했는지 알기에 쉽게 말할 수 없었다.

"괜찮아."

"응. 괜찮을 거야."

"그래도……."

괜찮다는 말을 그대로 받아들일 수 없었다.

더욱이 가장 친한 친구 두 사람을 18개월이나 못 본다고 생각하니 마음이 편치 않았다.

"그리고."

그때 배도빈이 또 무심히 입을 열었다.

"결혼하기로 했어."

최지훈과 차채은의 머릿속이 하얘졌다. 너무나 뜬금없고 황당하여 어떤 반응도 할 수 없었다.

"군 문제 해결되면 바로 식 올릴 거야."

차채은이 테이블을 치고 몸을 앞으로 내밀었다.

"누구랑? 윤희 언니?"

배도빈이 고개를 끄덕이자 차채은이 양쪽 볼을 감싸고 입을 크게 벌렸다.

배도빈의 약혼 소식을 들은 최지훈도 놀라긴 마찬가지였다.

"사귄다는 말 없었잖아."

"그랬지."

"그랬지?"

"저번 주 일요일에 말했어."

"그제잖아! 사귀고 이틀 만에 결혼하기로 했어?"

"아니. 어제."

최지훈과 차채은은 그날의 상황을 자세히 들을수록 배도빈과 나윤희를 이해할 수 없었다.

어렸을 적부터 가까이 지내며 배도빈이 이상하다는 것 정도는 충분히 알고 있었지만 고백과 동시에 결혼을 약속하다니.

무슨 신경인지 알 수 없었다.

결혼하자던 배도빈이나 결국 수락한 나윤희나 신기할 뿐이었다.

그러나 그에 앞서 기뻐할 일이었다.

"결국엔 이렇게 될 거면서 그동안 뭘 그리 감췄어."

"감춘 거 없어."

두 사람은 지금 배도빈이 얼마나 행복한지 알 수 있었다.

평소처럼 무뚝뚝한 척하지만 슬며시 올라간 입꼬리를 감출 순 없었다.

'윤희 언니랑 도빈 오빠가……'

그런 생각을 하며 최지훈을 보던 차채은이 그와 눈이 마주치자 시선을 황급히 피했다.

최지훈이 빙그레 웃었다. 차채은의 반응을 모른 척하며 배도빈에게 말했다.

"이제 주말마다 같이 못 놀겠다."

"왜."

"결혼하면 그럴 거 아니야."

최지훈이 잠시 고민하다가 입을 내밀었다.

"나 버리는 거야?"

배도빈이 인상을 썼다.

"버리긴 뭘 버려."

"그렇게 즐겁게 놀았으면서…… 나 서운해."

"재미없어."

배도빈이 고개를 절레절레 저으며 피자를 먹으니 최지훈이 밝게 웃었다.

놀릴 때마다 배도빈이 보이는 반응이 재밌었다.

최지훈도 피자 조각을 하나 더 들며 물었다.

"지금 누구누구 알아?"

"천천히 알려야지. 지금은 너희 둘. 오늘 소소한테 말한다고 했으니 소소도 알고 있을 거야."

"고백은 어떻게 했는데?"

"뭐?"

"빨리. 궁금하잖아."

최지훈의 질문에 차채은도 궁금증을 참지 못하고 배도빈을 닦달하기 시작했다.

♪

"축하드립니다, 회장님."

긴 시간을 공들여 마침내 영국 의회를 장악한 최우철은 감회에 젖어 있었다.

영국 상원 즉 귀족원(House of lords)을 매수한 최우철은 영국 국가사업의 대부분을 독점하게 되었다.

과거 버만 가문의 사업체를 성공적으로 인수했으니.

금융업을 시작으로 영국의 건설업·방위산업·항공우주산업이 모두 최우철의 손아귀에 들어왔고.

귀족원의 지지로 얻어낸 국가사업을 기반 삼아 안정적으로 세를 불려나갈 수 있었다.

유장혁 회장으로부터 투자받았던 JH와 달리 온전히 그만의 소유물을 얻은 최우철은 자축하지 않을 수 없었다.

최우철이 손짓하여 부하 직원들을 내보내고 술잔을 기울이는데 사랑하는 아들로부터 전화가 왔다.

-아버지?

"그래. 잘 지내고 있지?"

-잘 지내고 있어요. 아버지도 술 안 마시고 계시죠?

"이런. 오늘 아빠 기분이 좋아서 한 잔 마시고 있지."

-딱 한 잔만이에요.

"하하. 그래. 그래."

최지훈이 잠시 간격을 두고 아버지를 불렀다.

-아버지.

"음?"

-저 군대 가야 하는데, 도빈이랑 같이 가고 싶어요.

그러지 않아도 기분이 좋았는데 아들의 전화까지 받아 한껏 인자했던 최우철의 얼굴이 굳었다.

"군대?"

-네. 콩쿠르 우승하면서 면제받은 줄 알았는데 대체복무를 해야 한대요.

"그래."

그 사실은 최우철이 이미 알고 있는 내용이었다.

-그런데 기간이 너무 길더라고요. 그럴 바에는 군악대로 가는 게 나을 것 같아요.

"흠. 기간은 어떻게 되고?"

-대체복무가 2년 10개월. 현역이 1년 6개월이에요.

최우철이 테이블을 두드렸다.

아들 말대로 시간은 그 무엇보다 가치 있었다.

더군다나 짧은 기간도 아니고 현역과 대체복무는 16개월이나 차이 났다.

최우철은 그 시간이라면 어떤 일이라도 가능하다고 여겼다.

분명 합리적인 선택이지만, 아들을 사랑해 마지않는 그의 마음이 편할 리 없었다.

최우철의 고민이 이어졌고.

최지훈의 설득이 계속되었다.

-군악대에서 감 잃지 않으면서 지내다가 돌아오고 싶어요. 한국에서 활동하는 것도 좋겠지만, 여기가 제일 좋은걸요.

"그래."

최우철이 숨을 내쉬었다.

"네 생각이 정 그러하다면 어쩔 수 없지."

-정말요? 그럼 입대 신청해도 돼요? 빨리 안 하면 놓친대요.

"그래. 하지만 더 좋은 방법이 생기면 그쪽으로 알아보도록 하자."

-네!

전화를 끊은 최우철이 턱을 쓸었다.

아들의 뜻을 존중해 주고 싶어서 그러라고 했지만, 도저히 아들을 현역으로 보낼 수 없었다.

현역으로 복무했던 최우철은 군대가 아무리 개혁을 거듭해도 부조리가 넘치는 곳임을 잘 알고 있었다.

혹시라도 아들에게 무슨 일이 생길지 모를 일이고 또한 아들이 부당한 일을 당해도 알아낼 방법이 많지 않았다.

"어쩐다……."

최우철이 술을 홀짝였다.

"괜찮다고 하셨어!"

아빠와 통화를 마친 최지훈이 두 손을 번쩍 들었다.

"그렇게 신나?"

차채은이 퉁명스럽게 물었다.

최지훈이 고개를 끄덕이자 콧방귀를 뀌었다. 남의 속도 모르고 좋아하는 최지훈에게 단단히 삐졌다.

최지훈은 차채은의 반응을 귀엽게 여기곤 컴퓨터를 켰다.

"이렇게 서두를 필요 있나?"

최지훈이 병무청 홈페이지로 접속하자 배도빈이 뒤에서 물었다.

"무슨 말이야. 이거 신청하는 게 얼마나 힘든데. 군악대는 신청자가 많아서 가기 어렵대."

최지훈이 항목을 살펴보던 중 아 하고 감탄했다.

"7월에 자리 있어."

최지훈의 말에 배도빈이 모니터를 유심히 살폈다. 그러지 않아도 연수 뒤에 곧장 입대하려고 했기에 적당해 보였다.

"시간 많이 남았네."

"아니야. 7월에 가려면 지금 신청해야 해."

"그래?"

"응. 입영 신청하고 3개월 뒤에나 입대한대."

최지훈이 마우스 포인터로 접수 기간이 안내된 문구를 강조했다.

"뭐뭐 뽑는대?"

"잠깐만."

최지훈이 모집 분야 항목을 찾았다.

이내 목관과 금관, 타악기, 피아노, 전자악, 성악, 현악기를 분야를 모집하고 있음을 알 수 있었다.

"시험도 봐?"

"응. 지원자가 많으니까. 피아노 가면 되겠다. 같이 있을 수 있고."

"한 부대에 피아니스트를 둘이나 받나?"

"아. 같이 있으려면 다른 거 선택하는 게 나으려나? 아니다. 어차피 동반입대면 같은 부대로 간다고 했어."

"바이올린 하지 뭐."

"왜?"

"내가 들어가면 너 피아노 못 칠 거 아냐."

"뭐어?"

배도빈 콩쿠르에서 못다 한 승부로 아웅다웅하기 시작한 형제가 곧 정신을 차리고 모집 요강을 확인했다.

두 사람이 지원서를 작성하기 시작하자 차채은의 불안이 임계점에 이르렀다.

"진짜 안 가면 안 돼? 대한국향 같은 곳에서 일하면 되잖아."

"그렇긴 한데 너무 길어."

"내 맘대로 못 하잖아."

"길긴 긴데, 그래도 오빠들 무시하진 않을 거고. 게다가 차명운 선생님하고도 친하고."

"친하니까 싫어."

"나도 아는 분하고 그런 관계 되면 불편해질 것 같아."

"으으으으. 몰라!"

고집불통인 두 친구를 설득할 말이 더 이상 떠오르지 않은 차채은이 소리를 빽 지르고 밖으로 나섰다.

어쩔 수 없는 일이라 생각하며 지원서를 작성한 최지훈이 지원 신청란을 눌렀다.

그 뒤에 배도빈도 신청을 마쳤고 두 사람은 그간 고민했던 일이 명확해졌음에 되레 후련해졌다.

"정말 가는 거네."

"가야지."

"군악대에 아는 사람 있을지도 모르겠다."

"싫은데."

"네 팬은 분명 있을 거야."

배도빈이 눈을 찡그렸다.

"근데 군대 가면 샤워도 같이한다고 하던데 정말 그럴까?"

"그게 뭐 어때서."

"신기하지 않아?"

"뭐가 신기해. 그럼 공중목욕탕도 신기하냐?"

"가본 적 있어?"

최지훈의 천진난만한 질문에 배도빈이 당황했다.

"……이래서 부잣집 애들은."

"자기도 마찬가지면서."

"넌 안 되겠다. 단체생활 못 하니까 그냥 대체복무 해."

"할 수 있어!"

"못 해."

"할 수 있다니까?"

형제가 또 티격태격하기 시작했다.

한편 박병무 병무청장은 출근 전 뉴스를 보다가 아내에게 때아닌 타박을 받았다.

"진짜 너무한 거 아니야? 그런 애를 꼭 입대시켜야 해?"

"갑자기 무슨 말이야?"

"배도빈 말이야. 그렇게 장한 애를 꼭 군인으로 데려가야 하냐고."

"맞아. 아빠 진짜 너무해."

직장 다니는 딸까지 나와서 가세하니 상황을 인지하지 못하고 있던 박병무 병무청장은 어이가 없어졌다.

그러나 때마침 아침 뉴스에서 배도빈이 현역으로 입대한다는 보도가 흘러나왔다.

-베를린 필하모닉 악단주 배도빈 씨가 2년 10개월의 대체복무 기간이 길다는 이유로 현역으로 입대하겠다고 밝혔습니다.

-이에 어제와 오늘 70만 명의 네티즌들이 배도빈의 군 면제를 검토해 달라는 청원 글에 동조하였습니다.

-청원 글은 배도빈 씨가 오케스트라 대전 우승과 그래미 어워즈를 수상하는 등 대한민국의 위상을 한 단계 높였고 예술계와 취약계층에 매년 수십억 원을 기부하고 있다며, 그의 입대로 생기는 여러 문제를 시사하고 있습니다.

-한편 배도빈 씨가 입대할 수밖에 없는 현 병역법에 관해서도 문제를 제시하고 있으며, SNS 등지에서는 병무청을 향한 비

난의 목소리가 높아지고 있습니다. NBC 김준용이었습니다.

박병무 병무청장이 눈을 깜빡였다.

잠시 뒤 그의 핸드폰이 무섭게 울리기 시작했다.

확인해 보니 친인척과 주변 사람들에게서 하나 같이 배도빈이 정말 현역으로 가야 하는지, 대체복무 기간이 왜 그렇게 긴지 따지거나 묻고 있었다.

'이게 뭔 날벼락이야.'

박병무 병무청장이 주섬주섬 옷을 입고 서둘러 집을 나섰다.

청사에 도착하자마자 긴급회의를 소집했고 아니나 다를까.

직원 모두 아침부터 얼떨떨해하고 있었다.

기자들이 청사 앞에 진을 치고 있었고 인터뷰를 요청하는 전화는 끊이질 않았다.

"어떻게 된 건지 설명해 봐."

한 사람이 나섰다.

"그…… 배도빈은 2015년, 만 9세 때 쇼팽 국제 피아노 콩쿠르에서 우승하면서 대체복무 자격을 획득했습니다."

"그런데."

"성명문을 보니 복무 기간 2년 10개월을 부담스럽게 여겨 현역으로 입대하겠다고 합니다."

"젊은 친구가 아주 바람직한 생각을 했는데 대체 뭐가 문제야? 이게 이 난리나 될 일이냐고."

박병무 병무청장이 회의실 TV를 틀었다.

뉴스에선 여전히 배도빈의 입대 사실을 다루고 있었다.

-세계 클래식 음악 협회장 미카엘 블레하츠는 인류 전체의 보물이 재능을 마음껏 발휘하지 못하여 애석하다. 대한민국의 분단 상황이 안타깝다고 전했습니다.

-한편 한 독일연방 하원의원은 대한민국은 배도빈과 같은 음악가에게 자유를 보장해야 한다고 발언해 비난과 지지를 동시에 받고 있습니다.

-한국 클래식 음악 협회장 한지석 교수는 국방부와 병무청이 유연하게 대처해 줄 거라 믿는다고 하였습니다.

-어제 청원 게시판에 올라온 배도빈 면제 재검토 글에 70만명 이상이 동의하였습니다. 현재도 가파르게 오르는 동의자 수에 정부가 어떤 답을 내놓을지 귀추가 주목되고 있습니다.

-한편 조금 전 베를린 필하모닉 소속 피아니스트 최지훈도 배도빈과 동반입대 하겠다는 뜻을 내비쳐 화제가 되고 있습니다.

-쇼팽 국제 피아노 콩쿠르, 차이코프스키 국제 피아노 콩쿠르에서 우승한 최지훈 피아니스트에 대한 우려가 확산되고 있습니다.

박병무 병무청장이 한숨을 푹 내쉬었다.

"후우. 법대로 진행하고 있고 본인도 그러겠다는데 왜들 이리 난린지. 저 최지훈이란 놈은 또 뭐고."

"워낙에."

직원이 막 답변하려던 차 박병무 병무청장의 핸드폰이 울렸다.

아침부터 끊임없이 연락이 오는 탓에 무음으로 설정해 둔 그의 핸드폰이 소리를 낸 이유는 단 하나뿐이었다.

그가 주변에 눈치를 주었다.

회의실이 일순간 조용해졌고 박병무 병무청장이 전화를 받았다.

"예, 장관님. 박병무입니다."

-그래요. 청장도 뉴스 보셨지요?

"예. 현재 관련 사안에 대해 논의 중입니다."

-대처가 빠르네요. 좋아요.

박병무 병무청장이 한시름 놓았다.

-국민이 지켜보고 있는 사안입니다. 혹여나 문제가 생기면 안 될 거예요. 청장이 법대로 공정하게 처리할 거라 믿습니다.

"예."

-쓰읍. 다만.

국방부 장관이 숨을 들이마시자 박병무 병무청장이 다시 긴장했다.

-그가 혹여나 복무 중에 다친다든가 혹시 모를 일을 우려하는 목소리를 무시할 순 없습니다. 또 나라에 기여한 바가 크다는 것도요.

"예. 예."

-만약 아주 작은 문제라도 생기면 그 뒷감당, 청장의 권한을 넘어설 거란 말이에요. 내 말 이해하시지요?

"예. 물론입니다."

-하하. 아침부터 여러모로 고생합니다. 그럼.

"예. 예."

통화를 마친 박병무 병무청장의 머리가 복잡해졌다.

장관은 분명 법대로 공정하게 처리하라고 지시했으나, 만에 하나 아주 작은 문제라도 생길 시 크게 번질 거라 경고했다.

박병무는 그 말을 합법적이고 공정한 방식으로 배도빈의 입대를 막으란 뜻으로 받아들였다.

"흐으음."

박병무 병무청장이 숨을 길게 내쉬곤 직원들에게 일렀다.

"정당한 절차로 해결하라 하시는데, 배도빈이랑 비슷한 사례가 있나?"

한 사람이 답했다.

"완전히 같은 상황은 아니지만 아이돌 그룹이 입대하기 전에 해외 체류 가능 기간을 늘려준 사례가 있습니다."

박병무 병무청장이 고개를 끄덕였다. 당시에도 결국 법을 고치진 못하고 빼어난 활약을 보인 아이돌 그룹이 군에 입대한 전력이 있었다.

해서 법이 허락하는 한도 내에서 최대한 유연하게 대처했는데, 이번에도 같은 상황이었다.

병무청의 고민이 깊어졌다.

"청장님."

그때 한 사람이 나섰다.

"제가 알기로 배도빈은 비행기 추락 사고 이후 후유증을 앓고 있습니다. 이걸로 완전 면제가 가능하지 않겠습니까."

제안자가 군 면제 사유 항목을 보였다.

변형치유된 사람으로서 신경증상 및 기능장애가 있는 경우 또는 수술 후 후유증이 있는 경우 면제된다는 항목이 명시되어 있었다.

박병무가 테이블을 치고 발언자를 가리켰다.

"기자들 불러."

"흥흐흥흐흐흥."

컴퓨터로 TV를 틀어놓은 채 침대에 누워 있던 최지훈은 나름대로 군 생활을 기대하고 있었다.

배도빈이 결혼하면 전처럼 항상 붙어 있을 수 없을 테니 군 생활을 하며 추억을 많이 만들고 싶었다.

현역 입대 정도는 충분히 감내할 수 있었다.

그런 마음에 흥얼거리고 있는데 TV에서 이상한 말이 흘러나왔다.

-배도빈 악단주의 현역 입대 의사 표현과 관련해 병무청이 공식 입장을 내놓았습니다.

-오늘 오후 4시. 박병무 병무청장은 기자회견을 통해 배도빈의 현역 입대 및 대체복무는 전문의의 소견서가 있어야 가능한 일이라고 단정 지었습니다.

-박병무 병무청장은 지난날 사고 후유증으로 실명한 전적을 언급하며, 배도빈이 현역 및 대체복무를 이행하려면 기간을 충분히 두고 완치 사실을 증명해야 함을 분명히 하였습니다.

-안과 전문의 안경원 씨는 사고 후유증의 원인을 찾지 못했던 배도빈 씨가 완치 사실을 증명하기란 사실상 어려울 것으로 전망하고 있습니다. NBC 김준용이었습니다.

TV를 보던 최지훈은 한동안 말이 없어졌다.

"……어?"

배도빈과 1년 6개월간 함께 지낸다는 생각에 잔뜩 부풀었던 그의 머릿속이 복잡해졌다.

배도빈 저택에 도착한 나윤희가 차에서 내리기 전에 숨을 크게 들이마셨다.

수천 번 무대에 오르고.

수억 명이 지켜본 오케스트라 대전에서도 당당히 노래했으나 오늘만큼은 도무지 진정할 수 없었다.

청심환을 꺼내 꼭꼭 씹은 그녀는 유진희, 배영준 부부에게 도대체 무슨 말을 어떻게 말을 꺼내야 할지 알 수 없었다.

어렸을 적부터 맹신하여 장기간 복용한 청심환조차 그녀를 안정시키지 못했다.

똑똑-

"힉!"

그녀가 겨우 가슴을 진정시키고 있을 때 누군가 창문을 두드렸다.

덕분에 깜짝 놀란 나윤희의 심박 수가 크게 올라갔다.

배도빈이었다.

나윤희가 너무 놀란 탓에 어쩌지 못하자 피앙세를 걱정한 배도빈이 차에 올라탔다.

"안 들어오고 뭐 해요."

"……."

다시 생각해 보자는 말이 목까지 올라왔다.

사회적인 시선과 마침내 이룬 따뜻한 인간관계가 깨질 것이 두려웠다.

그러나 바로 옆에 앉아 있는 사람을 포기하고 싶지 않았다.

남의 눈치를 보면서 살아왔던 그녀에게도 양보하고 싶지 않은 게 생긴 것이었다.

자신보단 타인을 위했던 나윤희는 자신 안에 생긴 욕심에 당황하면서도 그것을 놓고 싶지 않다.

그를 사랑함으로써.

자신을 사랑할 수 있게 되었다.

"괜찮아."

나윤희가 배도빈을 바라보며 고개를 끄덕였다.

나윤희가 구강청결제를 뿌리고 청심환 냄새가 나는지 확인한 뒤 백미러를 통해 머리를 다듬었다.

"예쁘니까 걱정 마요."

나윤희가 민망해서 작게 웃었다.

차에서 내린 두 사람이 함께 저택 안으로 들어서 엘리베이터에 탔다.

몇 번이고 다녔던 길이, 한때는 살기도 했던 건물이 오늘따라 낯설게 느껴졌다.

7층 라운지에 도착하자 배도빈과 나윤희를 발견한 배도진이 달려들었다.

"이모!"

나윤희가 오랜만에 만난 배도진을 반갑게 안았다.

"왜 요즘 놀러 안 와?"

"이제 자주 볼 거야."

어떻게 대답해야 좋을지 고민하던 나윤희 대신 배도빈이 답했다.

"진짜? 소소 이모도?"

"도진아."

나윤희가 고개를 끄덕이자 유진희의 싸늘한 목소리가 둘째를 불렀다.

황급히 일어선 나윤희 앞에 유진희가 모습을 보였다.

수수한 평소 차림과 달리 한껏 멋을 내고 있었다.

"어, 언니."

"누가 네 언니야?"

유진희의 쌀쌀맞은 태도에 나윤희의 가슴이 철렁했다.

독일 생활에 적응할 수 있었던 건 모두 이승희와 유진희 덕분이라고 생각했던 나윤희는 그녀에게 큰 죄를 진 것 같아 고개를 숙였다.

"여보, 왜 그래."

배영준이 멋쩍게 웃으며 나섰지만 소용없었다.

"도진이 너도 이모라고 부르지 마."

엄마의 꾸중에 배도진이 금방 울상이 되었다. 평소 엄하기는 하지만 사랑을 느낄 수 있었던 반면, 오늘 엄마는 무섭기만 했다.

배도진이 아빠에게 안겼다.

상황을 지켜보던 배도빈이 말했다.

"고개 들어요."

나윤희가 용기를 내 고개를 드니 유진희가 고개를 팩 돌리고 테이블로 향했다.

"들어와."

배영준이 어색한 분위기를 풀고자 웃었으나 그다지 소용없었다.

배도빈이 잔뜩 굳어버린 나윤희에게 말했다.

"내가 누나 좋아하는 게 잘못이에요?"

나윤희가 고개를 세차게 흔들었다.

"그럼 누나가 날 좋아하는 건요?"

이번에는 잠시 망설이다가 마음을 굳힌 듯 입을 열었다.

"아니야."

배도빈이 그녀의 손을 잡고 웃었다. 두 사람은 천천히 걸어 모퉁이를 돌아섰다.

호화롭게 장식된 테이블 맞은편에 배영준, 유진희 부부가 앉아 있었고 그 곁에 배도진이 입을 잔뜩 내밀고 토라져 있었다.

"앉아."

유진희의 고압적인 태도에 배도빈이 입을 열려던 차 나윤희가 먼저 나섰다.

"어, 언니, 형부."

그녀는 말을 더듬지 않으려고 최선을 다했다.

"많이 놀라고 당황스러운 거 알아요. 저 같아도. 저라도 화날 거예요."

죄송하단 말이 튀어나오려는 것을 간신히 참아냈다.

배도빈의 말대로 그를 사랑하는 마음을 사과하고 싶지 않았다.

축복받고 싶었다.

그러나 유진희의 싸늘한 시선에 어쩌면 이제 돌이킬 수 없을지도 모른다고 생각했다.

은인으로 여겼던 유진희를 잃을지도 모른다고 생각했다.

나윤희가 필사적으로 말을 쥐어짜 냈다.

"도빈이 좋아해요. 많이 좋아해요."

턱을 살짝 들고 무심하게 나윤희를 보고 있던 유진희가 입을 열었다.

"그래서?"

크게 의지했던 사람이기에 그녀의 태도 변화가 더더욱 가슴 아팠다.

그러나 답은 이미 알고 있었다.

배도빈과 결혼하고 싶다.

단지 유진희의 태도가 너무 무서워서 결혼이란 단어를 입에 담기 두려웠다.

다만 두려울 뿐.

자신을 사랑하기 시작한 그녀를 막을 순 없었다.

배도빈이 나서려 하자 나윤희가 그의 손을 붙잡고 외쳤다.

"부, 부디 아드님을 제게 주세요! 손에 무, 물 안 묻히게 할게요! 행복하게 살게요!"

"……."

"……."

피앙세의 선언에 배도빈이 놀라서 고개를 돌렸다.

연인의 필사적인 모습에 놀란 한편 왜 자기가 할 말을 가져가냐고 따지고 싶기도 했다.

배도진은 깜짝 놀라서 두리번거렸고.

얼음장처럼 차가운 얼굴로 두 사람을 지켜보던 유진희가 결국 참지 못하고 웃어버렸다.

유진희와 배영준이 크게 웃은 탓에 나윤희는 어리둥절했고 고개를 돌리니 배도빈마저 황당하다는 듯 피식 웃고 있었다.

유진희가 겨우 진정하고 입을 열었다.

"너희도 알다시피 결혼할 때 아버지랑 다퉜어. 반대만 하시는 게 미워서 화가 많이 났거든."

배도빈과 나윤희가 잠자코 그녀의 말을 들었다.

"목소리 높여가며 싸우다가 결국엔 안 보게 되었지. 무서웠거든. 설득할 자신도 없었고."

유진희와 배영준이 손을 잡았다.

"그래도 지금 이렇게 행복하고. 그때 나보다 지금 윤희 네가 더 나은 것 같네. 네 성격에 이렇게 설득하려고 나올 줄은 몰랐거든."

유진희가 나윤희와 시선을 마주하며 말했다.

"우리 도빈이 정말 사랑하는구나 싶네."

"언니……."

나윤희의 눈에 눈물이 가득 고였다.

"쓰읍."

그러나 이어지는 말에 눈물을 떨어뜨릴 수 없었다.

"언제까지 언니라고 할 건데?"

"……어, 어."

나윤희가 눈을 질끈 감았다. 고였던 눈물이 흐르며 그녀의 목소리가 힘겹게 울렸다.

"어, 어, 어머님."

그제야 유진희가 만족한다는 듯 고개를 끄덕이고 둘째에게 당부했다.

"도진이도 이제 윤희한테 이모라고 부르면 안 돼."

"왜요?"

"형수님 해야지."

"형수님……?"

"응."

"어려워요."

"하하. 누나라고 하면 되지. 이제 가족인데."

배영준이 둘째의 머리를 쓸어 넘기며 웃었다.

"도빈이 너도."

"네."

"방금 대들었으면 엄마 너 안 봤어. 내가 널 얼마나 위했는데 이 정도 확인도 못 하니? 윤희, 그래 안 그래."

"그래요."

나윤희가 고개를 힘차게 끄덕였다.

배도빈이 어머니와 연인을 번갈아 보곤 얌전히 고개를 끄덕였다.

유진희가 만족스럽게 웃고는 입을 열었다.

"밥 먹자."

화목하게 식사한 배도빈 일가가 1층 거실로 내려와 차와 과일을 즐기며 대화했다.

"그럼 식은 군대 다녀오고 하려고?"

"네."

"윤희 기다리다 목 빠지겠다."

나윤희가 미소 지었고 배도빈이 대신 대답했다.

"괜찮아요."

"애는. 너만 괜찮다고 되니? 윤희도 괜찮아야지."

"좋아하니까 괜찮아요."

유진희는 1년 6개월 정도야 아무 문제 없다는 듯 장담하는 아들을 어떻게 여겨야 할지 알 수 없었다.

많은 사람이 헤어지게 되는 시기인데 저렇게 장담하니 믿어야 할지, 말아야 할지 알 수 없었다.

"괜찮아요. 보고 싶겠지만."

나윤희도 웃으며 괜찮다고 하니 유진희는 두 사람을 믿어보기로 했다.

그때 틀어놓은 TV에서 뉴스가 흘러나왔다.

-오늘 오후 4시. 박병무 병무청장은 기자회견을 통해 배도빈 씨의 현역 입대 및 대체복무는 전문의의 소견서가 있어야 가능한 일이라고 단정 지었습니다.

-안과 전문의 안경원 씨는 사고 후유증의 원인을 찾지 못했던 배도빈 씨가 완치 사실을 증명하기란 사실상 어려울 것으로 전망하고 있습니다. NBC 김준용이었습니다.

멍하니 뉴스 보도를 듣고 있던 가족이 모든 행동을 멈추었다.

"핸드폰이."

배도빈이 눈을 깜빡이다가 전속 의료진에게 연락하고자 스마트폰을 찾자 유진희와 배영준, 나윤희가 퍼뜩 정신을 차렸다.

"그래! 도빈아! 너 거기 가서 다시 앞 못 보면 어쩌려고!"

"네가 거길 안 가봐서 그래. 어? 거기가 얼마나 힘든데 간다고. 몸도 약한 녀석이!"

"어디다 전화하게? 응?"

유진희, 배영준, 나윤희 순으로 배도빈을 설득하려 나섰다.

"로베르토한테요."

배도빈의 전속 의료진 팀장 로베르토의 이름이 나오자 세 사람이 동시에 물었다.

"왜!"

배도빈이 멈칫했다.

"완치 진단서 준비해야죠."

"왜!"

세 사람이 또 한 번 화를 내니 배도빈도 놀라서 몸을 뒤로 젖혔다.

"입대하고 싶으면 가져오라고 하잖아요."

"왜!"

다짜고짜 왜 그러냐고 외치는 탓에 배도빈이 드물게 당황했고.

"왜!"

배도진마저 엄마, 아빠, 누나가 하는 말을 따라 하며 웃었다.

나윤희가 배도빈의 손을 꼭 쥐고 간절히 말했다.

"굳이 왜 가려 해. 완치 아니잖아."

"정확하겐 이유를 모르는 거잖아요. 완치일 수도 있죠."

"도빈아!"

배영준도 드물게 엄히 질책했다.

"이유를 모르니까 조심해야지! 대체 언제까지 무모하게 살 거야! 이제 윤희랑 결혼하면 한 가정도 꾸릴 녀석이!"

"……."

배도빈이 아버지, 어머니, 나윤희를 살폈다.

걱정이 묻어나오는 그 얼굴에 더는 고집을 부릴 수 없었다.

'눈도 같이 고쳐줄 것이지.'

배도빈은 생명을 주는 김에 눈도 같이 고쳐주지 않은 테메스의 쪼잔함을 탓하며 가족들을 진정시켰다.

"알았어요. 일단 검사만 다시 받을게요. 거짓말할 순 없으니까."

가족들이 그제야 흥분을 가라앉혔고 배도빈은 눈썹을 좁히 며 그의 형제를 떠올렸다.

'잘못되면 지훈이 혼자 가겠는데.'

하루가 지난 깊은 밤.

배도빈과 최지훈은 놀이터 벤치에 나란히 앉아 있었다.

황당하기 짝이 없는 상황에 둘 다 고개를 삐딱하게 기울인 채 아무도 없는 놀이터를 바라볼 뿐이었다.

그러다 문득 최지훈이 입을 열었다.

"같이 입대하기로 했잖아!"

"하려 했어!"

"그럼 왜 잘 알아보지 않은 거야!"

"다 나았으니 상관없는 줄 알았지! 빌어먹을. 홈페이지는 왜 그따위로 만들었어? 알아보기 힘들게."

"아아아! 나 어떡해! 이미 입대 신청했잖아!"

"가지 마."

"기사 다 났는데 어떻게 안 가!"

"……거지 같은 놈들. 가면 가고 아니면 아니지 왜 이렇게 복잡하게 만들어 놔?"

"거, 거지 같은 놈들."

"그래. 머리에 똥만 든 놈들."

한참 흥분했던 두 사람이 겨우 진정했다.

"너 만나기 전에 로베르토랑 전화해 봤는데 완치 진단서는 써 주기 힘들대."

"아아아악. 망했어어."

"망했지."

멘탈이 붕괴된 최지훈이 배도빈을 흔들어댔다.

형제에게 이끌려 고개를 앞으로 숙였다가 뒤로 젖히던 배도빈이 번뜩 자세를 고쳐잡았다.

"시험 본다며."

"어?"

"일부러 못 치는 거야. 떨어지고 대체복무 하면 되잖아."

"……그걸로 될까?"

"지들이 어쩌겠어."

두 사람이 아는 정보 안에서는 딱히 다른 방도가 없었기에 최지훈은 일단 고개를 끄덕였다.

"……너무 어려워."

"그래. 쓸데없이 복잡하게 만들어놨어. 튀기다 만 두꺼비 같은 놈들."

"두꺼비 같은 놈들."

"잘하네. 더 해봐."

"찢어 죽일 놈들."

욕을 시키긴 했지만 배도빈은 설마 최지훈이 그런 말을 할 줄은 몰랐다.

놀라서 그를 쳐다보자 최지훈이 잔뜩 심통 난 얼굴로 물었다.

"뭐?"

"아니야."

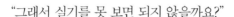

"그래서 실기를 못 보면 되지 않을까요?"

최지훈의 설명을 듣던 최우철은 아들이 아직 순진하단 생각에 슬며시 미소 지었다.

부하 직원의 무능과 안일함은 용납할 수 없었지만, 음악밖에 모르는 아들의 순진무구함은 그저 귀여웠다.

최우철이 물었다.

"누가 심사하는지 모르겠지만 아들 실력 모르는 사람은 드물 텐데."

"아."

아주 작은 희망을 쥐고 있던 최지훈이 굳어버렸다.

"또 쇼팽 콩쿠르 우승자가 군악병 입대 실기에 탈락했던 기사를 대중이 어떻게 받아들일지 생각해 봐야겠구나."

혼자 입대해야 하는 상황에 당황한 나머지 정상적인 판단을 하지 못했던 최지훈이 눈을 떴다.

아무리 못난 연주를 한다 해도 어떤 심사위원이 자신을 떨어뜨리겠으며, 가령 떨어진다 해도 대중이 어찌 생각할지 너무나 명확했다.

분명 뭔가 부정이 있을 거라 예상할 터였다.

최지훈이 고민에 빠지자 최우철이 넌지시 이야기를 꺼냈다.

"그런 방법을 쓰려면 적어도 네가 실기를 어떻게 망쳤는지 알려야겠지."

최지훈이 고개를 들었다.

확실히 아버지의 말대로 실기 시험 과정이 공개되면 참가자들의 눈치를 봐서라도 이름값만으로 합격시키지는 못할 터였다.

불합격한다 해도 비판 여론에 변명할 거리를 마련할 수 있었다.

하지만 모든 문제가 해결된 것은 아니었다.

"그게 제 마음대로 할 수 있는 일은 아니잖아요."

아들이 이성을 되찾자 최우철이 흡족하게 웃었다.

"그건 걱정하지 말고."

아버지의 말에 최지훈이 깜짝 놀랐다.

아버지가 했던 모든 일을 알진 못했지만 어떤 방식으로 일을 처리해 왔는지 대강 짐작하고 있었기에 혹시나 나쁜 일을 하진 않을까 걱정되었다.

"시험을 공정하게 처리해 달라고 말할 뿐이야. 그게 잘못된 일은 아니잖니."

"……."

최우철이 아들의 등을 툭툭 다독였다.

"걱정 말고 가서 쉬어. 아무 문제 없을 테니."

"나쁜 일 하시면 안 돼요."

"그래. 그래."

최우철이 아들을 방으로 올려보낸 뒤 빙그레 웃었다.

교육차 의견을 나누긴 했지만 아들이 음악 외의 문제로 스트레스받길 바라진 않았다.

적당히 안심시킨 뒤 찾아올 문제를 해결해 줄 요량이었다.

'실기 시험에서 떨어진다 해도 대체복무를 한국에서 할 순 없지.'

대한민국의 클래식 시장이 아무리 커졌다 해도 주류 문화로 정착한 유럽 시장에 비할 순 없었다.

인구, 인프라 그리고 무엇보다 세계 정상급 음악가들이 상주하는 베를린 필하모닉이란 환경은 대체할 수 없었다.

'진단서를 위조하는 게 가장 빠르지만.'

최우철이 고개를 저었다.

입단속과 증거 인멸 따위 일도 아니었으나 아들이 받아들이지 못할 일이었다.

이미 완치 판정을 받고 몇 년이나 문제없이 지냈기에 배도빈과 같은 방법으로 처리하기엔 아들의 양심이 허락지 않을 터였다.

"흐음."

최우철이 시가를 꺼내 문지르며 생각을 정리하다가 문득 병무청장의 이름이 낯설지 않음을 떠올렸다.

'박명무. 박명무. ……그렇지.'

최우철이 핸드폰을 꺼냈다.

잠시 후 탁한 목소리가 최우철을 반겼다.

-오오, 최 회장.

"하하. 그간 격조했습니다, 대표님. 건강하시지요?"

-아무렴. 최 회장 연락이 뜸해서 서운한 거 말곤 건강하지.

최우철이 한쪽 입꼬리를 올렸다.

'욕심 많은 늙은이.'

오랜만에 연락한 노수전 당 대표는 최우철이 가장 신뢰하는 부류의 사람이었다.

원하는 것만 손에 쥐여 주면 무엇이든 하는 욕심 많은 인간. 욕망에 솔직한 쓰레기.

이용해 먹고 버리기에 적당했다.

'선거철이니 돈 욕심이 나겠지.'

최우철이 너스레를 떨었다.

"그래서 이렇게 연락 드리지 않았습니까."

-오오. 그거 기쁜 일일세.

"하하. 그럼요. 열심히 응원해 드려야지요."

최우철이 덕담과 근황 등 시시콜콜한 이야기를 이어나가자 노수전 대표의 목소리가 점점 생기를 잃어갔다.

돈 이야기가 없으니 실망한 것이 역력했다.

'이 늙은이도 오래는 못 가겠어.'

최우철은 웃음을 참으며 고개를 저었다.

직접적인 이야기를 바라는 듯했지만 최우철은 결코 빈틈을 줄 사람이 아니었다.

현재 노수전이 누구와 함께 있는지도 모를뿐더러 이 통화가 녹음되고 있는지도 확인할 방도가 없었다.

혹시라도 돈 이야기를 직접 꺼냈다가 그것에 발목을 잡힐 수 있었기에 최우철은 선심 쓰듯 넌지시 말했다.

"실은 저도 요즘 사정이 그리 좋지 못합니다."

-최 회장이?

"하하. 뭐, 저라고 항상 좋을 수 있나요. 얼마 전에 C&B란 업체가 유망해 보여 주식을 좀 샀습니다만."

-C&B?

"예. 아시다시피 영국에 벌려둔 일이 많아 5월 되기 전에 팔아야 할 듯해 아쉽습니다."

-호오. 그거 참으로 안 된 일일세. C&B라고?

노수전의 목소리가 밝아졌다.

C&B 주식을 권유하지도 않았거늘 거듭 확인했다.

에둘러 흘린 작전주를 기가 막히게 알아들은 것이었다.

'늙은이가 코는 여전하군.'

최우철은 다른 감각은 잃었으면서 돈 냄새는 잘 맡는 노수전이 우스웠다.

버려질 줄도 모르고 꼬리를 살랑살랑 흔드는 꼴이 충직한 개처럼 보였다.

그간 여러 차례 거래하며 노수전을 다뤄온 최우철은 그가 먹이를 주면 다시 받아먹기 위해서라도 보답할 줄 안다는 걸 잘 알고 있었다.

"참. 혹시 박명무란 사람 알고 계십니까."

-박병무? 박병무……. 글쎄. 뭐 하는 사람인가?

"지금 병무청장직에 있는 친구인데, 나라를 위해 헌신할 준비가 되어 있더군요."

-껄껄. 그런가?

"예. 어떠십니까. 한번 잘 키워보심이."

-최 회장이 그리 말할 정도면 미끼를 물었단 뜻인데. 공직에 앉은 관료가 성향을 드러내는 걸 보니 인물은 아니겠네그려. 껄껄껄.

최우철이 슬며시 웃었다.

'아무렴 당신보다 못할까.'

최우철은 고개를 설레설레 흔들며 문지르던 시가 끝을 잘라냈다.

"행실이야 고치면 되지요. 증명할 기회 정도는 주심이 어떻습니까."

-기회?

치지지직-

최우철이 성냥에 불을 붙여 잘라낸 시가 단면에 가져다 댔다.

"예. 기회."

박병무 병무청장은 자리에 앉자마자 대학 선배이자 재선 의원인 이공탁을 탓했다.

"출마한 사람이 선거철에 이렇게 다녀도 되겠어?"

"아는 동생이랑 술 한잔하겠다는데 누가 뭐라 해?"

"어이구. 말이나 못 하면. 나 바빠. 특별히 할 말 없으면 다음에 봐."

"이 자식이 말본새하곤. 어련히 이유가 있으니 불렀을 거 아냐."

이공탁 의원이 주변에 눈치를 주자 보좌관들이 방을 나섰다.

심상치 않음을 느낀 박병무가 이공탁의 눈치를 살폈다.

"뭔데 그래?"

이공탁 의원이 자신의 잔에 술을 따르며 말했다.

"너, 내년쯤 옷 벗어야겠다."

"그게 무슨 말이야?"

박병무가 당황하자 이공탁이 거들먹거렸다.

"새 옷 입으려면 입고 있는 거 벗어야 할 거 아냐."

이공탁의 말을 이해하지 못해 인상을 쓰던 박명무의 눈이 곧 화등잔만 해졌다.

"될 거 같아?"

"이 형님이 누구냐. 내 말만 잘 들으면 네 인생 아~무 문제 없을 거라고."

이공탁이 괜히 생색을 냈다.

"노 의원께 네 이야기 잘해뒀어. 이번 선거만 괜찮게 지나가면 다음엔 문제없을 거야."

"쯧. 난 또 뭐라고."

박병무 병무청장이 고개를 돌렸다.

"형이 그걸 어떻게 장담해? 그때도 노 의원이 대표일지 어떻게 알아?"

"쯧쯧쯧. 넌 그래서 안 되는 거야, 인마. 공천이 뭐 쉬운 줄 알아? 당 대표라도 함부로 못 해."

"그럼?"

"분위기를 잡아가는 거지. 그러니 앞으로 대표님께 잘 보이고. 선거 뒤에 자리 몇 번 만들 테니. 노 대표 라인 타면 뭐, 이 당에서 안 되는 게 있는 줄 알아?"

"아이 알지."

"대표님 반응 보면 안전선도 받을 수 있을 것 같으니 실수하지 말고. ……너 눈빛이 묘하다?"

"아니 순번을 벌써 정한다니까."

"이 자식이. 아까부터 빈정 상하게 하네. 정해진 게 아니라 그 정돈 받을 수 있을 것 같다는 말이잖아."

"확실하지가 않으니까 그렇지."

"인마, 내가 그간 작업을 얼마나 쳐두었는데. 오늘 노 의원께서 네 이야기 꺼내서 알려주러 왔더니만 이건 뭐. 넌 안 되겠다."

"에헤이."

박병무가 일어서려는 이공탁을 붙잡았다.

"이 형님이 왜 이렇게 예민하실까? 아아, 선거철이지. 내 실수. 실수."

이공탁이 박병무의 손을 뿌리치며 다시 자리했다.

"다음 달에 한번 보자고 하시니 그리 알아."

"아무렴. 내 정신 좀 봐. 우리 형님 잔이 비었었네."

박병무가 술병을 들자 이공탁이 거들먹거리며 잔을 내밀었다.

"참. 그리고 너 병무청 일 신경 좀 써야겠더라."

"신경? 무슨 신경?"

"뭐 별건 아니고. 그 피아노 치는 친구 입대한다고 난리잖아."

"누구? 배도빈?"

"최지훈 말이야. 최지훈. 뉴스 좀 봐라. 시도 때도 없이 골프나 치러 다니지 말고."

"아아. 어어. 알지. 왜 몰라."

"큼. 의회 들어오기 전부터 이미지 망치지 말고 적당히 잘 처리해. 현역으로 보냈다가 무슨 말을 들으려고."

"본인이 가겠다는데 뭐가 문제야."

"쓰읍. 이래 눈치가 없어서 뭘 하려고."

이공탁이 술잔을 비웠다.

"넌 무식해서 모르겠지만 배도빈이나 최지훈은 그냥 내버려 둬. 건드려서 좋을 거 하나 없어. 그 실기인지 뭔지에서 떨어뜨리고 대체복무도 원래 소속에서 할 수 있게 해."

생각에 잠겼던 박병무가 조심스레 물었다.

"이거 청탁 아냐?"

"청탁은 무슨. 당 입장에서도 문제 있는 놈 공천하면 손해니까 하는 말 아니야. 이번 문제 잘 처리 못 하면 국물도 없을 줄 알아."

금배지를 다는 게 소원이었던 박병무 병무청장은 이공탁이 내민 술잔에 술을 채우며 물었다.

"현역 빼는 거야 큰 문제 아니지만 대체복무는 좀 빡센데?"

"뭐가 또?"

"대한민국 안에서는 다 가능하지. 근데 물 건너 나라에서 근무하는 게 말이 안 되지."

"쯧. 없던 일로 하자."

이공탁이 신경질적으로 손짓하자 박병무가 깜짝 놀라서 그를 잡았다.

"허허~ 거참. 형, 나 못 믿어? 나 박병무야. 박명무. 알아서 할게."

"확실히 해. 네가 일 잘못하면 너 추천한 내 입장도 이상해져, 인마. 알아들어?"

"알지. 알지. 그러니까 좀 앉아."

이공탁 의원을 간신히 달랜 박병무는 최지훈을 어떻게 처리할지 고민하며 술을 들이켰다.

병무청이 배도빈에게 진단서를 요구하면서 언론은 그의 눈이 완치되었는가에 집중했다.

대한민국을 포함한 세계 각 언론사 기자들은 배도빈의 자택과 직장 앞에 진을 치고 일거수일투족을 추적했다.

그 끝에 그가 전담 의료진 외에도 각기 다른 안과를 여섯 차례 방문.

세 번 이상의 정밀검사를 받았음을 확인할 수 있었다.

그러는 과정에서 매일 수백 건의 기사가 게시되었고 팬들은 초조하고 복잡한 마음으로 사건을 접했다.

└완치라서 다시 받는 거야 아니면 뭐가 잘못되어서 받는 거야. 불안해 미치겠네.

└공연은 계속하니까 문제 있는 건 아닌 듯.

└피곤할 때 안 좋아진다잖아. 지금은 괜찮아도 언제 다시 그럴지 모르는 거지.

└이젠 뭐가 뭔지 모르겠다.

└나두. 다 나은 거면 좋겠는데 그러면 군대 가잖아.

└실명하는 것보단 군대 다녀오는 게 백배 낫지.

└군대 가는 것도 싫어 ㅠㅠ

└최지훈은 어떻게 됨?

└그러게. 배도빈이랑 동반입대 신청했단 기사 봤는데.

└알아서 하겠지. 최지훈 아빠가 최우철이잖아. 전 EI전자 사장.

"후."

인터넷 반응을 살피던 나윤희가 한숨을 내쉬었다.

그녀도 팬들과 같았다.

예비 신랑의 눈에 아무런 이상이 없길 기도하면서 군대는 가지 않길 바랐다.

"다들 같은 생각인가 봐."

나윤희가 의자를 돌렸다.

"어쩔 수 없죠."

심각한 표정으로 악보를 들여다보던 배도빈이 펜을 놓고 검사 결과지를 찾았다.

저명한 안과 의사들에게 여러 차례 진료받았지만, 그들 모두 배도빈의 시신경과 안구에서 아무런 이상을 발견하지 못했다.

피로를 느끼면 시력이 일시적으로 저하되는 현상도 설명할 수 없었다.

마지막으로 한국 안과의에게서 받은 병무용 진단서도 재발 가능성을 언급하고 있었다.

"못 갈 것 같아요."

"그럼 이제 어떻게 해야 해?"

"진단서 제출해야죠. 어차피 재검 과정 필요하니 한국 갈 때 내면 돼요."

일이 해결된 건 아니지만 병무청의 입장 발표도 있었고 진단서만 제출하면 배도빈의 병역은 문제없이 해결될 듯했다.

그러나 눈이 완전히 나은 게 아님이 다시 한번 증명된 터라 한편으로는 걱정되었다.

피앙세의 얼굴에 근심이 드리우니 배도빈이 평소와 같이 무덤덤한 어투로 안심시켰다.

"걱정 마요. 도진이가 고쳐준다고 했으니까."

"그러면 좋겠다."

나윤희가 웃었다.

어린 동생을 굳게 신뢰하는 모습이 좋아 보이기도 했지만.

분자생물학을 전공한 뒤 연구원으로서 탈모 치료에 성과를 보이는 배도진이 어쩌면 그렇게 해줄지도 모른다는 막연한 기대도 있었다.

"그리고."

"응."

"팬들에게도 알려야 할 것 같아요."

"아. 약속했었지."

나윤희가 배도빈이 '너만 모름'에서 했던 말을 떠올렸다.

열애설이 불거졌던 당시 팬들에게는 감추지 않겠다고 약속한 바 있었다.

"그, 그럼 어떻게 할까?"

나윤희가 용기를 냈다.

유진희, 배영준 부부에게 허락을 받았고 이승희, 왕소소, 나카무라 료코 등 주변에도 알리긴 했지만 대중을 상대하는 것은 또 다른 부담이었다.

나윤희는 배도빈이 얼마나 많은 사람으로부터 사랑받는지 알고 있었기에 혹시나 자신 때문에 그가 피해받진 않을까 걱정했다.

또 그의 팬 중 일부에게 좋지 않은 시선을 받으리란 것도 예상하고 있었다.

배도빈에게 말하지 않았을 뿐 그런 각오를 가슴에 새겨두고 있었다.

"팬카페는 어때? 제일 많이 접속하니까."

연애 사실을 어떻게 알릴지 이런저런 생각을 꺼내는 나윤희를 보며.

배도빈은 그녀가 불안해하면서도 용기 내고 있음을 눈치챘다.

"이리 와요."

배도빈이 나윤희의 손목을 잡고 끌어 뒤에서 감싸 안았다.

나윤희가 눈을 크게 떴다.

며칠 사이 급속도로 가까워진 거리감에 익숙지 않았다.

그녀의 가슴이 야단스럽게 뛰는데 배도빈이 귓가에 입을 댔다.

"걱정 마요."

나윤희는 걱정을 접을 수 없었다.

심지가 굳은 배도빈처럼 의연하고 싶었지만 예상되는 일이 너무도 많아 무서웠다.

그저 그런 것에 흔들리지 않게 마음의 준비를 하고 또 다질 뿐이었다.

나윤희가 그런 속내를 감추고 고개를 끄덕이자 배도빈이 속삭였다.

"나 때문에 팬을 잃으면 어쩌나 고민했어요."

나윤희가 고개를 돌렸다.

그가 그런 고민을 하고 있을 거라곤 생각지 못했다.

그러나 배도빈은 이미 알고 있다는 듯 나윤희와 같은 심경을 풀어냈다.

"좋아하는 감정은 여럿이니까. 우리 사이가 알려지면 실망하고 떠날 사람도 있을 거예요. 욕하는 사람도 해코지하려는 사람도 있겠죠."

"……응."

나윤희가 고개를 숙이고 다리를 끌어안았다.

"걱정했어."

"알아요."

"혹시 나 때문에 팬을 잃는 건 아닐까 싶어서……."

"나도 그래요."

두 사람이 고개를 돌렸다.

작게 웃었다.

나윤희는 그녀의 고민이 혼자만의 것이 아님에 조금은 안심했다.

문제를 함께 고민하고 해결할 수 있다면 그것으로도 충분히 힘낼 수 있었다.

서로의 온기를 느끼며 안도하길 얼마간. 나윤희가 슬며시 입을 열었다.

"걱정 같은 거 안 할 줄 알았어."

"왜요?"

"언론에서 뭐라고 해도 괜찮았으니까. 인터플레이 때도. 그 때도."

나윤희는 모함의 목소리가 들릴 때마다 개 짖는 소리로 취급하던 배도빈을 떠올리며 작게 웃었다.

배도빈과 베를린 필하모닉의 음악이 클래식을 무너뜨리려 한다는 말에도.

시력을 잃어 배도빈도 이젠 끝이라는 말에도 그는 흔들리지 않았다.

그런 그를.

주변의 시선에 아랑곳하지 않고 음악에 집중하는 배도빈을 동경했다.

배도빈이 숨을 내쉬며 다리를 끌어안고 있는 나윤희의 무릎에 손을 얹었다.

"그런 말을 신경 쓰지 않는 건 날 믿기 때문이에요."

"응."

"난 옳으니까."

그를 오랫동안 지켜봐 온 그녀는 배도빈의 말을 온전히 이해할 수 있었다.

그는 수없이 반복해 완성한 자신을 자부했다.

타협할 줄 모르는 집요함으로 스스로 만족할 때까지 포기하는 법이 없었다.

그렇게 만든 곡이 틀릴 리 없다고 여겼다.

그녀는 배도빈의 자부심이 노력에 기반해 있음을 알고 있었다.

"안 좋은 소리를 하는 인간도 있지만 팬들은 알아줄 테니까. 그들이 하는 헛소리보다 제 음악을 더 믿을 테니까 걱정 안 해요."

나윤희가 웃었다.

수입이 일정하지 않은 예술가들은 아주 짧은 악플에도 신경이 곤두설 수밖에 없었다.

표현의 자유라는 미명 뒤에 숨어 거짓을 말하는.

취향의 차이를 마치 잘못이라는 듯 폄훼하는 그들은 분명 악의를 띠고 있다.

굳이 악플을 달지 않는 사람도 그런 글들이 음악 하는 사람에게 얼마나 큰 상처를 주는지 이해하지 못한다.

모든 것을 쏟아부어 만들어낸 것이 악의적이고 부당한 평가를 받은 적 없기 때문이다.

그러나 배도빈은 그런 행위로 상처받지 않는다고 했다.

그들의 조잡하고 질 낮은 음해보다 자신의 음악이 더 설득력 있을 거라고 자부했다.

나윤희는 그가 어째서 그렇게까지 강할 수 있는지 이해하며 고개를 끄덕였다.

　"그런데."

　배도빈이 말을 이어나갔다.

　"우리 일은 그러지 않아요."

　배도빈의 고백에 나윤희가 고개를 돌렸다.

　"날 좋아한답시고 누나한테 욕을 한다든가 안 좋은 소문을 퍼트린다거나. ……상처 내려는 사람이 있을 수 있으니까."

　"왜 그런 걱정을 해."

　나윤희가 웃으며 배도빈을 안심시키려 하자 배도빈이 그녀를 안은 팔에 힘을 주었다.

　"소중하니까."

　"……흐."

　"걱정하지만 불안하진 않아요."

　나윤희가 이유를 묻는 대신 고개를 돌렸다.

　"그런 일이 생길 때도, 아닐 때도 항상 곁에 있을 테니까."

　덤덤한 목소리로 그의 진심이 전해졌다.

　"내게 그런 일이 생길 땐 누나가 지켜줄 테고."

　'아.'

　나윤희는 마침내 그가 자신과 같은 걱정을 하면서도 의연할 수 있는 이유를 알 수 있었다.

신기하게도.

함께 있을 거라는 말만으로 그녀의 불안은 모두 가셨다.

분명 어렵고 슬프고 화나는 일이 생기겠지만 그와 함께라면 괜찮을 것 같았다.

서로를 지켜주자는 말이 왜 그렇게 기쁜지.

나윤희가 몸을 틀어 배도빈의 품에서 벗어났다.

그의 눈은 항상 그랬던 것처럼 흔들리지 않았다.

"응. 같이 있을 거야."

배도빈이 고개를 끄덕였다.

"그러면 괜찮아."

나윤희가 배도빈의 목을 감아 안음으로써 약속했다.

항상 그와 함께하고 그를 지지하겠다고 스스로에게, 그에게 약속했다.

배도빈도 호응하듯 그녀를 안았다.

행복했다.

자신을 안은 그의 힘과 온기가 너무나 포근하고 사랑스러워서, 안고 있음에도 더욱 안고 싶었다.

그가 자신을 특별하게 여기는 걸 알면서도 몇 번이고 확인하고 싶었다.

그 달콤한 기분을, 벅찬 기분을 더 느끼고 싶었다.

쾅쾅쾅!

"배도빈! 배도빈!"

그때 문이 부서질 듯한 노크 소리와 함께 진달래가 배도빈을 불렀다.

"너 내가 양말 뒤집어 놓지 말라고 몇 번을!"

양말을 뒤집어 놓은 것을 참다못한 진달래가 빨래통을 들고 안으로 들어섰고.

소파에서 껴안고 있는 두 사람을 발견하고 말았다.

순간 세 사람이 굳어버렸다.

"……히."

쾅!

그러다 문득 정신을 차린 진달래가 알 수 없는 웃음을 남기고 도망치듯 문을 닫았다.

배도빈이 크게 한숨을 내쉬었다.

"저거 내쫓든가 해야지."

나윤희가 웃으며 말렸다.

"너무 그러지 마. 그러지 않아도 같이 있을 시간 얼마 안 남았는데."

배도빈이 어쩔 수 없다는 듯 리모컨을 들었다.

"기어이 갚겠다고 하더라고요."

"아."

지난 몇 년간 진달래의 빚은 줄어들긴커녕 더 늘고 말았다.

생활비와 교육비는 진달래가 입단하면서 스스로 충당했지만, 그간 세 차례 교체했던 의수는 그녀가 감당할 수 없는 수준이었다.

진달래가 그간 갚았던 1억 1,000만 원을 제하고도 그렇게 쌓인 금액이 17억 3,000여만 원이었다.

"그러고 보니 이번 곡이 제법 팔린 것 같던데."

"오리진?"

"네."

배도빈이 최근 제법 인기를 끌고 있는 진달래의 'Origin'의 판매량을 기대하며 스마트폰을 꺼냈다.

진달래가 조금이라도 빚을 빨리 갚고 LA로 가길 바라며 베를린 필하모닉 정산페이지에 접속했다.

2주 동안 집계된 'Origin'의 판매실적은 약 5,000유로.

잠시나마 기대했던 배도빈이 고민에 빠졌다.

제법 순조롭게 상향곡선을 이루고 있었지만 17억 3,000만 원을 갚기엔 상당히 오랜 시간이 필요할 듯했다.

"내쫓는 게 맞아요."

"너무해."

나윤희가 웃으며 스마트폰을 넘겨받아 판매지표를 확인했다.

배도빈의 기준에는 못 미치지만 당연한 일. 그녀가 보기엔 너무나 멋진 성과였다.

"달래 멋지다. 이러면 다음 곡도 기대되지 않아?"

"애썼죠."

퉁명스럽게 대답했지만 배도빈은 자기가 부를 노래를 직접 만들고자 노력한 점을 높이 평가했다.

그가 작업하고 있던 악보를 끌어와 다시 펜을 들었다.

진달래에게 축하 메시지를 보낸 나윤희가 고개를 들었다.

"파우스트?"

배도빈이 어떤 곡을 작업하는지 구경하고자 다가갔던 나윤희가 깜짝 놀라고 말았다.

악보 가득 빼곡하게 배열된 기호에 눈을 동그랗게 떴다.

"바이올린 독주도 있나 봐."

"네. 2악장 마지막에 삽입할 거예요."

배도빈이 무심히 첫 페이지를 찾아 넘겨주었다.

Bae Dobean Violinsonate Nr. 13
Das ewig weibliche

"Das ewig weibliche?"

나윤희가 고개를 갸웃했다.

"파우스트 2막 끝머리에 나오는 단어예요."

"아, 불멸의 연인."

"그렇게 번역했더라고요."

배도빈이 목 근육을 풀며 말했다.

"여신 헬레네를 지칭하는 말이에요."

배도빈의 설명에 나윤희가 고개를 끄덕였다.

그의 말대로 단어 그대로 해석하면 영원한 여성이란 뜻이니 신적인 존재를 말하는 것 같았다.

"왜 굳이 불멸의 연인이라고 번역했을까?"

나윤희의 의문에 배도빈이 공감했다.

"내 말이요."

궁금함을 참지 못한 나윤희가 스마트폰을 펼쳐 검색하더니 이내 검색 결과를 읊기 시작했다.

"베토벤이 남긴 편지 중에 세 통이 Das ewig weibliche에게 보냈던 거래. 그때 사귀던 사람을 그렇게 불렀나 봐."

나윤희가 베토벤이 파우스트를 좋아했다는 것을 떠올리며 납득하는 한편 배도빈은 안면근육을 꿈틀거렸다.

"베토벤도 로맨틱한 면이 있었네. 그치?"

"……글쎄요."

배도빈의 심기가 몹시 불편해졌다.

파우스트와 베토벤, 불멸의 연인 그리고 동명의 바이올린 소나타.

오페라 〈파우스트〉에서 큰 역할을 담당하고 싶기도 했고 무엇보다 불멸의 연인이란 제목이 로맨틱해 보였다.

나윤희가 슬며시 물었다.

"이거 누가 연주해?"

"찰스요."

"아. ……좋아하시겠다."

내심 그가 자신에게 연주를 맡기지 않을까 기대했던 나윤희는 실망한 티를 내지 않으려 했지만 소용없었다.

배도빈이 고개를 돌려 나윤희를 살피곤 피식 웃었다.

"웃지 마."

나윤희가 말끝을 늘이며 무안함을 감췄다. 그에게 마음을 읽힌 듯해 부끄러웠다.

배도빈이 리프팅 테이블의 윗면을 들어 안쪽 수납공간에서 악보 한 부를 꺼냈다.

Bae Dobean Violinsonate Nr.14

Du bist so schön

너는 참으로 아름답구나(Du bist so schön)라는 제목의 또 다른 바이올린 소나타였다.

악보를 받아든 나윤희가 눈을 동그랗게 떴다. 멍하니 악보를 보다가 문득 고개를 들었다.

"정말?"

배도빈이 고개를 끄덕이자 나윤희의 얼굴이 환해졌다.

그 솔직한 반응에 배도빈도 기분이 좋아졌다. 꼼꼼히 악보를 살피는 그녀에게 무심히 고백했다.

"루트비히는 언젠가 영원한 사랑을 만날 수 있을 거라 믿었어요."

나윤희가 악보에서 시선을 떼 배도빈을 보았다.

"가족도 친구도 연인도. 더는 잃고 싶지 않았거든요. 그래서 사람에게 집착하게 되고 그 감정이 영원하리라 믿었죠."

"어떤 마음인지 알 것 같아."

나윤희가 누구에게도 사랑받지 못하고 무시당하기 일쑤였던 과거를 떠올리며 고개를 끄덕였다.

그랬기에 이승희, 유진희, 왕소소, 나카무라 료코, 베를린 필하모닉 그리고 배도빈이 소중했다.

"그러다 신분 차이 때문에 혹은 아주 사소한 다툼으로 연인을 떠나보내며 생각했죠. 저 사람은 내 사랑이 아니었던 거라고. 매번."

배도빈이 펜을 내려놓았다.

"그런데 시간이 지나니까 우습더라고요. 그들이 떠났다고 금세 바뀌는 마음이요."

배도빈은 말 사이에 잠시 간격을 두었다.

나윤희는 그가 이야기를 마칠 때까지 묵묵히 기다려주었다.

"결국 그들과 다르지 않았던 거예요. 영원한 사랑을 약속하고 바랐으면서 루트비히 본인도 그런 사랑을 주지도 갖지도 않았죠."

나윤희는 배도빈이 갑자기 왜 이런 말을 꺼냈는지 알 수 없었지만 그가 어떤 생각을 하는지 알고 싶었다.

"후회했던 걸까?"

배도빈이 천천히 고개를 저었다.

"당시에 할 수 있는 일은 모두 했으니까 그러진 않았을 거예요. 다만 계속 찾았겠죠."

"어떤?"

"남을 진심으로 사랑하는 법을요."

배도빈이 나윤희와 손을 포개었다.

"영원한 사랑을 바라기 전에, 누군가를 진심으로 위할 수 있게 될 날을 기다렸던 거예요."

배도빈은 타인을 진심으로 사랑할 수 있는 자신을 바라왔다.

모든 것은 거기서부터 시작이라고.

진정한 사랑이 무엇인지 배움으로써 조급하고 편협했던 과거와 멀어질 수 있었다.

나윤희가 그를 보다가 싱긋 웃었다.

"베토벤을 그렇게까지 생각할 줄은 몰랐어. 듣고 보니 정말 그런 거 같은데."

"많이 생각했죠."

배도빈도 피식 웃었다.

"그럼 베토벤이 아니라 배도빈은?"

피앙세의 질문에 배도빈이 눈을 깜빡였다.

"뭘요?"

"영원한 사랑이 있다고 생각해?"

"있어요."

배도빈은 확신에 차 답했다.

나윤희는 영원한 사랑이 있다고 말해주길 바랐으면서도 그의 대답을 의외라고 생각했다.

루트비히 반 베토벤을 말하던 배도빈이 마치 그에 동조하듯 설명한 탓이었다.

"어떻게 알아?"

"받고 있으니까."

나윤희의 얼굴이 빨갛게 달아올랐다.

배도빈이 눈치없이 이야기를 이어나갔다.

"어렸을 적부터 사랑받았어요. 부모님의 말 한 마디, 눈짓한 번에도 묻어나왔으니까요."

"아. 웅. 언, 아니, 어머님이랑 아버님 정말 다정하시니까."

배도빈이 나윤희를 빤히 바라보았다.

"왜 빨개졌어요?"

"아무것도 아니야."

나윤희가 고개를 숙였다.

배도빈이 그녀를 살피다가 배도빈이 불멸의 연인(Das ewig weibliche) 소나타 악보를 들어 보였다.

"이건 그런 사랑을 생각하며 쓴 곡이에요. 자식을 향한 부모의 사랑. 부모를 향한 자식의 사랑. 그런 맹목적 사랑. 헬레네란 좋은 소재로 표현할 수 있겠더라고요."

배도빈이 눈을 가늘게 뜨고 악보를 살핀 뒤 입을 열었다.

"교회 음악 같은 느낌을 냈는데, 찰스가 잘 표현할 것 같아요."

나윤희가 고개를 끄덕였다.

기품 있고 웅장한.

그러면서도 자애로운 소나타에 찰스 브라움보다 어울리는 바이올리니스트는 없었다.

"그리고 그건."

배도빈이 그의 피앙세가 들고 있는 14번째 바이올린 소나타를 보며 말했다.

"내가 보는 누나예요. 잘 어울릴 거라 생각해요."

배도빈은 과거의 '그녀'를 지칭했던 말로 나윤희를 부를 수 없었다.

나윤희에게도 그녀에게도 있을 수 없는 일이었다.

비록 서로를 진정 사랑하지 않았단 걸 깨달은 지금, 예의만을 갖출 뿐이었다.

더욱이 사랑해 마지않는.

영원한 사랑을 받음으로써 타인을 진정 사랑할 수 있게 된 그의 마음을 모조리 앗아간 나윤희에게 타인을 지칭했던 말을, 그런 제목의 소나타를 주고 싶지 않았다.

해서 〈파우스트〉 2악장의 마지막을 장식할, 헬레네의 자애로움을 표현할 곡과 연주자는 처음부터 찰스 브라움으로 생각해 두고 있었다.

그리고 시도 때도 없이 넘쳐흐르고 샘솟는 사랑을 가득 담아 새 소나타를 만들었다.

그것이 〈파우스트〉를 관통하는 가장 중요한 대사.

'멈춰라! 너는 정말로 아름답구나!(Verweile doch! du bist so schön!)'에서 제목을 따온 14번 소나타였다.

고뇌 끝에 진실을 깨달은 하인리히 파우스트의 외침이, 그가 바라던 이상향이 그녀를 연상시킨 탓이었다.

난데없이 고백받은 나윤희가 또 행복에 겨워 몸을 비틀었다.

"왜 그래요?"

"……어디서 그런 말을 자꾸 배워오는 거야."

배도빈이 미소 지으며 나윤희에게 다가갔다.

진달래의 방해로 이어지지 못했던 일이 다시금 분위기를 잡았다.

"형! 형!"

벌컥-

때마침 배도진이 인정사정없이 문을 열어젖혔고 배도빈과 나윤희는 황급히 떨어졌다.

배도진이 천진난만하게 물었다.

"뭐 하고 있었어?"

"……왜."

배도빈이 화를 억누르며 물었다.

"봐봐! 나 다리에 털 났어!"

배도진이 바지를 걷어 올려 다리를 보였다. 배도빈과 나윤희는 황당하기도 하고 귀엽기도 해서 허탈하게 웃어 버렸다.

"그래. 다 컸네."

"이제 푸르트벵글러 할아버지 머리도 낫게 할 수 있어! 노이어 할아버지도! 디스카우 아저씨도!"

배도진의 외침에 배도빈과 나윤희가 잠시 굳어버렸다.

"……그게 무슨 말이야?"

"이거!"

배도진이 작은 플라스틱 통을 자랑스레 꺼냈다.

잠시 상황을 파악하던 배도빈이 눈을 크게 뜨고 소리쳤다.

"그걸 다리에 발랐어?"

"응!"

배도빈이 눈을 깜빡이다가 동생의 바지를 더 걷었다.

귀여운 수준이었던 종아리와 달리, 무릎에는 털이 비정상적으로 수북했다.

배도빈도 나윤희도 깜짝 놀라고 말았다.

"멋지지!"

"부작용이라도 있으면 어쩌려고! 임상 중이라며!"

배도빈이 드물게 화를 냈다.

형에게 자랑하고 싶어 달려왔던 배도진이 놀라서 울먹이기 시작했다.

"끕. 끕."

"뭘 잘했다고 울어! 이리 와. 병원부터 가자."

"끄아아아아앙!"

배도빈이 배도진을 데리고 나섰고 나윤희가 배도진을 달랬다.

"도진아, 괜찮아. 형이 도진이 걱정해서 그러는 거야."

"끄아우으아앙."

"달래지 말아요. 잘못한 건 알아야 해요."

"끄아아앙!"

"안 그쳐!"

"아아아앙!"

형에게 혼난 적은 처음이라 배도진은 진정할 수 없었다. 잔뜩 칭찬받을 것을 기대했던 탓에 서러움이 폭발하고 말았다.

배도진이 주저앉아 통곡하자 배도빈이 아예 동생을 들어버렸다.

"형이 분명히 말했지! 실험은 해도 네 몸에 하면 안 된다고! 겁도 없이 무슨 짓이야!"

"아아악아악각악!"

다그칠수록 배도진은 더 크게 울었다. 배도빈 저택이 떠나갈 듯한 목청에 깜짝 놀란 진달래, 유진희, 집사가 밖으로 나왔다.

"무슨 일이니? 응?"

"이 녀석이 지 다리에 약을 발랐다잖아요."

배도빈이 배도진의 다리를 걷어 털이 난 걸 보였다.

진달래와 집사가 깜짝 놀랐다.

그때 배도진이 소리쳤다.

"허락받았단 말이야! 연구실 아저씨들이 이제 써도 된다고 했단 말이야아아아아앙!"

"어디서 거짓말을 해! 형이 그렇게 가르쳤어!"

"끄어억. 엄마아아."

"호흥흐흐. 도진아, 엄마한테 와. 도빈아, 도진이 괜찮아."

유진희가 팔을 벌리자 배도진이 몸부림을 쳐 배도빈에게서 탈출, 엄마에게 달려가 안겼다.

엄마의 품속에서 서럽게도 울었다.

"그러니까 그걸 왜 다리에 발라. 많이도 발랐네."

"끄으으윽. 나도 아빠랑 형처럼 끄응."

"그래. 그래."

잔뜩 흥분했던 배도빈이 어머니와 동생을 보며 혼란스러워하던 중 유진희가 웃으며 말했다.

"식약청에서 승인되었다고 연락 왔어. 너한테 자랑하고 싶었나 봐. 그치, 도진아?"

"끄아아아아아앙! 형 미워!"

배도진이 크게 소리친 뒤 엄마의 품속으로 더욱 파고들었다.

"……"

고도로 발달한 현대 사회가 정복해내지 못한 미지의 영역.

전 세계 3억 7,320만 명의 탈모인들의 염원을 이뤄냈다니.

배도빈은 쉽게 믿을 수 없었다.

"정말이에요?"

"응. 하반기부터 판매한대. 시판 후에도 임상은 이어지는데, 일단은 괜찮은 것 같아."

배도빈이 천천히 엄마 품에 안긴 동생에게 다가갔다.

손을 뿌리치는 게 단단히 삐진 듯했다.

"도진아."

배도진은 대답하지 않았다.

"도진아. 형이 몰랐어. 미안해."

"미워!"

"내일 형이랑 놀러 갈래? 놀이공원 가자."

"……진짜?"

배도진이 얼굴을 빼꼼 내밀었다.

"진짜."

"……디자인랜드."

가까운 유원지를 생각했던 배도빈이 잠시 망설였다.

가장 가까운 디자인랜드라고 해도 국경을 넘어 파리까지 가야 했다.

"끄우으."

그러나 이내 배도진이 다시 울려 했고 더는 고민할 시간이 없었다.

"그래. 가자. 디자인랜드."

"……햄버거랑 콜라도."

이 기회에 1년에 한 번 먹을까 말까 한 햄버거랑 콜라를 요구했지만 배도진의 협상은 거기까지였다.

"안 돼. 디자인랜드로 끝."

가족 중 가장 무서운 엄마가 안 된다고 하자 일찌감치 포기한 배도진이 눈물을 닦았다.

배도빈이 동생의 머리를 흩트리며 칭찬했다.

"잘했어."

"나 멋있어?"

"그래. 멋있어."

형의 칭찬에 배도진의 얼굴에 함박웃음이 가득 차올랐다.

6악장

인류의 희망

["인류가 희망을 얻다" WH라이프 탈모제 특효 입증!]

어제 WH라이프 연구진이 개발한 탈모 특효약 '비단'이 3상 시험을 통과해 하반기 시판을 앞두고 있다.

WH라이프 김우혁 연구소장이 밝히길 발모제 비단은 모낭을 재생시키며 호르몬 등 신체에 부작용이 없는 것이 특징이라고 한다.

그러나 하반기 출시를 앞둔 '비단'이 안전하다고 판단된 것은 아니다.

여러 약품이 출시 후 4상 시험에서 판매 중지되었으며, '비단'도 엄격한 기준에서 예외일 수는 없다.

한편 분자생물학계에서는 WH라이프 연구원 배도진의 성과가 모낭뿐 아니라 신체 여러 곳에 활용될 수 있음을 시사했다.

인류의 건강과 삶의 질을 높이기 위해 설립된 WH라이프의 첫 성과가 가시화되었다.

연이어 쏟아진 후속 기사는 WH라이프가 개발한 발모제를 높이 평가했다.

뒤이어 전문가들도 긍정적인 의견을 내놓자 WH라이프 주가는 이틀 연속 장중 상한가를 쳤다.

2028년 기준 전 세계 3억 명이 넘는 탈모인들은 독일과 미국, 한국 식약청에서 동시에 임상을 진행한 발모제 '비단'에 희망을 걸었다.

WH라이프는 그 전부터 준비해 오던 제품 출시에 박차를 가했고.

연구원 배도진이 강력히 추천한 두 사람과 홍보모델 계약 관련 미팅을 진행 중이었다.

"비단은 이미 여러 기준을 통과하여 효과를 입증받았습니다. 큰 관심을 받는 만큼 WH라이프에서도 자체적으로 엄격한 기준을 적용했고요. 탈모 환자들의 희망이라고 자신합니다."

소파에 오른팔을 걸친 채 박종호 전략마케팅팀장의 설명을 듣던 가우왕이 그의 말을 잘랐다.

몹시 언짢은 기색을 조금도 숨기지 않았다.

"복잡한 말 필요 없고. 그 발모제를 홍보해 달라 이 말 아닙니까."

"하하. 맞습니다."

박종호 팀장이 넉살 좋게 답하자 가우왕의 이마에 핏줄이 돋아났다.

"그러니까 그걸 왜 나한테 말하냐고. 여기 이 인간이면 몰라도."

평소 같았으면 가우왕의 건방진 발언에 역정을 냈을 테지만.

이미 비단에 혼을 빼앗긴 마누엘 노이어의 귀에 가우왕의 헛소리가 들어올 리 만무했다.

마누엘 노이어가 박종호 팀장에게 물었다.

"홍보하는 거야 좋은데 먼저 괜찮은지 좀 써 봐야 하지 않나 싶네요."

"물론이죠."

박종호 팀장이 눈치를 주자 동행한 팀원이 테이블에 '비단'을 올려두었다.

마누엘 노이어의 눈이 탐욕으로 차올랐다.

그가 이미 틀렸음을 확인한 가우왕이 일어섰다.

"아무튼 난 일 없으니 이야기 잘들 나누쇼."

"가우왕 씨."

박종호 팀장이 일어서 가우왕을 불러세웠다.

그가 고개를 돌리자, 박종호 팀장이 사원일 적 다년간 클라이언트와 고객을 설득했던 경험을 발휘했다.

"탈모는 부끄러운 게 아닙니다."

가우왕이 눈을 부라리며 박종호를 노려보았다.

"탈모. 아니라고요."

"저를 속일 순 있지만 본인을 속일 순 없죠."

"뭐라고?"

가우왕이 당장에라도 주먹을 날릴 듯 다가갔지만 박종호는 물러서지 않았다.

대신 손을 머리로 가져갔다.

가발이 벗겨지고 그의 맨들맨들한 두피가 드러난 순간 가우왕의 화가 다소 누그러졌다.

"……."

"저는 압니다. 이 고통을 알아서, 저희 연구진이 개발한 발모제를 가능한 많은 사람에게 알리고 싶습니다."

가우왕이 박종호 팀장을 노려보았다.

확신에 찬 그의 눈빛은 가우왕을 조금도 피하지 않았다. 당당하게 직시했다.

"이 약이. 이 비단이 정말 우리를 구원으로 이끌 것이기에 말씀드리는 겁니다. 더 많은 사람에게 믿음과 희망을 주기 위해 말씀드립니다."

박종호 팀장이 고개를 숙였다.

"도와주십시오. 가우왕 씨의 도움이 필요합니다."

가우왕이 망설이자 노이어가 그를 달랬다.

"왕, 이건 우리 모두의 일이라고. 모든 사람이 너처럼 머리를 심을 수 없어."

"시끄러워."

가우왕이 혀를 차곤 다시 앉았다. 반복해 고민하고 망설인 끝에야 선심 쓰듯 말했다.

"꼬맹이 때문에 하는 거야."

"감사합니다."

박종호 팀장이 시원하게 답하자 마누엘 노이어가 속으로 감탄했다.

'누가 물주인지 모르겠네.'

1년간 홍보모델로 큰돈을 벌 기회를 단호히 거절하려 했던 가우왕도 대단했고.

그렇게 건방진 가우왕을 설득한 박종호 팀장의 영업력과 반들반들한 두피도 대단했다.

'뭐, 어찌 되든 좋지만.'

생각을 마친 마누엘 노이어는 귀가하자마자 오늘 받은 비단을 곧장 발라보리라 마음먹었다.

[배도빈입니다]

안녕하세요. 배도빈입니다.

입대와 관련한 입장을 밝히고 지난날 여러분께 드린 약속을 지키고 자 인사드립니다.

우선 현역 입대가 불가능해졌음을 알려드립니다. 병무청의 요청에 따라 총 네 번의 검사를 받았으며 후유증이 재발할 수 있음을 확인하였습니다.

대한민국 국민으로서 권리와 명예를 다하지 못해 부끄럽습니다.

국방 의무를 다하신 분, 지금도 이행하고 계신 분들과 마음만이라도 함께하고자 가능한 영역에서 손을 보태려 합니다.

베를린 기준 오늘 14시 대한민국 육군, 해군, 공군에 작은 성의를 전달했고 추가적인 지원 방법을 논의 중입니다.

국가 방위에 힘쓰는 군인 장병 여러분께 항상 감사한 마음을 간직하겠습니다.

다음은 여러분께 드린 약속을 지키고자 합니다.

지난 일요일, 베를린 필하모닉 나윤희 악장과 서로의 마음을 확인하였습니다.

몇 년간 함께하며 자연스레 생긴 마음이 무엇보다 저를 행복하게 합니다.

힘차게 노래하는 바이올리니스트로서도, 용기 있고 현명하며 아름 다운 여성으로서도 깊이 사랑합니다.

축복해 주실 분도 서운해하실 분도 있을 테죠.

어떻게 생각하시든 짧게는 하루, 길게는 20년간 응원해 주신 여러분께 항상 감사합니다.

배도빈 팬 카페 콩깍지를 비롯하여 독일, 프랑스, 일본, 미국 팬 카페에 배도빈의 입장문이 게시되었다.

지지와 반대 여론을 떠나 대부분 예상했다는 반응이었다.

└이럴 줄 알았어ㅠㅠㅠ

└첨 봤을 때는 말도 제대로 못 했는데 이제 연애도 하네. 하, 세월.

└마왕님 연애하신다!

└솔직히 둘이 너무 잘 어울림.

└그 전부터 만났던 거 아냐?

└놀라서 기사 찾아봤는데 아직 뜬 거 없네. 진짜 여기에 젤 먼저 썼나 봐.

└약속 잘 지키는 우리 마왕님.

└나윤희 양심 좀 있어라. 어떻게 9살 차이 나는 애를…….

└여기 비하나 모욕 발언 금지임.

└내가 욕이라도 씀?

└누가 너보고 양심 좀 있으라고 하면 기분 좋아? 비속어가 들어가야 욕이야?

└방금 제목만 붙은 기사 올라옴ㅋ

└도빈아아아아ㅠㅠㅠㅠ 누나는 너 못 보내ㅠㅠㅠㅠ

└**[마왕님] 핸드크림 잘 쓰고 있어요.**

└헐. 도빈이가 답글 달았어.

└미쳤다

└가짜 아님?

└저분 매년 조공 인증하더니 도빈이도 기억하나 보네. 부럽다.

└안 돼ㅠㅠㅠ 핸드크림 100개씩 보낼 테니까 그러지 마ㅠ

└**[마왕님] 100개나 필요 없어요.**

└ㅋㅋㅋㅋㅋㅋㅋㅋㅋㅋ단호핵

└배도빈 맞넼ㅋㅋㅋ

└안 돼ㅠ 결혼은 하지 마ㅠ 결혼은 안 돼ㅠ

└**[마왕님] 저번에 보낸 편지에 결혼하셨다면서요.**

└헐. 진짜 편지 다 읽나 봐.

└응응 ㅠㅠㅠㅠ 아 나 미치겠다. 지금 이거 꿈 아니지? 도빈이가 답글 달아주고 편지도 기억하고 선물도 언급해 주고ㅠㅠ

└**[마왕님] 결혼 축하해요.**

└**[마왕님] 다른 분들도 기억합니다. 매번 사진 찍어 주시는 분도 편지 모아서 보내주신 분도, 그 편지 써 주신 분 모두요.**

└**[마왕님] 축하받고 축하하고 싶어서 들렸어요. 다들 남자친구, 여자친구, 결혼 축하해요.**

└**[마왕님] 다음 공연에서 또 같이 놀아요.**

└그런 거 안 키우는데.

└그런 거 다 있는 것처럼 말하면 안 돼ㅠ

└고마워요ㅠㅠㅠ 저도 축하해요. 그렇게 말하는데 어떻게 안 축하해요 ㅠㅠㅠㅠ

└나간 듯?

└아니……. 갑자기 이렇게 뼈 때리고 가면 어떡해.

└괜찮아. 아직 안 태어나서 그렇지 태어나기만 하면 나도 바로 연애할 것.

20년이나 활동한 만큼 배도빈의 팬층은 여러 연령대를 아울렀다.

특히나 배도빈이 처음 주목받았을 당시 10대, 20대였던 사람들은 어느덧 직장에 안정적으로 자리 잡은 경우가 많았다.

부모가 된 경우도 있었다.

배도빈은 나윤희를 욕하지 말아 달라는 부탁을 그들을 축복하는 것으로 대신했고.

팬들도 그 마음을 이해했다.

다음 공연에서도 같이 놀자는 말로 그들과의 연결고리가 여전히 굳건함을 알렸기에 응원할 수밖에 없었다.

음악으로 소통하는 관계.

배도빈이 무대에 오르는 한.

팬들이 공연장을 찾는 한 그 관계가 깨질 리 없었다.

모든 팬이 납득하진 않았지만 적어도 진솔한 모습을 보인 덕에 많은 사람이 배도빈과 나윤희를 응원하고 나섰다.

두 사람은 나란히 앉아 쉼 없이 올라오는 글을 보며 미소 지었다.

"다행이다."

일단 안도한 나윤희가 핸드폰을 접으려 할 때 배도빈의 눈에 이상한 광고창이 들어왔다.

"잠깐만요."

"응?"

배도빈이 눈을 의심하며 화면을 올렸다.

아니나 다를까.

'찰빈마마 vs 왕빈마마 3차전'이라는 제목이 눈길을 끌었다.

"뭔 말이지?"

"……안 보는 게 좋을 것 같아."

소싯적 팬 활동을 제법 해봤던 나윤희는 본능적으로 배도빈이 봐선 안 될 게시글 같다고 느꼈다.

"찰? 왕? 이거 찰스랑 가우왕 말하는 거죠?"

나윤희가 말리기도 전에 배도빈이 제목을 터치했고 눈을 크게 떴다.

나윤희도 놀라긴 마찬가지였다.

그녀가 예상했던 게시물은 아니었지만 침대 위에서 우아함을 뽐내는 찰스 브라움과 그 문구에 놀라지 않을 수 없었다.

입을 벌린 채 눈을 깜빡이던 배도빈이 화면을 내리자 이번에는 인터넷 신문 기사를 볼 수 있었다.

[비단 대대적 홍보 시작! 모델은 가우왕]

[가우왕, "탈모 아니라고."]

[비단 첫 홍보모델에 가우왕, 마누엘 노이어]

WH라이프는 지난 21일, 피아니스트 가우왕과 바수니스트 마누엘 노이어와 모델 계약을 체결했다고 밝혔다.

WH라이프는 하반기 출시가 예정된 발모제 비단이 글로벌 사회에 큰 힘을 줄 수 있다며, 가우왕과 마누엘 노이어가 큰 힘이 되어줄 거라고 덧붙였다.

지난날 극심한 스트레스로 탈모를 겪었던 가우왕 씨가 탈모가 지속되었음을 밝힌 것은 처음 있는 일이다.

    └세상엑ㅋㅋㅋㅋㅋ뭔가 했더니 주접대전ㅋㅋㅋㅋㅋㅋ

    └아, 연재 중인 만화 아니었네.

    └헐! 왕자님 왤케 멋있게 나왔어

    └찰스 처음엔 화내더니 공익 위해서 모델도 하네. 진짜 리스펙트.

    └아닠ㅋㅋㅋㅋ탈모 아니라면서 왜 발모제 모델 하는뎈ㅋㅋㅋㅋ

    └진짜 얘들 음악 안 했어도 예능으로 성공했을 듯ㅋㅋㅋㅋㅋ

    └찰스가 인물은 인물이다. 마흔이 넘었는데 진짜 존잘이네.

    가장 아끼는 두 단원의 이해할 수 없는 행동과 팬들의 반응을 확인한 배도빈이 핸드폰을 내려놓았다.

    악단 안에서만 두기에 두 사람의 능력이 너무나 아까웠던 터라 외부 활동에 제약을 걸지 않았던 것을 후회했다.

[배도빈, 800억 원 통 큰 기부!]

    오늘 오전 10시 국방부가 음악가 배도빈이 800억 원을 기부했음을 밝혔다.

    국방부 대변인은 현역 입대가 불가능한 배도빈 씨가 장병들의 생활

개선 및 복지에 써 달라는 뜻으로 기부금을 전달했다며 소식을 전했다.

이어 배도빈 씨가 액수를 밝히길 꺼렸지만 너무나 큰 금액이고 나라를 사랑하는 마음을 알리고자 논의 후 발표하게 되었음을 덧붙였다.

한편 이준경 국방부 장관은 배도빈 씨의 마음이 헛된 곳에 쓰이지 않을 것이며, 기부금 사용처와 내용을 빠짐없이 공개하겠다고 밝혔다.

이른 아침.

유력 일간지 헤드라인과 각 방송국 아침 뉴스는 모두 배도빈의 기부로 꾸며졌다.

민간인이 국방부에 기부하는 일이 드물진 않았으나 800억 원이라는 천문학적인 액수에 경악하지 않을 수 없었다.

└마왕 클라스 미쳤고요

└F35 전투기도 사겠네;;

└2020년에 대당 7,100만 달러 주고 샀으니까 진짜 전투기 값이 넼ㅋㅋㅋㅋㅋ

└800억 지렸고요.

└좋아하던 팬티였는데…….

└현역 간다고 언플하더니 결국 돈으로 해결하네ㅋ

└너 팔아도 전투기 유리값도 안 나옴.

└난 왜 불안하냐. 저 돈 이상한데 쓰일 것 같아 ㅠㅠ

└예전이면 몰라도 지금은 그런 거 안 되지. 국방 관련 범죄는 무조건 법정 최고형량이고 기무사도 완전히 독립 개편됨.

└사용 내역 다 공개한다잖아.

└배도빈한테 800억이 돈이겠어?

└경제관념하곤ㅋㅋㅋㅋㅋㅋㅋ 아랍에미리트 왕자한테도 800억 원은 커ㅋㅋㅋ

└진짜 마음 크게 먹었네.

└안 돼……. 예전엔 그래도 키라도 작고 군대라도 안 갔는데 이래 버리면…….

└괜찮아. 너도 눈 두 개 코 하나일 거 아냐. 배도빈하고 다를 거 없음.

배도빈과 최지훈의 입대 의지 표명.

그의 눈이 아직 다 낫지 않은 점.

현역으로 입대하게 생긴 최지훈.

배도빈이 바이올리니스트 나윤희와 연애를 시작했다는 소식과 찰스 브라움의 공익광고, 가우왕의 발모제 홍보 모델 발탁.

거기에 배도빈의 통 큰 기부까지 클래식 음악계가 한시도 쉬지 않고 시끌벅적하던 중.

세계인이 가장 주목한 일은 WH라이프가 개발한 신약이었다.

'비단'은 배도빈 외 그 누구도 얻지 못했던 인류의 희망이란 타이틀이 붙으며 탈모인들의 애간장을 녹였다.

얼마나 효과적인지, 대체 언제 출시하는지 WH라이프는 고객과 기자들의 질문 세례에 대응하느라 분주했고.

당연하게도 그 과정에서 핵심 기술을 고안해낸 천재 배도진에게 관심이 쏠렸다.

유장혁 회장의 외손자인 만큼 WH라이프 생명연구소에서 일하는 정도는 이해할 수 있었지만.

만 10세에 불과한 배도진이 대체 어떻게 비단의 핵심 기술을 고안해낼 수 있었는지는 의문이었다.

배도진을 단순히 배도빈의 동생이라고만 인식하고 있던 사람들은 새롭게 알려진 정보에 긴가민가했다.

[배도빈 동생, 일찍이 천재였다]

베를린 필하모닉 악단주 배도빈의 동생 배도진이 최근 화두에 오르고 있다.

WH라이프가 개발한 발모제 비단의 핵심 기술을 고안했다는 사실이 알려진 탓이다.

그렇다면 2017년생, 올해 생일이 지나며 만 10세에 불과한 배도진은 어떻게 WH라이프의 연구원이 될 수 있었을까.

배도진이 언론에 처음 언급된 것은 2023년 베를린 대학 물리학과에 입학했을 때다.

당시 만 6세의 배도진은 2022년 한 차례 대학 입시에 떨어진 경험을 원동력 삼아 이듬해 베를린 대학 물리학과에 입학한다.

2024년 돌연 분자생물학과를 복수 전공하는데 그 이유는 배도빈의 개인 SNS에서 찾아볼 수 있다.

'도진이가 푸르트벵글러의 머리카락을 고쳐 준다고 했다. 그때까지 푸르트벵글러가 살아 있을까. 크노퍼스부터 압수해야겠다.'

-배도빈 페이스노트 中-

위 게시물처럼 친형인 배도빈조차 배도진이 고작 6년 만에 탈모 치료제를 만들 거라고는 생각지 못한 듯하다.

그러나 베를린 대학에서는 일찍이 그의 천재성을 인정하고 있던 정황이 제보되었다.

베를린 대학 분자생물학과 브라운 호퍼 과장 교수는 두 학기 내내 최하위 성적을 내던 배도진이 세 번째 학기부터는 단 한 번도 수석을 놓친 적이 없다며 그의 천재성은 움직일 수 없는 사실이라고 말했다.

브라운 호퍼 교수는 현재 WH라이프 연구소장으로 겸직하고 있으며 배도진을 6년째 지도하고 있다.

배도진의 대학 성적 및 논문 그리고 학계 권위자들의 증언이 알려지면서 대중은 더욱 배도빈 일가를 이해할 수 없게 되었다.

└10살 때 베를린 대학 분자생물학과를 졸업했다고? 수석으로?
└어떻게 된 집안이야;;

└이건 좀 말이 안 되는데. 음악이야 어렸을 적부터 재능 보이는 사람이 많다지만 이공계 쪽에서 그럴 수가 있나?

└음악에도 많음? 배도빈밖에 없는 줄 알았는데.

└ㅇㅇ 빌헬름 푸르트벵글러는 성인 되기 전부터 지휘하고 다녔음.

└크리스틴 지메르만도 18살에 쇼팽에서 만장일치로 우승했지. 지메르만 최연소 우승 기록 깬 건 배도빈이랑 최지훈뿐인데 무려 40년 뒤에 깨진 거야.

└다니엘 바렌보임은 7살에 연주회 열었음ㅋㅋㅋㅋ

└근데 어렸을 적부터 유명했던 사람은 진짜 많아. 보통 4살, 5살 때부터 피아노 배우고 함. 10살 때 어디 오케스트라랑 협연 이런 기록도 많고.

└그래도 배도빈 4살은 이해하기 힘든데.

└그분은 개중에도 특별하신 분.

└이거 부정 아니냐? 상식적으로 6살에 대학 입학하고 복수전공까지 하다가 10살에 졸업하는 게 말이 되냐고.

└그렇게 의심하는 것도 무리는 아니지. 근데 이미 성적표나 논문 같은 증거가 다 나옴.

└조작일지 누가 알아. WH그룹 회장 손자인데.

└꼭 이런 놈들 있더라.

└쟤들은 그냥 믿고 싶은 것만 믿으니까 암만 증거 보여줘도 효과 없음.

└진짜 저런 애들 지긋지긋하다.

└20년이나 관리했는데도 모르는 애들이 많네. 진짜 조심해. 배도

빈 가족한테 악플 달았다가 벌금 받았다는 인증 엄청 있어.

　　┗난 그런 거에 안 쫄아.

　　┗아직 어린 거 같은데 범죄를 망설이지 않는 건 멋지지 않아. 멍청한 거야.

　　┗다른 정황이 없으면 의심할 수도 있겠지만 이미 대학이나 같이 일하는 사람들이 다 증명했구만 뭘 더 의심해.

　　┗애초에 배도진이 의심받을까 봐 유장혁이랑 배도빈이 미리 기사 풀었을지도 모르지.

　　┗응. 그랬을지도 모르겠다. 너 같은 인간 때문에.

맑디맑은 하늘 아래 치솟은 궁전에 배도진, 차채은, 최지훈, 진달래, 프란츠 페터, 알베르트 페터, 산타 웨인, 죠엘 웨인이 눈을 빛냈다.

뾰족한 푸른 지붕과 성 이곳저곳에 높이 쌓인 탑까지.

판타지를 지양하는 고딕 양식의 성은 디자인 애니메이션에 나오는 모습 그대로였다.

"우와아아아아아!"

"사진!"

"형! 저기 버즈! 버즈 라이트세컨드!"

"헤힛!"

디자인랜드에 도착하자마자 발을 동동 구르는 아이들을 보는 배도빈의 입가에 작은 미소가 어렸다.

항상 단정하고 차분했던 죠엘 웨인마저 감격한 나머지 동생과 여기저기 구경하기 바빴다.

"죠엘도 좋아할 줄은 몰랐어요."

"응?"

배도빈은 제법 들뜬 나윤희를 보고 웃었다.

아이들처럼 소리를 지르거나 뛰어다니진 않았지만 생기 넘치는 눈빛과 벅찬 표정만으로도 그녀가 얼마나 기뻐하는지 알 수 있었다.

"놀이공원 좋아해요?"

"디자인랜드잖아!"

나윤희가 잔뜩 상기된 목소리로 힘차게 답했다.

그녀의 말대로 디자인랜드는 어쩔 수 없었다.

전 세계 모든 아이의 꿈.

그리고 아이였던 모든 어른이 꿈꾸었던 디자인랜드.

1997년생인 나윤희도 'Let me up'을 듣고 부르며 자랐고, 토이 사가 4편을 본 뒤 1편부터 찾아서 보았다.

"아항항학학항!"

"알! 천천히 가!"

"빨리 와!"

노먼 감독과의 강행군에서 잠시 벗어난 프란츠 페터도 동생을 말리는 걸 포기하고 즐기기 시작했다.

"형! 나 저기! 저기 가고 싶어!"

배도진이 달려와 형의 옷자락을 잡아당겼다.

쥐돌이 모양의 구조물에는 월드 디자인 스튜디오라는 문구가 적혀 있었다.

"저기가 뭔데?"

"맥스 테마 캠퍼스랑! 스타피스랑! 얼음왕국이랑! 또! 호수랑! 어, 또! 어트랙션이랑!"

배도진이 허겁지겁 설명했지만 배도빈은 동생의 말을 조금도 이해할 수 없었다.

"알았어. 잠깐만."

"누냐, 쩌기."

"어디? 저기?"

산타 웨인도 붉고 푸른 돌과 그 위의 수풀로 미로처럼 이루어진 공원을 가리켰다.

배도빈이 동생을 잡아두고 주변에 말했다.

"다들 잠깐 모여 봐."

배도빈이 아이들을 불렀지만 흥분할 대로 흥분한 아이들이 통솔될 리 없었다.

배도빈이 한숨을 내쉬고 입을 열었다.

"말 안 들으면 돌아갈 거야."

모이라는 말은 귓등으로도 듣지 않았던 아이들이 후다닥 달려왔다.

근질대는 모습을 보아하니 그들의 집중력이 얼마 못 버틸 것 같았다.

"형, 누나하고 떨어지면 안 돼. 이유는 프란츠가 잘 알겠지?"

이탈리아에서 길을 잃었던 프란츠가 고개를 숙였다.

"파크부터 가고 싶은 사람 있어?"

"저요!"

진달래, 차채은, 페터 형제가 손을 번쩍 들었다.

아이들 인솔을 위해 데려온 차채은과 진달래마저 신을 내니 배도빈은 어이가 없었다.

"내가! 내가 데려갈게!"

진달래와 차채은이 페터 형제를 끌고 달리자 최지훈이 웃으며 말했다.

"나도 저쪽에 붙을게."

"너라도."

배도빈이 가장 신뢰하는 최지훈에게 너라도 아이들을 잘 보살펴 달라고 부탁하기도 전에 최지훈이 달려갔다.

"……괜찮겠지."

배도빈은 괜찮을 거라고 스스로 최면을 걸며 웨인 남매와 배도진 그리고 피앙세와 함께했다.

월드 디자인 스튜디오 파크로 향하길 얼마간. 곧 터콰이즈 색상의 거대한 문이 시야에 들어왔다.

내부로 들어서자 배도진과 산타, 죠엘, 나윤희의 가슴이 쿵쿵 뛰었다.

분명 건물 안으로 들어섰는데 마치 만화영화에 나오는 도시 한복판에 이른 듯했다.

네온사인으로 빛나는 간판이 이국적이고 판타지스러운 건물로 발길을 이끌었고.

대형 건물 안에 있는 기념품을 팔기도, 음식을 팔기도 하는 작은 상점들에 일행은 혼을 빼앗기고 말았다.

"형, 나 저거 사 줘!"

"들고 다니기 힘들잖아. 나갈 때 사."

"으으으응. 지그음. 내가 들고 다닐게. 응?"

"안 돼."

배도진이 울먹이려고 하자 나윤희가 소년과 산타의 머리에 머리띠를 씌워 주었다.

금세 기분이 좋아진 배도진과 산타가 손을 잡고 뛰기 시작했고 나윤희에게 인사한 죠엘이 황급히 뒤를 쫓았다.

배도빈은 고개를 절레절레 흔들면서 어쩔 수 없다는 듯 웃었다.

♪

배도진이 기관사 복장을 한 직원에게 물었다.

"아저씨! 이거 재밌어요?"

배도진의 말에 직원은 그저 웃을 뿐이었다.

죠엘이 나서서 통역해 주었다.

"그럼. 하지만 무서워서 용감하지 않은 친구는 타기 어렵지."

"저 용감해요! 그치, 산타 형!"

"헿. 응. 도진이 용감해."

배도진과 산타 웨인이 몸을 들썩이며 안달했다.

그 모습을 흐뭇하게 지켜보던 직원이 배도빈과 나윤희를 알아보곤 깜짝 놀랐다.

배도빈은 그에게 눈인사를 건넸고 그를 발견한 여러 사람과 같이, 가족과 휴가를 즐기는 그를 방해하지 않았다.

대기실은 고풍스러운 호텔 내부처럼 꾸며져 있었다.

베이지색 벽과 짙은 갈색 바탕의 카펫을 은은한 조명이 비추었다. 곳곳에 조각품과 소파 등이 놓여 그것을 구경하는 것만으로도 눈이 즐거웠다.

당장 놀이기구를 타고 싶었던 배도진과 산타 웨인도 내부를 구경하며 재잘대느라 시간 가는 줄 몰랐다.

그 모습을 지켜보던 죠엘 웨인이 배도빈에게 거듭 인사했다.

"정말 감사합니다."

"별일 아니에요."

"별일이에요. 저도 정말 와 보고 싶었거든요."

죠엘 웨인의 목소리에 진심이 담겨 있었다.

"도진이도 친구들이랑 같이 오는 게 더 좋다고 했으니까 부담 느끼지 말아요. 죠엘이 있어서 편하기도 하고."

"감사합니다."

죠엘이 장식품에 손을 대려는 산타와 배도진을 말리러 가자 나윤희가 입을 열었다.

"데려오길 잘한 것 같아."

"그러게요."

산타와 함께 배도진의 얼굴에선 한시도 웃음이 떠나질 않았다.

"어릴 땐 친구도 없이 어쩌나 싶었는데."

배도빈이 동생을 바라보다가 문득 고개를 돌렸다.

피앙세가 웃고 있었다.

"왜요?"

"어머님 생각이 나서."

배도빈이 이해하지 못하자 나윤희가 이야기를 좀 더 풀었다.

"너 어렸을 때 그런 걱정 많이 하셨대. 너무 특별해서 친구

사귈 환경도 마땅치 않은데 성격도 나빠서."

배도빈이 눈썹을 찌푸렸다.

과거와 비교하면 나름대로 부드럽게 살아왔다고 생각하는 그로서는 받아들이기 어려운 말이었다.

"그래도 지훈이나 채은이, 달래, 아리엘처럼 친구도 사귀니까 안심하셨대. 도진이는 성격도 밝으니까 문제없을 거라고."

"다 좋은데 거기에 얀스가 왜 들어가요?"

"아니야?"

"아니에요."

나윤희는 두 사람이 닮았다고 생각했다. 외골수고 음악에 미쳐 있으며 나이도 비슷하니 친하게 지내길 바랐지만 굳이 강요하지는 않았다.

배도진과 산타는 나란히 서서 사진을 찍고 있었다.

배도빈이 슬며시 입을 열었다.

"지금 생각해 보면 이해돼요."

"아리엘?"

"어머니요."

나윤희가 본심을 들킨 것 같아 웃었다. 겨우 진정하곤 물었다.

"응. 어떤 게?"

배도빈이 동생을 보며 말했다.

"걱정되더라고요. 너무 똑똑하다 보니 또래랑 대화가 안 통하는 거예요."

"아."

"그나마 집에서는 들어주는데 무슨 말인지 알아들을 수 있어야죠. 한글보다 수학을 먼저 배웠으니 뭐라 하는지도 모르겠고. 자기 딴에도 답답했을 거예요."

배도빈은 해맑게 웃는 동생을 지켜보았다.

"그래서 대학부터 가는 게 정말 옳은지 걱정했어요. 혼자인 게 얼마나 외로운지 아니까."

나윤희가 배도빈의 손을 꼭 잡았다.

다시 태어난 후로 단 한 번도 외로운 적 없었고, 이미 200년도 더 된 일을 언급할 뿐이었으나 그것을 모르는 나윤희는 그가 천재가 필연적으로 느끼는 고독을 고백하는 것 같았다.

배도빈이 슬쩍 웃으며 호응했다.

"그래도 저렇게 밝게 자라더라고요. 처음에는 그저 다행이라고 생각했는데 지금 돌이켜 보면 부모님 덕분인 것 같아요. 그런 사랑을 받으면 외롭다고 생각할 수 없으니까."

"응."

나윤희가 배영준, 유진희 부부를 떠올리며 고개를 끄덕였다.

"조건 같은 게 없었어요. 좋아하는 일은 얼마든지 하게 해주고, 혹시나 부담 느낄까 봐 언제든 그만해도 된다고 하셨으니까."

배도진이 배도빈과 나윤희에게 다가와 죠엘 웨인에게 사진을 찍어달라고 했다.

함께 사진을 찍고 후다닥 달려가 잘 나왔는지 확인하는 동생을 보며, 배도빈이 말을 이었다.

"그때는 그저 걱정이 많으시다고 생각했는데, 지금은 아니에요. 너무 빨리 큰 관심을 받은 도진이가 혹시 그 일을 더는 하고 싶지 않을 때 마음 편히 다른 길을 갈 수 있었으면 해요."

"아깝지 않을까? 그렇게 재능 있는데."

배도빈이 고개를 저었다.

"재능보다 관심이 더 중요해요. 재능이 있다고 무리시키고 싶지 않아요. 평범하더라도, 혹은 조금 모자라도 내 동생이니까."

나윤희가 슬며시 웃었다.

배도빈이 동생을 얼마나 사랑하는지 알 수 있었다.

언론과 많은 사람에게 희망으로 불리는 동생이 자랑스러우면서도 가족이기에, 사랑하기에 할 수 있는 걱정이었다.

아마 같은 경험을 미리 했던 그래서 더 우려하는 듯했다.

"부담스러웠어?"

피앙세의 질문에 배도빈이 피식 웃었다.

"처음에는 당연한 일이라고 생각했는데."

"응."

"나 때문에 음악을 시작했다고 하는 아이들이 생기면서 부담스러웠죠. 미래의 음악가들이 실망하게 둘 순 없으니까."

"응. 너무 멋진 선생님이었어. 앞으로도 그럴 거고."

배도빈이 피식 웃곤 숨을 크게 들이마셨다.

"아무튼 그래서 요즘엔 우리 아이도 사랑해야지. 무엇을 좋아하든 자기 길을 찾을 때까지 지켜줘야지. 그런 생각이 들어요."

배도빈이 고개를 돌리자 얼굴이 달아오르다 못해 곧 터질 것 같은 나윤희를 볼 수 있었다.

"왜 그래요?"

나윤희가 힘내서 입을 열었다.

"너무 빨라……."

"빨라요?"

나윤희가 고개를 끄덕였다.

"나는 이, 이런 곳도 오고 싶고. 여행도 하고 싶고. 아무것도 안 하고 누워 있고 싶기도 하고. 산책도 하고 싶고 저녁 먹고 영화도 보고 싶은데……."

배도빈이 씩 웃었다.

"나도 그래요."

나윤희의 얼굴이 금방 밝아졌다.

서로를 바라보는 시선에 애정과 믿음이 가득해 애틋하기 그지없었다.

'저런 면도 있으셨네.'

한편 죠엘 웨인은 생전 처음 보는 다정함에 놀랐다.

언론에 알려진 악마 같은 이미지와 퇴폐적이고 날카로운 외견과 전혀 달랐다.

따뜻한 사람이라고는 알고 있었지만 나윤희를 대할 때는 또 달라 보였다.

그 옆에 배도진과 산타 웨인이 눈을 깜빡이며 배도빈, 나윤희를 바라보다가 이내 관심을 돌렸다.

"그런데 이건 어디까지 올라가요? 꽤 올라왔는데."

배도빈의 질문에 나윤희가 스마트폰을 꺼내 헐리포레스트 타워 호텔을 검색했다.

"자이로드롭 같은 건데 멈추는 곳이 무작위래. 여러 가지 층을 보여주려고 그런 거 아닐까?"

"자이로드롭?"

유원지에 관한 정보라고는 눈곱만큼도 없는 배도빈이 되물었다.

"응. 떨어지는 거."

배도빈이 고개를 갸웃하자 나윤희가 웃으며 영상을 검색해 보여주었다.

자이로드롭이 어떻게 움직이는지 확인한 배도빈의 미간이 잔뜩 찌그러졌다.

"이걸 사람이 탄다고요?"

"응. 재밌어."

배도빈이 슬쩍 신난 동생과 산타 웨인을 보았다.

"쟤들이 타도 돼요?"

"응. 키도 넘었고. 나이도 괜찮아."

배도빈이 몹시 미심쩍은 표정으로 자이로드롭 영상을 확인했다.

나윤희가 웃으며 물었다.

"무서워?"

"무섭긴요."

"정말?"

나윤희가 되물으니 배도빈이 화제를 돌렸다.

"이런 걸 대체 왜 만들었는지 모르겠어요. 좋아하는 사람이 있긴 해요?"

"응. 좋아해."

"그대로 떨어지면 죽는데?"

나윤희의 웃음보가 터졌다.

인류 역사상 가장 위대한 음악가로 칭송받는 그가 놀이기구 앞에서 이렇게까지 심각해질 줄은 몰랐다.

그의 인간적인 면을 본 듯해 마냥 즐거웠다.

그녀가 맞잡은 손을 흔들며 말했다.

"손잡고 타면 안 무서울 거야."

"……"

배도빈은 못마땅했지만 약한 모습을 보이고 싶지 않아 끝내 나가자는 말을 꺼내지 않았다.

그리고 잠시 뒤.

작은 영화관 같은 기구에 올라탄 배도빈은 놀이기구의 안전에 의문을 던졌다.

"수십 미터에서 떨어지는데 이 낡은 안전 벨트가 버틴다고?"

나윤희가 웃으며 안전 벨트를 대신 채워주었다.

"히힝! 재밌겠다! 그치, 형!"

"제대로 매. ……꼭 타야겠어?"

"응! 꼭!"

"……."

충분히 즐기려면 테마별로 하루는 잡아야 한다고 들어서 사흘이나 할애했거늘.

단 한 번도 후회하지 않았던 그는 디자인랜드에 데려와 주겠다고 약속한 것을 처음으로 후회했다.

안내방송이 나오고.

배도빈은 왼손으로 배도진을, 오른손으로 나윤희를 붙잡고 있다가 눈을 크게 떴다.

♪

"아핳핳하하핳!"

"헤헿."

"재밌었지!"

"네!"

헐리포레스트 타워 호텔을 타고 나온 배도진과 산타, 죠엘 그리고 나윤희가 함박웃음을 짓는 한편, 배도빈은 넋이 나간 채 터벅터벅 걸었다.

그는 눈앞에 보이는 가장 가까운 벤치에 그대로 누워버렸다.

나윤희가 놀라서 그가 조금이라도 편히 누울 수 있도록 다리를 받쳐주었다.

"형, 괜찮아?"

배도진이 걱정스럽게 다가와 물었다.

"뽀스."

"보스."

산타와 죠엘도 걱정하긴 마찬가지였다.

배도빈이 손을 흔들었다.

"형 좀 쉴 테니까 죠엘 누나 말 잘 듣고 다녀. 떨어지면 안 돼."

"……."

배도진은 놀이기구도 잔뜩 타고 싶었지만 형이 더 걱정되었다.

이러지도 저러지도 못하는 모습에 배도빈이 피식 웃었다.

"가서 놀아. 곧 따라갈 테니."

"그래두."

"괜찮아. 죠엘, 부탁해요."

"네. 나 악장님……."

"네."

세 사람이 떠나고 배도빈이 한숨을 길게 내쉬었다.

"마실 거 사 올까?"

차가운 음료가 진정하는 데 도움이 되지 않을까 싶어 물었다.

배도빈이 고개를 저었다.

"이대로 조금만 있어요."

나윤희가 약혼자를 안쓰럽게 내려다보았다.

그러다가 문득 예전 일을 떠올려, 그가 떨어지는 데 트라우마가 있는 건 아닌지 걱정했다.

타인 앞에서 결코 약한 모습을 보이지 않았던 그가 자진해서 누워버릴 정도면 그렇게 생각해도 무리가 아닐 것 같았다.

"들어가자."

배도빈이 눈을 떴다.

걱정이 잔뜩 어린 얼굴을 쓰다듬으며 말했다.

"좀 놀랐을 뿐이에요."

"응."

"단둘이 있으니 좋은데."

배도빈의 농담에 더는 얼굴을 굳히고 있을 수 없었다.

배도빈이 나윤희의 얼굴에서 손을 떼지 않았다.

주변의 시선을 느낀 나윤희가 이제는 버릇처럼 자신의 얼굴을 쓰다듬는 그의 손을 잡았다.

"부끄러운데……."

배도빈이 웃으며 손을 내렸다.

to be continued